불빛 없는 밤의 도시

불빛 없는 밤의 도시

불빛 없는 밤의 도시
정해연 소설
엘릭시르

차례

불빛 없는 밤의 도시

불빛 없는 밤의 도시에 아침해가 뜰 때,
문수는 식칼을 자신의 목에 가져다대었다.

1

영인시청은 3년의 공사 끝에 신청사를 올렸다. 그 기간 동안 10분 거리의 폐교 건물을 임시 청사로 썼다. 공사를 시작하면서 이사를 한 번 하고 3년 뒤 또 이사한 셈이었다. 새로운 청사 건물에서는 특유의 새것 냄새가 났고, 채 마르지 않은 페인트가 반짝였지만, 변한 것은 건물뿐이었다. 일터 건물이 새로워져도 업무는 바뀌지 않는다. 민원실은 민원인들로 넘쳐났다. 그들의 집 앞 도로가, 가로등이, 하수도가 어떤 문제를 일으켰다고들 했다. 뉴스에서는 사흘이 멀다하고 피폐해져가는 시민들의 삶을 조명했지만, 시청은 점점 세련돼졌다.

무엇이, 어째서 존재하는지 잊어버린 것처럼.

[전화 안 받는다고 다 되는 줄 알아? 사무실에서 만나고 싶지 않으면 상환하는 게 좋을 거야.]

문자를 확인한 재우는 휴대전화 벨소리를 진동으로 바꾸고 주머니에 쑤셔넣었다.

시작은 단순했다.

돈이 없으니까, 돈을 빌린 것뿐이었다. 나이 마흔다섯의 성인 남성, 그것도 공무원이 사채 무서운 줄 모를 리 없었다. 금리 좋다는 공무원대출도 받아버렸고, 주변엔 더이상 돈을 빌릴 사람도, 어려운 얘기를 꺼내볼 사람조차도 남아 있지 않았다. 사채는 어쩔 수 없는 선택이었다.

뺑소니 교통사고를 당한 재우의 아내는 3년째 인공호흡기에 매달려 생을 유지하고 있다.

재우는 3층 환경과로 올라갔다. 그곳이 그가 출근해 하루를 보내는 대신 매달 월급이라는 대가를 내주는 곳이었다. 환경보존이나 토양오염 등 말 그대로 환경과 관련된 일은 모두 담당하고, 심지어는 공중화장실까지 관리하는 곳이 환경과다. 사무실 안에서는 5개월 전 발령을 받은 신입 직원 허승영이 어딘가와 통화하는 중이었다. 이야기를 들어보자니 영인시의 한 하천과 관련된 민원전화였다. 민원인은 하천 바로 옆 민가의 주민이었다. 하천이 오염됐는지 어느 날부터 심한 악취가 집까지 올라온다는 내용이었다.

출근 가방을 책상 위에 올려놓은 재우는 정수기 쪽으로 걸어갔다. 어딘지 애면글면하며 자꾸만 재우를 흘깃거리고 있는 승영의 시선을 무시했다. '전화 좀 대신 받아주세요'라고 말하고 싶은 모양인데, 그것은 재우가 가장 경멸하는 일이었다. 신입이면 일을 잘 배우도록 도와줘야 한다고? 아니다. 이곳은 대가를 받는 대신 심신의 평안과 노동을 바쳐야 하는 곳이다. 모두 머리털이 빠질 정도의 스트레스를 받으며, 퇴근 시간이 언제인지도 모르고 일한 뒤 대가를 받아가는 사람들이다. 만약 신입이라는 이유만으로 학교에서처럼 뭔가를 배우려고 한다면, 대가를 받는 사람이 아니라 지불하는 사람이 되어야 한다. 그래야만 바라는 걸 손에 넣을 수 있을 것이다.

"계장님. 시장님께서 부르세요."

고개를 돌려보니 언제 전화를 끊었는지 승영이 곁으로 와서 있었다. 몇 번의 낙방을 겪고 고시원에서 컵라면을 들이

켜며 망가지는 몸을 불사하고 차지한 자리다. 거기에서 하는 일이 고작해야 하천에서 나는 비린내에 대한 항의를 받아내는 것이다. 그 사실을 이제야 깨달은 신입 특유의 황망함이 얼굴에 들러붙어 있었다. 자신이 마침내 거머쥐었다고 환호한 것의 실체를 깨달았을 때 인간은 모래성처럼 무너져내린다. 무너지는 모래성을 눈앞에 둔 사람은 두 타입으로 갈린다. 흔적조차 사라지도록 두거나, 환상통을 겪으며 다시 쌓아올리거나.

이 친구는 무엇을 택할까. 재우는 승영의 얼굴을 물끄러미 들여다보다 노란색 커피믹스 스틱을 집어들고 상단 자름선을 따라 비틀었다. 어제저녁 퇴근할 때 씻어 엎어둔 재우의 전용 커피잔은 이제 바싹 말라 있었다. 재우는 커피잔에 커피믹스 스틱 끄트머리를 기울였다. 설탕과 커피 알갱이와 한때는 프림이라고 불렸던 크림 가루가 뒤섞여 우르르 쏟아져내렸다. 가루화된 크림은 기지개를 켜듯 뽀얗게 피어올랐다.

"계장님."

뜨거운 물을 붓고, 티스푼으로 휘젓는 동안 참다못한 승영이 다시 한번 그를 불렀다. 정작 부른 것은 본인이면서 재우가 시선을 돌리자 승영은 어깨를 흠칫 떨었다. '설마 돌아볼 줄은 몰랐다'고 말하고 싶은 사람처럼.

 불빛 없는 밤의 도시

재우는 천천히 눈을 깜박이며 승영의 말이 이어지길 기다렸다.

"시장님께서 부르세요."

승영의 말이 끝나자 재우는 시선을 다시 커피잔에 박아넣었다. 녹다 만 커피 가루가 빠져 죽은 개미처럼 둥둥 떠다녔다.

"아직 8분 남았어."

8시 52분의 일이었다.

김 시장은 수완이 좋은 사람이었다. 대체 얼마짜리 염색을 한 것인지 상당히 부자연스러운 흑발을 2대8로 가르고, 노인 인구수가 현저히 높은 영인시에서 노인복지 정책 위주의 공약을 내걸어 일자리가 필요한 청년과 기초연금이 필요한 노인의 표도 2대8로 갈랐다. 하지만 재선을 앞두고는 일자리를 삼만 개 창출하고, 이천만 관광객을 유치하겠다는 공약을 걸었다. 정치에 관심 없는 청년들과 시장이 지금까지 해 왔던 일에 감사를 느낀 노인들이 표를 던졌고 재선에 성공했다. 재선이 결정되자 그가 먼저 한 일은 일자리 삼만 개 창출도 이천만 관광객 유치도 아닌, 시청 청사 재건축이었다. 가장 높은 자리에는 시장실을 만들었다. 지금도 영인시를 내려다보고 있을 것이다.

　재우는 노크를 하고서 대답이 돌아오길 잠깐 기다렸다가, 문을 밀어 열고 들어갔다. 온갖 업체에서 배달된 새 청사 건립을 축하하는 난 화분들과 페인트 냄새가 뒤엉켜 있었다. 9시가 되었든 되지 않았든 상관없다는 듯 창문에 붙어 서서 영인시 번화가를 내려다보는 김 시장의 얼굴에 뻔뻔한 흡족함이 덕지덕지 붙어 있었다.

　"앉지."

　김 시장이 붓으로 무성의하게 한 번 쓱 긁어 그린 것 같은 눈썹을 치켜올리며 권했다. 물론 가장 상석이 김 시장의 자리였고, 양쪽으로 위치한 3인용 소파가 바로 재우가 앉을 곳이었다. 시장의 집무실은 환경팀 아홉 명이 근무하는 사무실 하나보다 더 컸다. 안쪽에 놓인 소가죽 소파가 김 시장의 허영을 채우고 있었다. 재우는 가끔 생각했다. 그 허영을 채우려 몇 마리의 소가 유명을 달리했을까. 그 허영을 채우기 위해 사용된 세금은 어떤 사람이 어떻게 벌어 낸 돈일까.

　"기획안 잘 봤어."

　거만하게 걸어온 김 시장이 선 채로 들고 온 파일을 던져 테이블에 안착시켰다. 재우는 착, 소리와 함께 조금 밀려나간 파일을 물끄러미 내려다보았다. 투명한 파일홀더에 꽂힌

　　　　　　　　　　　　　　　불빛 없는 밤의 도시

서류는 '불빛 없는 밤의 도시'라는 제목을 달고 있었다. 재우는 잠시 멍하게 있다가, 그게 바로 언젠가 마감 기한에 쫓겨 대충 적어낸 자신의 기획안이라는 것을 깨달았다. 아무 의미 없이 싸지른 정액이, 집에 돌아와보니 자신을 "아빠"라 부르며 검은 눈동자를 굴리는 자식이 된 걸 보는 기분이었다.

안 그래도 곧 터질 것 같은 정장 상의 단추를 풀며, 김 시장은 자신의 자리에 앉았다.

"이걸로 일 좀 만들어봐."

재우는 뇌 안에서 굴러가던 모든 생각이 순간 멈춘 듯 김 시장을 응시했다. 김 시장은 재우에게서 당연히 나와야 할 '네' 혹은 '감사합니다!' 하는 대답을 재촉하듯 턱을 살짝 들었다 내려놓았다. 재우는 자신이 올렸어도 어떤 내용을 적었는지 기억이 나지 않는 서류 파일을 집어들었다. 10년이 넘은 공무원 생활로 기획안 작성에는 도가 트였는지 다급하게 작성해서 올린 문서에는 과연 오탈자가 없었다. 쭉, 읽어내리다 뒤늦게 어떤 기획이었는지 생각이 났다.

전기 사용량을 감축하면서도, 에너지를 아껴 지구환경을 지키자는 것이 주요 취지인 행사였다. 획기적인 기획이 아니었다. 이미 많은 도시에서 '소등 행사'라는 이름으로 벌이는 캠페인에 그럴듯하게 느껴지는 의미를 덧붙인 것뿐이었다. 소설 같은 문학작품이었다면 아마 곧장 표절 시비에 걸릴 법한 일이다. 재우가 제안한 것은 기존의 소등 행사처럼 단 10분만 불을 끄면 되는 자발적 참여가 아니라, 시의 관리감독하에 저녁 9시부터 익일 6시까지 의무적으로 모든 전기 사용을 중단하도록 하자는 것이었다. 반드시 전기가 필요한 병원 등 일부 기관만을 제외하고 가정부터 기업까지 전기 사용을 중단해야 한다. 거기에는 거리의 가로등까지 포함되었다.

"시행하라는 말씀이신가요?"

재우는 불길함으로 가득찬 판도라의 상자를 여는 손길만큼이나 천천히 질문을 내뱉었다. 돌이켜보면 마흔다섯 평생을 처음 느낀 불길함이 현실로 이어지는 삶을 살았다. 새벽같이 집을 나선 엄마가 돌아오지 않았던 열일곱 살의 어느 날도 그랬고, 사라진 엄마가 자신은 알지도 못하는 어느 사내의 밑에서 헐떡이는 밤을 보내다 임신해 그 집안의 안방에 들어앉았다는 소식을 들은 날도 그랬다. 버려질까 불안에 떨던 재우에게 던져진 건 잔인한 현실이었다.

지금도 마찬가지였다. 대답 대신 저 웃는 김 시장의 저 기름기 가득한 미소도 재우를 현실로 내몰았다.

재우는 매일이 똑같은 것을 좋아했다. 톨스토이는 작은 변

불빛 없는 밤의 도시

화가 일어날 때 진정한 삶을 살게 된다고 말했단다. 하지만 그에게 벌어진 모든 변화가 만들어낸 것이 진정한 삶이라면 재우는 기꺼이 가짜의 삶이 주어지길 바랐다. 매일 같은 시간에 출근해 같은 일상을 살고, 같은 시간에 퇴근해 의무처럼 아내를 들여다보다 집으로 가 잠을 자는 일. 피폐해진 삶을 일상으로 받아들일 줄 아는 사람이 그마저도 가질 수 없다면, 신은 대체 누구에게 관대하다는 걸까.

하지만 재우는, 이 순간 탓해야 하는 것은 이런 기획안을 적은 자신의 손이라는 것을 잘 알고 있다. 월급쟁이 공무원은 시장의 명을 거부할 자격도 이유도 없다는 것을 안다. 공무원의 삶에 인이 박인 재우는 이후에 자신이 해내야 하는 일들이 기차라도 된 양 머릿속에 줄지어 밀려들어왔다. 우선 관계기관과 협력해야 했고, 각 아파트, 민가의 통반장을 통해 홍보해야 했다. 단순한 부탁은 미끼도 안 걸린 찌를 바닷속에 들이미는 것과 같았다. 그들이 원할 만한 미끼는 무엇일까.

"잘해야 해. 중요한 시기인 건 알고 있지?"

'맙소사.'

김 시장은 다음번 시장 자리까지 노렸다. 역대 영인시장 중에 김 시장처럼 재선에 성공한 사람은 몇 명 있었지만, 세 번까지 해먹은 사람이 있었을까? 시장의 허영만큼이나 원대한 꿈이라는 생각이 들었다. 인간에겐 그런 시즌도 있는 법이었다. 가끔은 현실을 자각하지 못하고 욕망의 덩어리를 삼키기 위해 아가리를 찢어지도록 벌리기도 하는 것이 인간이다. 김 시장은 그런 인간이고, 또한 그런 시즌인 것이다.

재우는 파일을 집어들고 자리에서 일어섰다.

"자세한 진행보고서 올리겠습니다."

아가리를 찢어지도록 벌린 인간의 헛구역질까지는 못 들어줄 것 같아, 재우는 빠른 걸음으로 시장실 출입문을 향했다. 재우의 발을 걸어 넘어뜨리려는 듯 김 시장의 말이 따라붙었다.

"자네, 아내 때문에 경제적으로 많이 시달린다며? 곧 공무원 성과상여금 등급평가기간인 거 알지? 잘해보자고."

'잘해보자고'가 아닌 '잘해'. 협박과도 같은 말이었다. 재우는 몸을 틀어 살짝 묵례하고 복도로 나왔다.

시장실에서 나온 재우는 빠르게 5층 복도를 벗어났다. 손에는 자신에게 목줄을 걸어버린 셈이 된 그 파일이 들려 있었다. 파일이 '당분간은 힘들게 됐다' 하고 말하는 듯했다. '잘해보라'는 김 시장의 지시가 검은 연기처럼 몸에 들러붙는

불빛 없는 밤의 도시

것 같아 재우는 발걸음을 더 재촉했다. 3층으로 돌아가자 왠지 현실에 발을 디딘 기분이 되었다. 이래서 달라지는 것이 싫다.

"계장님, 이것 좀 확인해주실 수 있을까요?"

자리에 앉기 무섭게 승영이 파일을 들고 왔다. 그러잖아도 사무실에 들어오는 내내 승영의 고개가 해바라기 돌아가듯 자신을 따르는 것을 느꼈던 터였다. 일부러 모르는 척한 건 모든 게 귀찮았기 때문이었다. 사실 지금 이 순간, 재우를 압도하는 것은 '불빛 없는 밤의 도시'였다. 그러나 김 시장 앞에서 아무 생각 없이 올린 기획안이라고 실토한 뒤 다시 내려놓을 수가 없어서 들고 돌아온 대신, 화풀이 상대로 승영을 선정했다.

승영이 내민 것은 폐수 배출 시설에 따른 점검 계획안이었다. 점검 계획에는 가축을 키우는 농가도 포함되었다. 매년 시행해오던 것이기는 했지만, 작년엔 농가를 제외했었다. 재우는 신입인 승영이 받던 전화를 떠올렸다. 하천에서 냄새가 난다는 민원전화 한 통에 벌벌 떨며 일을 키울 생각인가. 신입이라 가능한 생각이었다. 민원전화 한 통마다 이런 식으로 해결 방법을 찾아 기획안을 올린다면 아마 공무원 생활 2년을 채 넘기기 전에 쓰러지고 말 것이다.

재우는 만지면 뭔가 묻기라도 할 듯 팔짱을 긴 채로 승영이 내민 서류를 내려다보았다.

"뭘 확인하라는 거지?"

"아…… 공문 붙여 관련 업체에 보내려고 하는데."

"그런데?"

날카로운 시선이 공항의 검색대 직원처럼 날카롭게 승영의 몸을 훑었다. 이 업무에 대한 어떤 인사이트를 가지고 있는 것인지 찾아내려는 재우의 시선에 목을 움츠리는 태도며 흔들리는 눈빛이 걸렸다. 승영은 이런 모습을 보일수록 윗선의 구박이 모두 자신의 몫이 된다는 것을 깨닫지 못한듯 굴었다. 그러나 인간은 그런 사람으로 보일 때 그런 대접을 받는 법. 막 대해도 되는 사람으로 보인다면 그 정도 취급을 당한다.

"이대로 그냥 진행하면 되는지……"

"안 되면?"

재우는 승영을 노려보았다. 다른 직원들의 고개가 슬금슬금 이쪽으로 향하다, 재우와 눈이 마주치자 건드려진 달팽이의 흰 더듬이처럼 쏙 들어갔다. 그들이 숨어들어간 파티션 위로 '성격 알면서, 쯧쯧' 하며 혀를 차는 소리가 떠다니는 것 같았다.

 불빛 없는 밤의 도시

"이거 담당이 누구지?"

"접니다."

"저라고 아주 당당하게 말하네. 찢어진 입이라도 할말은 있다는 건가. 그래, 담당이라는 작자가 그대로 진행해도 되는지 안 되는지 모르고, 아니 모르는지 모르는 척하고 싶은지, 아예 하고 싶지 않은 건지 모르겠는데, 어쨌거나 자네가 열심히 쓴 거니까 윗년차 주무관들 다 건너뛰고 계장에게 확인해라, 이거지?"

"……죄송합니다."

"자네, 이달부터 월급 나한테 반 입금해."

"네?"

"시민은 세금 내서 너 이런 거 하라고 월급 주는데, 넌 그 값도 못 하고 있잖아. 내가 검토해서 제대로 맞았는지 틀렸는지 판단하고 자네한테 다시 가르쳐주면, 그게 내가 하는 일이지, 자네가 하는 일이야?"

"죄송합니다."

재우는 승영이 들고 왔던 서류를 밀어버렸다. 그 기세에 서류 한 장이 팔락이며 떨어졌다. 공기의 저항에 서류가 갈지자로 흔들렸다. 바닥에 떨어지자 승영이 황급히 허리를 숙여 종이를 주웠다. 패기 없는 고개가 다시 땅바닥으로 박혔다. 인간은, 그럴 만한 인간에게 그런 대접을 한다.

시선을 돌리자 허둥지둥 도망치듯 제자리로 돌아가는 승영이 보였다. 한심한 인간을 볼 때 차오르는 깊은 혐오감이 질리도록 심장을 파고들었다.

2

'불빛 없는 밤의 도시' 기획안은 올라가기 무섭게 결재가 떨어졌다. 이 기획에 걸린 김 시장의 기대가 모든 결재라인의 등을 압박한 모양이었다. 더이상 이 기획은 돼도 그만 안 돼도 그만, 불을 꺼도 그만, 안 꺼도 그만인 기획이 아니었다. 그날 하루 영인시의 불을 모두 꺼서 도시라면 불야성을 이루는 게 당연한 대한민국의 눈을 단번에 사로잡아야 했다. 아니, 대한민국까지도 필요 없었다. 공중파 방송 3사와 청와대의 눈만 사로잡으면 될 일이었다.

김 시장은 하루가 멀다 하고 재우를 불러올렸다. 대충 협조공문만 돌리는 것으로 일을 끝내려고 한 재우의 계획을 알아채기라도 한 것 같았다. 시장은 업체에 보낼 협조공문과 각 아파트, 각 동네의 부녀회, 이·통장단에 보낼 문서의 모

　　　　　　　　　　　　　　불빛 없는 밤의 도시

든 문구를 검열했다. 그러고는 말했다. 자율이라고 하면서도 은연중에 '이건 강제다'라고 받아들여질 법한 문장을 넣으라고. 협조하면 이후의 시 지원사업 선정에 이점을 주겠다는 말을, 협조하지 않으면 불이익을 주겠다는 것처럼 받아들여지게끔 하라고.

'차라리 네가 쓰지 그래.'

내뱉으면 그 순간부터 정말 많은 것이 변할 게 빤한 그 한마디를, 격변하는 삶이 싫은 재우는 목구멍 안쪽으로 꾸역꾸역 박아넣으며 매번 시장실을 나와야 했다. 그러고는 매년 겨울이 되면 신춘문예 준비에 열을 올리는 일명 '신춘 좀비' 들처럼 문장을 고치고 또 고쳤다.

그래도 김 시장이 가장 기대를 걸고 있는 사업이라는 사실은 여러 기관의 협조를 받기엔 참 훌륭한 이점이 되었다. 보이지 않는 뇌물처럼 관계기관의 협조 약속이 끊이지 않았다. '기계 가동을 하룻밤만 중단시켜도 손해가 수억씩 난다'고 목소리를 높이던 과일 가공업체까지 친히 '성공을 기원한다' 는 요지의 메일을 보내왔다. 지원사업을 노리는 것은 물론이고 자치단체 조례의 개정을 원하거나 원하지 않는 자들의 보이지 않는 싸움, 물밑작업이 이어졌다. 그때마다 김 시장의 껄껄거리는 웃음이 5층 복도를 뚫고 나왔다.

당연하게 욕을 먹고, 굽실거리고, 가끔은 누군가를 억누르거나 억눌림을 당하며 일을 진행하던 재우로서는 김 시장의 입김 덕분에 일이 수월해지니 나쁠 건 없었다. 이 정도의 대규모 행사라면 보통 시행 3개월 전부터 기획하고 준비하며 발생할 착오들을 하나하나 점검해야 했지만 이번에는 달랐다. 기획안이 처음 통과된 날로부터 16일 만에, 드디어 '불빛 없는 밤의 도시' 행사의 날짜가 잡혔다.

12월 15일, 불과 닷새 뒤였다.

"저, 계장님."

12월 13일. 공중파 방송사 가운데 하나인 KBC에서 이번 행사 준비 과정을 촬영하기로 한 날이었다. 재밌고도 유익한 기획이고, 또한 시민과 기관의 협조가 잘 이루어지는 것이 행사 성공의 관건이라며 소식을 전하는 설정이었지만, 사실은 홍보에 가까운 방송이었다. 김 시장의 입김이 작용한 방송임은 시청 마당의 개미들까지도 알 일이었다. 방송이든 홍보든, 담당자인 재우가 스태프들을 맞이해야 했다. 아침부터 부산한 하루가 예고됐다.

바쁜 와중에 조심스레 재우를 부른 것은 승영이었다. 승영은 언젠가부터 재우에게만은 몸을 낮추며 개미 같은 목소리로 말을 걸었다. 그런 몸가짐은 사회생활에 좋지 않다는 것을 언젠가 깨닫기를 바라며, 재우는 승영을 내려다보았다.

승영이 서류 한 장을 내밀었다.

"이거."

"용건을 말해야지, 나더러 직접 읽고 네 용건을 파악하라는 거야?"

"죄송합니다."

고개를 숙이는 것과 동시에 죄송하다는 말이 땅끝으로 파고들어갔다. '한심해'라고 말하려다 참은 끝에 고갯짓이 절로 나왔다.

승영의 용건은 간단했다. 청소행정과에서 문의가 들어왔다는 것이었다. 말이 좋아 '문의'이지 사실상 항의에 가까운 것이었다. 불을 끄는 대상에 한전과 병원을 제외한 거의 모든 업종이 들어간 것이 문제가 되었다. 그들이 문제로 삼은 것은, 정확하게는 도심을 밝히는 가로등이었다. 이 시기의 일몰은 오후 5시 20분, 일출은 새벽 6시 45분이었다. 당연히 환경미화원들이 거리를 청소하는 시간은 도시가 어둠에 장악당한 시간이다. 가로등을 끄면 어떻게 할 거냐는 것이 주요 골자였다.

시장이 부채질해 다급하게 진행하는 바람에 놓친 부분이

많았다. 어떤 행사를 하나 하려면 이해관계가 얽힌 모든 부서에 협조와 상생 의견을 요청해야 했다. 하지만 이번에는 도저히 그런 식으로 진행할 수가 없었다. 처음 있는 일이었다.

재우가 환경미화원들의 작업 문제까지는 생각지 못했던 것은 사실이다. 하지만 솔직하게 자신의 잘못을 인정할 수 있는 인간이 얼마나 될까. 그것도 매일같이 날 선 신경으로 다른 사람을 깔아뭉개고, 남이 한 일에 잘못을 찾아내는 것에 인이 박인 사람이. 거의 백 퍼센트의 확률로 전혀 없다고 할 수 있을 것이다. 인간을 혐오하는 인간은 위기가 닥쳤을 때 더욱 인간을 혐오하는 것으로 자신의 자존감을 지킨다.

재우는 승영을 노려보았다. 승영이 목을 움츠렸다. 미식축구라도 하듯이, 너는 걸림돌밖에 안 된다는 듯이, 재우는 승영의 어깨를 치며 여봐란듯이 거칠고 빠른 걸음으로 환경과 사무실에서 걸어나갔다. 그대로 곧장 건설국으로 향했다.

건설국에 들어서기 무섭게 재우의 성마른 시선이 사무실을 훑었다. 관계자에게는 묻지도 않고 그의 눈길을 잡아끄는 헬멧을 집어들었다.

"이봐요!"

팍팍해진 삶 위에 간신히 보습제를 바른 듯한 목소리가 날아왔다. 뒤돌아보니 당장이라도 욕설을 뱉을 것 같은 표정

　　　　　　　　　　　　　　　불빛 없는 밤의 도시

의 남자가 인상을 쓰고 있었다. 검게 그은 피부 위에서 누런 빛을 띠는 흰자가 번들거렸다. 느닷없이 들어와 자기 헬멧을 가져간 남자에게 항의는 해야겠는데, 누가 봐도 시청 소속 직원이라 막 대들어도 될 사람인지 아닌지를 가늠하려는 얼굴이었다.

재우는 너와는 할말이 없다는 태도로, 남자와 대화를 나누던 건설국 직원에게 헬멧을 들어 보였다. 건설국 직원은 웃는 것도 아니고, 그렇다고 화를 내는 것도 아닌 어정쩡한 얼굴을 하고서 고개를 끄덕였다. 재우는 싸늘한 시선을 보내는 것으로 남자와 일별하고 곧장 청소행정과로 들어갔다.

재우는 늘 싸울 준비가 되어 있었다.

아내는 항상 재우를 말리는 역할을 했다. 식당에서 음식이 제때 나오지 않아 항의할 때도, 저녁 8시고 9시고 가리지 않고 찾아와 무작정 뭔가에 사인하라는 부녀회장에게 항의할 때도 아내는 늘 그를 말리고 가라앉히려 애썼다. 그러고 보면 그는 불쾌를 참지 못하는 인간이었다. 그래도 아내 덕분에 어느 정도 인간 구실을 하고 살았다. 하지만 지금은 어떤 걸까. 아내는 더이상 재우를 다독여주지 못한다. 아내는 죽은 걸까, 산 걸까. 자신은 그래서 사나워진 걸까, 원래대로 돌아온 걸까.

브레이크가 망가진 승용차처럼, 재우는 청소행정과 문을 들이박듯 열어젖히고 들어갔다. 인상을 쓰고서 자신과 대화할 '급'을 가진 인간을 찾아 허공을 갈랐다. 사나운 시선은 곧 상대를 포착했다. 청소행정과의 우두머리격인 과장의 명판을 확인하고 당장 그 앞으로 갔다.

고대의 전쟁에서는 아군이 몇 명이 남았든, 수세에 몰렸든지 간에 적장의 목만 베면 되었다. 하늘에 떠다니는 독수리마저 덜덜 떨 기세의 군대라도 적장이 사라지면 곧장 오합지졸이 되고 만다. 목을 베지 못하더라도 적장이 고개를 숙이면 군대도 따라서 수그리게 된다.

재우는 다짜고짜 들고 간 헬멧을 과장에게 안겼다. 공사장에서 사용하는 것으로 헬멧의 앞부분에 랜턴이 달려 있었다.

"행사 진행하는데 청소행정과 대책까지 수립해드려야 합니까?"

재우는 소리를 지르는 것은 아니면서 듣기 편하지도 않은 어조로 말했다. 청소행정과장의 눈이 다른 직원들을 찾아 두리번거렸다. 환경과에서 악명이 높은 계장이 쫓아오게 한 범인을 색출하려는 시도였다. 윗선은 언제나 책임을 전가할 누군가를 찾기 마련이었다.

청소행정과 과장이 헬멧을 받아들었다.

　　　　　　　　　　　　　　　불빛 없는 밤의 도시

"아, 환경미화원들에게 이걸 쓰도록 해야 한다는 거군요. 상당히 불편하겠네요."

재우가 인상을 썼다.

"더 좋은 아이디어가 있다면 그렇게 하시면 됩니다. 어차피 자주 있을 행사도 아니고 하루 정도도 참기 힘들다면 시장실을 직접 찾아가 말씀하시죠. 협조할 수 없다고."

김 시장이 그에게 작성하도록 시켰던 공문과도 같은 말이었다. '시키는 대로 해라'라고 말하면서 이 행사가 김 시장이 주시하는, 마땅히 성공시켜야 하는 행사라는 것을 은연중에 드러냈다. 권력을 등에 업고 권력자를 흉내낸다. 스스로가 쓰레기인 것을 알지만 멈출 수 없다. 그렇게 살아온 인간은 앞으로도 그렇게 살 수밖에 없도록 이미 프로그래밍 되어 있다.

반면, 평생을 '좋은 게 좋은 것'으로 살아왔던 청소행정과의 과장은 재우가 내민 헬멧을 보며 허허, 웃었다. 그는 그날 곧장 랜턴이 달린 헬멧을 구매하도록 기안을 올렸다.

'좋은 게 좋은 것'은 누군가의 희생을 토대로 이루어진다. 랜턴 달린 헬멧을 쓰고 일할 미화원들의 불만이 기찻길 옆 코스모스처럼 일렁거리며 청소행정과로 몰려들었다. 하지만 일은 그대로 진행되었다. 기차를 세우는 것보다 코스모스를 꺾는 것이 더 편하다는 것은 누구라도 알 수 있었다.

12월 15일, 예정대로 '불빛 없는 밤의 도시' 행사가 열렸다.

세전동은 영인시의 심장이다. 세전동 광장은 핏줄기의 근간인 심장처럼 다섯 갈래의 길목 정중앙에 자리하고 있었다. 세전동 광장에는 매년 12월 초부터 거대한 크리스마스트리가 불을 밝혔고, 부처님 오신 날이면 심청이가 다섯 명은 자리잡고 앉을 만한 연꽃이 거리를 지켰다. '영인시는 모든 종교와 아울러 영인 시민을 위해 존재합니다'라는 뜻이 기저에서 흘렀다. 가끔은 거대한 스크린을 설치해 12월 31일이면 서울에서 진행되는 보신각 타종행사를 실시간 중계하기도 했다. 서울 시민이 즐기는 것을 영인 시민이 못 즐길 이유가 없다는 자격지심의 발로였다. 그러고서 모든 행사가 종료되면, 들어간 비용을 조목조목 산출한 자료를 덧붙여 그 행사가 정말 그만한 가치가 있는 일이었는가를 따지는 기사가 보도되곤 했다. 정말 질리지도 않는지 매년 똑같이 반복된다.

이번 행사는 반대였다. 불을 켜서 위용을 자랑하는 것이 아니라, 일시에 불을 꺼서 장관을 만든다. 저녁 9시가 되면 시청은 물론이고, 영인 소방서, 동별 행정복지센터에서 동시에 사이렌을 울린다. 영인 KBC의 협조를 받아 영인시의 주

불빛 없는 밤의 도시

파수를 잡는 라디오에는 9시에 사이렌이 울리도록 설정했다.

저녁 8시 55분. 미리 약속된 대로 재우는 시장실로 올라갔다. 노크하고 들어가자, 시장이 유리창으로 영인시를 내려다보고 있었다. 평소와 전혀 다를 바 없지만, 긴장감이 흘러 뭔가 비장미까지 느껴지는 영인시의 야경. 재우가 문을 닫고 들어가자 시장은 불안감과 기대감이 혼재된 미소를 지어 보였다. 기름진 마늘 냄새가 났다. 어울리지 않게 마늘 파스타 같은 것을 먹고 왔는지도 모른다.

8시 59분. 재우의 손이 시장실 스위치 위에 올라갔다.

9시. 사이렌이 울렸고, 재우는 기계처럼 스위치를 껐다. 어둠 속에서 영인시가 빛을 잃어갔다. 김 시장은 환호성을 질렀다. 재우는 먼 곳에서 홀로 불을 밝힌 영인종합병원을 보았다. 문득 3시간어치 초과근무수당은 얼마나 되는지를 생각했다.

다음날, 영인시는 '불빛 없는 밤의 도시' 행사가 성황리에 종료되는 6시보다 앞서 서서히 빛을 찾아가기 시작했다. 하늘이 도시에 빛을 허락한 새벽, 희붐한 이면도로에서 명백히 살해당한 시신이 발견되었다.

3

남자는 이십대 초중반 정도로 보였다. 팔십만 원을 호가하는 데도 없어서 못 판다는 브랜드의 롱패딩을 입고 이면도로에 엎드린 채 발견되었다. 발견자는 사십대 초반의 헬스 트레이너. 울룩불룩한 근육을 믿고 세상 무서운 줄을 모르고 사는 사람이었다. 잘못된 것을 바로잡는 것이 정의를 세우는 일이라고 믿었던 남자의 눈에 바닥에 엎어져 있는 이십대 청년의 존재는, 술에 몸도 가누지 못해 겨울의 찬 바닥에서 잠이나 자는 정의롭지 못한 것으로 보이기에 충분했다. 발견자는 청년의 어깨를 붙들고 흔들었다. 대답 없는 청년에게 얼어죽었냐며 소리를 지르곤 어깨를 홱 잡아당겼다고 했다. 그런 뒤 그는 곧장 바닥에 주저앉고 말았다. 청년은 눈을 희멀겋게 뒤집어 뜨고 영인시의 새벽하늘을 올려다보고 있었다. 청년의 코에서 뜯겨나온 피부는 그가 엎드렸던 바닥에 여전히 붙어 있었다.

출동한 경찰에게 밝혀진 바, 그 청년은 정확하게는 청년이 아니었다. 열일곱 살, 영인시 특성화 고등학교에 다니는 학생이었다. 코에서 흐른 피가 도로와 엉겨붙었고 피부는 발견자가 잡아당겼을 때 찢긴 것이었다. 이후 부검 결과에 따르

불빛 없는 밤의 도시

면 발견 당시엔 이미 죽은 지 2시간도 더 됐다고 했다.

사망 원인은 후두부 파열. 혹독한 추위 때문인지 피는 많이 흘러나오지 않았다. 시신이 발견된 이면도로 끝에서 피가 묻은 벽돌 하나가 발견되었다. 벽돌에서 채취한 피는 사망자의 것과 동일하다고 판명되었다. 지문은 발견되지 않았다. 시신 부근에서 플라스틱으로 만들어진 싸구려 라이터가 발견되긴 했지만 역시나 지문은 없었고, 사건과의 연관성도 불투명했다.

시신이 현장에서 수습되기까지 많은 사람이 몰려들었다. 어떻게 알았는지, 누군가에게 연락받았는지 피해자의 어머니가 벼락처럼 달려들었다. 자식을 잃은 어머니는 울부짖었다. 누군가에게 쥐어뜯긴 듯 제 가슴을 움켜쥔 채 놓을 줄을 몰랐다. 영향력이 없는 신생 인터넷 신문사에서 아주 작게 기사를 실었지만 그걸로 끝이었다. 같은 날, 누군가는 음주운전으로 면허정지를 받았고, 어느 고등학교의 학업이 우수한 학생은 떨어지는 성적을 비관해 자살을 시도했다. 그날 새벽의 살인 사건은 어차피 이 지구 어디선가 매일같이 벌어지는 사건·사고 중 하나였다.

신문 지면과 방송 3사 머리기사는 모두 영인시에서 진행된 '불빛 없는 밤의 도시'의 몫이었다. 그때까지만 해도 살인 사건과 '불빛 없는 밤의 도시'는 전혀 상관없는 일이었다.

"아버지."

거실에 앉아 있던 세현은 안방의 문이 열리자 벌떡 일어섰다. 오늘 새벽, 함께 집에 들어온 이후 아버지는 방의 문을 닫아걸었다. 아무리 세현이 문을 두드리고 불러보아도, 방안에서 아버지의 목소리는 들려오지 않았다. 세현은 아버지가 혹시 잘못된 선택이라도 할까봐 불안한 마음으로 거실과 아버지 방 앞을 서성이며 아침을 맞이했다.

세현의 부름에 고개를 돌린 아버지는 물끄러미 그의 얼굴을 들여다보았다.

"약은 발랐냐?"

몇 시간 만에 처음으로 입을 열어 한 말에 세현은 그만 울컥, 눈물을 흘릴 뻔했다.

'불빛 없는 밤의 도시' 행사가 열린다는 것은 이미 알고 있었다. 고등학교 2학년인 세현의 학교에도 협조공문이 왔다. 담임선생님들은 행사에 협조하라는 공지를 매일 종례 때마다 반복해 당부했다. 협조한 가정에는 전기료 감면의 혜택도 있다고 하니 세현은 잊지 말고 협조해야겠다고 생각했다.

하지만 단 하나, 걱정되는 점이 있었다. 세현의 아버지 문수는 환경미화원이었다. 듣기로는 헬멧에 랜턴을 달아 청소한다고 하지만 열여덟인 세현의 머리로도 그게 작업에 크게 도움 될 것 같지 않았다. 게다가 가로등까지 끈다니, 환경미화원들의 안전은 보장되는 걸까? 쏟아지는 세현의 걱정에도 문수는 괜찮다고만 했다. 오히려 시에 도움이 된다니 자긍심이 생긴다고도 했다.

하지만 걱정은 멈춰지질 않았다. 그래서 오늘 새벽 2시경, 아직 공부에 심취해야 할 그 시간에 문득, 아버지가 어두운 도로를 청소하다가 차에 치이는 상상을 하고야 말았다. 세현은 시계를 올려다보았다. 아직 아버지가 돌아오시려면 멀었다. 결국 점퍼를 입고 문밖을 나섰다. 아버지의 청소 구역을 알고 있으니 나가보려는 생각이었다. 이전에도 가끔 따뜻한 차를 들고 나간 적이 있었다.

그런데 아버지를 마주친 곳에서 예상치 못한 일이 벌어졌다. 누군가 아버지에게 머리를 들이대며 시비를 걸고 있던 것이다.

"이봐, 학생. 이러지 말고."

아버지의 어르는 소리에도 덩치 큰 남자는 행동을 멈추지 않았다.

"그러니까 내가 여기다가 오줌을 싸든 말든 뭔 상관이야?

청소부가 청소를 해야지 왜 내가 오줌까지 참아야 하냐고. 얼척없네!"

"그건 미화원들이 하는 일이 아니야. 그리고 알 만한 사람이 왜 이래? 이건 노상 방뇨잖아."

"아, 시발! 그 랜턴 좀 치워. 나 눈 멀면 책임질 거야?"

남자는 손으로 아버지의 헬멧을 탁탁 쳤다.

거기에서 멈췄다면 세현 역시 말리는 정도로 행동해 조용히 끝났을지도 모른다. 하지만 남자는 그 자리에서 바지 지퍼를 내리고는 아버지의 다리를 향해 오줌을 쌌다. 당황해 굳은 아버지의 바지에서 허연 김이 피어올랐다.

"야, 이 새끼야!"

세현이 남자를 잡아 돌렸다.

"너는 뭔데 끼어들어!"

생각보다 앳된 남자의 입에서 술냄새가 풍겼다. 세현은 인상을 찡그리는 동시에 뭔가 말을 하려고 했지만 남자의 주먹이 얼굴에 꽂히는 것이 먼저였다.

세현은 나동그라졌다.

"세현아!"

남자는 침을 퉤 뱉으며 바지 지퍼를 끌어올리고는 쓰러진 세현의 가슴팍 위에 올라앉았다. 세현은 버둥거렸지만 남자

　　　　　　　　　　　　　　　불빛 없는 밤의 도시

의 엄청난 무게를 이기지 못했다. 남자의 난타가 시작됐다. 정신없이 말리는 아버지의 목소리가 들려왔지만 앞이 잘 보이지 않았다. 남자가 간단히 팔을 휘둘러 아버지를 떨어뜨렸다. '이러다가 정신을 잃을지도 모른다'는 생각이 드는 순간이었다. "억!" 소리와 함께 남자의 육중한 몸이 세현의 위로 쓰러졌다. 간신히 눈을 떴을 때 아버지의 손에 벽돌이 들려 있었다.

남자가 죽었다는 건 뉴스로 알았다.

현장에서 정신없이 도망친 이후, 아버지가 모습을 드러내는 것은 처음이었다. 약을 발랐냐는 아버지의 목소리가 결연해서, 세현은 아버지가 무슨 생각을 하는지 알 것 같았다.

"안 돼요, 아버지."

"어차피 금방 잡힌다. 내가 담당하는 구역이기도 하고, 내 라이터도 싸우다가 떨어뜨린 것 같다. 요즘엔 과학수산가 뭔가가 발달해서 금방……"

"아뇨, 아버지."

세현은 태블릿 PC를 가지고 와 아버지의 앞에 들이밀었다. 새벽 5시 뉴스의 다시보기 장면이었다.

— ……경찰은 살인 사건으로 보고 수사를 진행하고 있지만, 범행 흉기로 지목되는 벽돌과 범인의 것으로 보이는 라이터에서 지문이

　문수는 자신의 손을 들여다보았다. 손가락이 파들거렸다. 떨리는 손가락 끝에 지문은 없었다. 13년간의 환경미화원 생활로 얻은 것이었다.

　세현이 말했다.

"방법이 있을 거예요."

4

세상은 달라졌다. 그것은 더이상 영인시만의 일이 아니었다. 영인시의 많은 사람이 그날 밤의 장관을 10초쯤 되는 동영상으로 담아 SNS에 올렸다. 수많은 게시물을 다른 도시의 사람들이 차오르는 샘물을 떠가듯 끝없이 퍼뜨렸다.

　아침의 전국 방송 뉴스에서 첫 소식으로 영인시의 행사를 전했다. 오후가 되자, 당일 아침 있었던 청와대 수석보좌관 회의에서 대통령이 영인시의 행사에 관해 깊은 관심을 드러냈다는 보도가 이어졌다. 그러자 칭찬하지 않으면 나쁜 사람이 되기라도 할 것처럼 모든 매체가 영인시의 바람직한 행정에 대해 찬사를 쏟았다. 시는 정책의 성공 여부에 따라 열풍이 불기도 하고, 살을 도려내는 삭풍이 불기도 한다.

경제학자들이 앞다투어 '불빛 없는 밤의 도시' 행사가 전국으로 확대될 경우, 연간 얼마의 에너지 절약 효과를 내며, 그것이 환경적으로 어떤 영향을 미치는가에 대해 논평을 쏟아냈다.

이 행사를 위해 각 마을의 이·통장단, 부녀회와 영인시에 입주한 기관에 평소의 3배에 달하는 시 지원을 약속했다. 생산설비를 갖춘 공장들을 멈춰세웠다. 시가 감당해야 할 지원금과 멈춘 공장들에서 하룻밤 사이에 나왔을 영업이익을 계산해본 재우는 뉴스를 보며 쓴웃음을 흘렸다. 전기 아끼자고 일가족이 아무 일도 안 하고 서로 부둥켜안은 채로 겨울을 지내는 꼴이 아닌가.

저들이 정신을 차려 다시금 손익계산을 하지 않기만을 바라며 재우는 휴대전화를 주머니에 집어넣었다.

"계장님."

조심스레 부르는 목소리에, 재우는 뒤를 돌아보았다. 승영이 서 있었다.

"누가 찾아오셨습니다."

"누가?"

"영인경찰서 강력계 형사님이라고 하시는데요."

승영의 어깨 너머로 시선을 던지자, 검은색 재킷을 입은 남자가 성큼 걸어왔다. 겨울에 입기엔 적당해 보이지 않는 면바지의 무릎이 기마자세라도 했던 것처럼 튀어나와 있었다. 더럽고 낡은 운동화가 눈에 들어왔다.

남자의 손이 눈앞으로 불쑥 밀고 들어왔다. 경찰 신분증. 재우가 충분히 알겠다는 듯 고개를 끄덕이자 남자가 신분증을 주머니에 쏙 집어넣었다. 참 예의 없는 인사법이다.

재우는 형사를 탕비실로 안내했다. 신축공사를 한 건물에는 제대로 된 휴게실이 마련됐지만, 형사와 함께 나란히 앉아 직원들의 시선을 받을 생각을 하니 도무지 그쪽으로 갈 마음이 나지 않았다.

탕비실에는 작은 식탁과 의자 두 개가 비치되어 있었다. 다과를 준비하는 동안 접시를 잠깐 올려놓는 용도일 뿐 거기에 앉는 사람은 없었다.

"장덕현 형사입니다."

재우는 형사가 눈앞에 내민 명함을 물끄러미 응시했다.

"무슨 일이십니까?"

"협조를 요청하려고 왔습니다."

재우는 덕현을 응시했다. 또 귀찮아지겠군, 싶었다. 경찰 쪽 행사에서 뭔가 도움을 요청할 일이 있는 모양이다.

"이번 행사 말입니다. 그, '불빛 없는 밤의 도시'요. 일회성입니까?"

찰흙으로 사람 형상을 빚은 뒤 눈을 그려넣는 것을 깜박해 조각도를 푹 쑤셔넣어 만든 것처럼 가느다랗고 날카로운 덕현의 눈이 예민하게 빛났다.

"글쎄요, 그건 아직 정해진 게 아니라서."

형사는 그날 밤 벌어진 살인 사건에 관해 이야기했다. 뉴스 기사를 봤기 때문에 재우도 내용은 대충 알았다. 이면도로였지만 방범용 CCTV가 있어 형사는 금세 용의자 범위를 압축할 수 있을 거라고 생각했다. 하지만 문제가 생겼다. CCTV에 찍힌 것은 어둠뿐이었다. 간간이 사람의 형체가 찍히긴 했지만 성별조차 분간하기 힘들 정도였다.

"CCTV 관련 문제는 교통과 교통지원팀으로 가보시죠."

재우는 무미건조한 얼굴로 말했다. 덕현의 미간이 살짝 찌푸려졌다.

"CCTV가 적외선 카메라였다면, 한 사람의 억울한 죽음이 밝혀졌을 겁니다."

"CCTV는 교통과 교통지원팀, 이라고 말씀드렸을 텐데요?"

"교통지원팀에 가면 바로 적외선 카메라로 바뀝니까? 그게 아니니까 이렇게 찾아온 것 아닙니까. 혹시 단발성 행사가 아니라면……"

재우가 그의 말을 잘랐다.

"얼마 전 뉴스에서 곧 영인경찰청 특공대 출범식이 있을 거라고 하던데 맞습니까? 기사 보니 축포도 쏘시고 아주 영화를 방불케 하던데. 그 축포, 환경적으로 검토할 때 문제가 다분해 보이는데 중단해주시죠?"

덕현이 인상을 썼다. 무슨 말을 하고 싶은 거냐고 묻는 것 같았다.

"역시 이렇게 말로만 하면 안 되죠? 일개 형사님께 무슨 권한이 있다고 구두로 말을 전합니까. 당연히 협조지원공문 보내야겠죠? 얜 뭐야, 하고 어이없겠죠? 지금 형사님께서 하신 일이 딱 그겁니다."

재우의 표정이 돌연 서늘하게 굳었다.

"그러니 돌아가셔서 공문을 띄우든 어쩌든, 절차에 맞게 하시죠."

반문할 새도 없이 재우는 몸을 돌렸다. 문을 열고 한 발짝 밖으로 내디뎠을 때 덕현이 의자에서 일어나는 소리가 들렸다. 나무 식탁 의자가 새로 지어진 건물의 콘크리트 바닥을 가차없이 긁으며 내는 둔탁한 소리였다.

"일을 진행하기 전에 다각도로 문제점을 생각해보셨으면

　　　　　　　　　　　　　불빛 없는 밤의 도시

막을 수 있는 일이었습니다."

재우는 걸음을 멈췄다. 몸을 돌려 덕현을 노려보았다. 덕현은 묵묵히 그 시선을 맞받았다. 재우 개인에게 보내는 비난과 시 직원에게 보내는 공적인 항의의 뜻이 시선에 섞여 분사되었다. 눈빛의 차가운 색감은 앞으로 재우가 살아갈 세계의 것이라고, 그 재앙 속의 것이라고 말하고 있는 듯했다.

재우는 예감했다. 지금 여기서 지면 자신의 탓이 될 거라고. 그는 공무원이 된 이래 자신의 실수를 쉽게 인정해본 적이 없었다. 인정했다가는 책임져야 한다. 그렇게 되면 자신이 옷을 벗는 걸로 끝나지 않는다. 윗선이 있다. 그래서 더욱 져서는 안 된다.

"막을 수 있는 일? 뭘 말이죠? 그날 불을 안 껐다면 그걸 막을 수 있었나요? 못 막죠. 살의라는 건 당사자가 아니면 일이 벌어지고 나서야 타인이 인식하는 거니까요. 그럼 그다음은 뭘 해야 하죠? 살인자를 밝혀야죠. 그건 형사인 댁이 해내야 하는 일입니다. 괜히 다른 곳에 가서 책임 떠넘길 사람을 찾을 게 아니라."

재우는 몸을 돌려, 이제는 완전히 탕비실을 나왔다. 덕현은 재우를 부르지 않았다. 따라서 나오지도 않았다. 공문을 보내겠다고 하지도 않았다. 그저 그 뒷모습을 쳐다볼 뿐이었다. 비 오는 일몰의 저녁, 화장실 갔다 돌아오는 학교의 복도에서처럼 누가 따라오기라도 할 듯 정신없이 내딛고 싶어하는 다리를 자제하며, 재우는 느른한 걸음걸이로 복도를 가로질렀다.

'내 잘못이 아니다.'

자신의 잘못이 아니어야 했다.

5

새벽 7시. 알람 소리가 이어지자 재우는 늘 그랬던 것처럼 몸을 일으켰다. 가벼운 두통이 있었다. 양 손바닥으로 눈두덩을 꾹꾹 눌렀다. 저혈압이 있어 잘 일어나질 못하는 재우에게 아내가 가르쳐주었던 방법이다. 그렇게 하면 머리가 조금 시원해진다고 했다.

"거짓말 마."

재우는 그렇게 말해놓고도 몇 년씩이나 그 마사지를 아침마다 해오고 있다.

불빛 없는 밤의 도시

아무리 해가 늦게 뜨는 겨울이라고 해도 7시면 하늘은 어두운 셀로판지를 수십 번 걷어낸 것처럼 희붐해졌을 것이었다. 하지만 지난달 설치한 암막 커튼이 아직은 방안의 어둠을 지켜내고 있었다.

어두운 것이 좋다. 어둠은 모든 것을 끌어안는다. 감춘다. 없앤다. 외로움을 끌어안고, 혼자라는 것을 감추고, 희망을 없앤다. 밝은 곳으로 나갈 수 있다는 희망을.

재우는 몸을 일으켜 거실로 나갔다. 늘 그러하듯 리모컨을 들어 아침뉴스를 틀었다. 밝고 경쾌한 아나운서의 음성이 적막을 채웠다.

생수밖에 없는 냉장고 문을 열었다. 그나마도 오늘은 생수조차 없었다. 텅 빈 생수통은 왜 넣어놨는지 모르겠다. 재우는 빈 페트병을 손으로 구겨 아무데나 던져버렸다. 냉장고의 문을 닫고는 싱크대의 수도꼭지를 돌려 열어 입을 대고 마셨다.

— 시청자 여러분, 밤새 안녕하셨습니까? 얼마 전 영인시에서 개최돼 화제를 모았던 행사, '불빛 없는 밤의 도시'를 기억하십니까?

재우는 수도꼭지를 잠갔다. 젖은 입가를 손등으로 닦으며 뒤돌아보았다. 미간이 찌푸려졌고, 두 눈은 황망하게 떨리며 TV 화면을 응시했다. 그는 화면 아래에 커다랗게 박힌 자막을 봤다. 빨간색 테두리 안에 삽입된 흰 글씨가 눈에 확 들어왔다.

뉴스는 계속되었다. '불빛 없는 밤의 도시' 행사가 화제가 되면서 세계환경기구의 눈을 사로잡은 것이었다. 그들은 회의에서 대한민국의 영인시에서 벌어진 기가 막힌 행사를 입에 올렸고, 영인시의 아이디어를 배우기로 했다. 그렇게 2022년 세계환경포럼은 영인시에서 개최하기로 만장일치로 결정되었다.

뉴스를 전하는 아나운서는 이 포럼이 국내 도시에서 개최되는 것에 어떤 의미가 있는지를 친절한 어투로 분석했다. 영인시가 이 포럼을 유치한 것만으로도 대한민국은 환경에 앞장서는 선진국으로서의 이미지를 견고히 하고, 세계적 인지도가 제고될 것이라고 했다. 뉴스는 한 공무원의 기가 막힌 아이디어와 시에서 진행하는 행사에 철저히 따라주는 우수한 시민의식의 컬래버레이션이 만들어낸 시너지가 국가의 위상을 드높인 결과라고 떠받들었다.

　　　　　　　　　　　　　　　　　　　　　　　

출근한 재우가 아무리 애써 외면하려 해도 딱 한 번만 봐달라는 듯 주의를 끌어보려고 작당한 시선이 자꾸만 따라붙었다. 눈치를 살살 보는 게 빤한 눈길은 슬슬 재우의 신경을 거슬렀다.

"왜?"

결국 재우가 돌아보자 승영이 어깨를 흠칫 떨었다.

재우는 기억도 잘 안 날 정도로 까마득한 대학 시절, 춘천의 강촌에 MT를 갔을 때 보았던 낡은 놀이공원을 떠올렸다. 대단한 놀이기구가 있는 것도 아닌데 '강촌랜드'라는 거창한 이름이 붙었던 그 공원엔 백 원짜리 동전 몇 개를 넣고서 튀어올라오는 머리를 쾅쾅 내려찍으면 되는 게임기가 있었다. 망치에 맞아 내려가는 두더지 머리들은 페인트가 벗겨져 있었다. 그 정수리의 페인트가 벗겨진 두더지처럼, 승영의 머리도 아래로 쏙 들어갔다. 영인 시민들은 자기 혈세로 고용된 게 두더지라는 사실을 알까.

"시장님이 부르셔서요."

재우는 괜히 거세게 휘젓던 티스푼을 내려놓았다. 진갈색 커피가 '저 달짝지근해요'라고 말하고 싶은 듯 손안에서 회전했다.

"너 마셔라."

재우는 젓던 커피를 승영에게 내밀고는 감사 인사가 돌아오기도 전에 사무실을 나가 시장실로 올라갔다.

매일 똑같이 시작되는 패턴화된 삶. 재우는 이미 자신도 모르는 사이에 그런 삶에서 조금씩 멀어지고 있었다.

"아침에 뉴스 봤지?"

재우가 시장실로 들어갔을 때 김 시장은 세전동 오거리를 내려다보고 있었다. 어쩐지 불길했다. 재우는 대답 없이 시장실 중간의 형광등 아래에 섰다. 사람을 불러놓고 여전히 세전동 오거리만 내려다보는 예의를 선보이는 시장의 옆에 가서 설지, 소파에 가 앉을지 망설였다.

다행히 김 시장이 바깥 풍경에서 시선을 떼고 소파로 와 앉았기 때문에 엉거주춤 섰던 재우도 앉을 수 있었다.

"네, 봤습니다."

"여의도에서 관심이 대단해."

여의도란 국회의사당을 이르는 표현이다. 김 시장의 어법이었다. 국회의사당은 굳이 여의도라고 불렀고, 청와대는 청기와나 푸른 집이라고 말했다. 저들만의 은밀한 언어를 써야만, 자신의 가치가 그들과 대등하게 올라간다고 믿는 사람 같았다.

　　　　　　　　　　　　　　　　　불빛 없는 밤의 도시

"다 자네 덕분이야."

천 원, 이천 원, 삼천 원. 한 줌씩 봉지에 집어넣으며 수를 세다 마지막 한 줌은 '옜다' 하고 주는 덤처럼 김 시장이 말했다. 재우는 대충 주억거렸다. 정말 자신의 덕이라고 생각해서가 아니라, 그렇게 덤을 주는 시장이 고마워서도 아니라, 습관화된 것이었다. 인간은 매일 패턴화되어가고, 패턴화된 삶을 살 때만 권태로운 안정감을 느낀다.

"세계환경기구 측에서 공식적으로 공문이 왔어. 세계환경포럼이 다음달 영인시에서 열릴 거야. 이것만 진행되면 모든 게 수월해져."

"모든 게."

주문을 외우는 마술 견습생처럼 재우는 김 시장의 말을 무심코 따라 했다. 시장이 말했다.

"시의 위상도 격상되고, 내년도 예산 편성도 쉬워질 거야."

꿈을 꾸듯 느른한 말투의 기저에는 시장의 욕망이 흘렀다. 이 자리에 눅진하게 붙어 있는 생명줄을 더욱 견고히 하고 싶은 욕망이었다. 욕망하는 것은 어디까지나 개인의 자유다. 그렇다면 그 욕구를 채우는 것도 자신이어야 하는데 김 시장은 재우가 채워주길 요구하고 있다.

불합리한 일이지만 따를 수밖에 없다. 재우가 받는 월급에는 윗선에 고개를 조아리는 비용까지 포함되어 있으니까.

"포럼에 맞춰 행사를 또 진행합니까?"

재우가 묻자 김 시장이 고개를 저었다.

"포럼에 맞춰서는 당연히 해야지. 하지만 그 전에 한번 더 하는 게 좋겠어. 포럼 때문에 하는 보여주기식이 아니라는 것을 알려야지."

보여주기식이 아니라는 것을 보여주기 위해 또다시 행사를 보여야 한다. 김 시장은 부끄러운 줄도 모르고 한국인이 알아듣지 못할 소리를 한국어로 지껄이고 있었다.

"시간을 좀 주십시오."

"일주일이면 되지? 지난번에 만들었던 공문들 그대로 돌리면 되는 거 아닌가."

"솔직히 말씀드리면 행사와 관련된 것 같은 사건이 발생했습니다."

재우는 자신을 찾아왔던 장 형사와 낡아서 있으나 마나 한 CCTV와 그래서 유발되는 치안에 대한 걱정과, 환경미화원들에게서 올라오는 불만에 대한 것들을 이야기했다. 시장은 재우가 하는 말을 가만히 들었다. 납득하는 얼굴은 아니었다.

"지금 무슨 말을 하는 거야?"

재우는 고개를 살짝 들어 시장을 보았다.

"다 된 밥에 똥물 뿌릴 생각 하지 마."

경고를 뱉는 시장의 얼굴. 아무 생각도 없는 시장의 얼굴. 늙어서 있으나 마나 한 CCTV가 유발하는 치안에 대한 걱정, 환경미화원들의 불만 따위의 일엔 아무 관심도 없는 얼굴이다.

인간은 기대하면 배신당하고야 마는 굴레를 쓰고 있다. 재우는 이자에게 무엇을 기대했던가, 생각했다. 김 시장의 자리는 위로는 배알을, 아래로는 양심을 내려놓아야 올라갈 수 있다.

시장은 할 이야기가 모두 끝났다는 듯 소파에서 일어서더니 다시 창가로 갔다. 하루종일 내려다봐도 질리지 않는다는 시선으로 '나의 것'인 영인시를 보는 것이다. 이 시간에도 그의 급여대장에 차곡차곡 숫자가 올라간다는 사실이 기이하기까지 하다.

재우는 자리에서 일어섰다. 하지만 일어날 타이밍이 아니었던 모양이다. 김 시장이 다시 말을 시작했고, 재우는 나가지도, 도로 앉지도 못한 채로 서서 시장의 말을 들었다.

"뭔가 좀더 볼거리를 생각해봐."

"네?"

"리슨 앤 리피트야? 왜 들어놓고 되물어? 볼거리를 생각해

보라고. 그냥 불만 끄고 마는 게 아니라 외국 애들 눈을 확
잡는, 그런 거 말이야.”

두 번을 들었는데도 이해가 가지 않는 말이었다. 다시 물
어보면 저 성격에 난리가 날 것 같아 되묻지 않은 채 재우는
시장의 얼굴을 멀뚱히 보았다.

전기 에너지를 아끼자는 모토 아래 진행되는 행사에서 대
체 무슨 볼거리를 만들어내라는 것인가. 심지어 세상이 온통
깜깜해지게 하는 행사에서 뭘 보자는 것인가. 불 다 꺼놓고
연예인들이라도 불러서 춤 파티라도 벌이자는 건가. 아니면
불 끄기 직전에 화려한 개막식이라도 하라고? 배보다 배꼽
이 더 크겠다.

“고민해봐. 어?”

재우가 아무런 말도 하지 않자 시장이 고개를 돌리고 답을
채근했다. 거뭇한 얼굴 위에 박힌 커다란 눈이 재우를 빨아
들였다. 시장이 원하는 대로 대답하지 않으면 반드시 이 세
상의 끝을 보여주겠노라 협박했다.

시장은 재우의 대답을 원했지만, 그것은 의견을 묻는 차원
이 아니라 단순히 기계처럼 ‘네’ 혹은 ‘아니오’라고 단답하길
원했다. 문제는 그 로봇에 입력된 값에 ‘아니오’는 없고 ‘네’
뿐이라는 사실이었다. 그게 ‘아니’라는 것을 알지만 내놓을

                                        불빛 없는 밤의 도시

수 있는 건 '네'뿐인 로봇은 결국 주인의 입력값에 대응하는 답을 내놓았다.

"네."

6

어떤 방식의 '볼거리'인지는 지시한 김 시장도 모르는 일이었지만, 어쨌든 그 '볼거리'가 만들어지는 장소가 어디여야 할지는 명확했다. 이미 시선으로 지시해두었으니.

세전동 오거리. 세전동 광장에서 다섯 갈래 길로 이어지는 바로 그곳이 시장의 타깃이었다.

'볼거리'를 만들어내는 것은 당연히 담당자인 재우의 몫이었다. 환경팀 전체와 논의하긴 했지만, 결국 이 캠페인의 설명회를 연다든가 하는, 구태의연하기 그지없는 아이디어만 나왔다. 그러나 시장의 입에서 나온 지시는 어떻게든 바닥에 떨어지기 전에 주워 처리해야 하는 법이었다. 그것이 시청 공무원이 해내야 하는 일 아닌가.

재우는 그날 퇴근길에 세전동 광장으로 향했다.

세전동 광장의 북쪽으로는 공단이 있고, 남쪽으로는 학교와 아파트가 밀집해 있다. 서쪽으로는 여행객이 가장 많이 이용하는 ITX 역사가 있다. 동쪽에는 유명한 먹거리 단지와 멀티플렉스가 있다. 그곳을 향해 가는 모든 사람이 꼭 한 번씩은 들러야 하는 곳이 바로 이 세전동 광장의 오거리다. 적당한, 아니 가장 최적의 장소 선택지기는 했다.

안개 때문인지 황사 때문인지 모를 부연 공기가 도시를 억눌렀다. 서울만큼 끔찍하진 않지만, 이곳 역시 상황은 좋지 않다. 더이상 깨끗한 공기도 마실 수 없고, 맑은 하늘 따위 기대할 수 없다. 이런 도시가 세계환경포럼 주최 측의 기대와 관심을 받는다니, 그 기관의 공신력을 믿을 수 있는 걸까 싶었다.

저녁 7시가 넘자 완벽한 어둠이 내려앉았다. 어두울수록 빛은 실제로 가진 것보다 더 아름답게 보인다.

온 도시가 반짝였다. 그 순간, 재우는 드디어 뭘 어떻게 해야 할지를 머릿속에 그려낼 수 있었다.

어둠에 잡아먹힌 도시에서 볼거리란 빛뿐이다. 하지만 이 행사는 어둠으로 만들어낸 에너지의 절약이, 그걸 보여주는 것이 주된 목표다. 그렇다면 당연히 불을 추가로 밝힐 수는 없다. 이미 있는 어둠에 이미 있는 불을 끌어와야 한다.

　　　　　　　　　　　　　　　　　불빛 없는 밤의 도시

불빛 없는 도시의 밤거리에 이미 있는 불은 단 하나다.

환경미화원들의 헬멧에 달린 랜턴.

김 시장은 재우의 아이디어를 듣자 입은 물론이고 목젖까지 찢어져나갈 기세로 크게 소리 내어 웃어댔다. 행사 당일 취재할 기자를 선정해야겠다고도 했다. 이번에야말로 제대로 화제를 불러일으킬 거라고 자신하며, 김 시장은 기분좋게 재우의 어깨를 두드렸다. 손짓의 무게가 왠지 버겁다. 시장의 기대가 조금도 기쁘지 않았다.

김 시장의 이름으로 협조문이 각 부서로 뿌려졌고, 곧장 청소행정과의 항의가 들어왔다. 환경미화원들의 반발은 예상된 것이었고, 김 시장의 몇 마디가 당장 청소행정과의 입을 막은 것 또한 예정된 일이었다. 환경미화원들의 반발은 당연히 청소행정과에서 막아야 했다. 환경미화원들은 제각기 불만의 소리를 냈지만, 그 아우성들은 일정 이상 위로 올라가지 못했다. 시장실로도, 일을 계획한 환경과의 박재우에게로도 전해지지 않았다.

"그럴 줄 알았어요."

문수의 말을 듣자마자 세현은 조금의 동요도 없이 고개를

끄덕였다. 또다시 두번째 '불빛 없는 밤의 도시' 행사를 연다
는 것이다. 게다가 이번엔 환경미화원들의 랜턴을 이용한 쇼
까지 기획한다는 모양이었다. 지난번 살인 사건과 행사를 엮
은 뉴스는 전혀 보도되지 않았다.

"연쇄라는 걸 보여줘야 해요. 뉴스에서 봤어요. 집에 싸구
려 라이터 있죠? 노래방 같은 데 가면 주는 거요. 아버지가
떨어뜨린 거랑 최대한 비슷한 걸로요."

세현이 말했지만, 문수는 어두운 얼굴로 아들의 손을 잡았
다. 지난번에는 아들을 구하려 저도 모르게 살인을 저질렀지
만, 자신이 죄를 피하려고 아들을 살인자로 만들 수는 없었다.

"지난번 얘기는 없던 걸로 하자."

문수의 말에 세현은 격앙되었다.

"무슨 소리예요! 지문 같은 제대로 된 증거는 하나도 없지
만, 곧 경찰들은 아버지를 주목할 거예요. 아버지가 맡은 구
역이었으니까요! 가만히 앉아 있다 잡혀가겠다는 말씀이에
요? 연쇄된 사건으로 만들어야 한다고 몇 번이나 말씀드렸
잖아요. 두번째 살인은 반드시 아버지 구역과 다른 곳에서
일어나야만 해요."

"그렇다고 해도 너를 살인자로 만들 수는 없다. 지난번에
는 나도 모르게 정신없이 벌인 일이지만 내 죄를 들키지 않

겠다고 사람을 죽이다니. 말도 안 되는 일이다."

문수는 생각보다 단호했다. 하지만 세현은 문수의 마음을 돌릴 마법 같은 문장을 알았다.

"살인자의 자식은요? 그건 괜찮아요?"

문수는 애절한 눈빛으로 세현을 보았지만, 그 입은 꾹 다물어졌다.

"걱정하지 마세요. 절대 들키지 않아요."

"피해자는…… 무슨 죄로."

세현은 문수가 뭘 걱정하는지 금방 알아들을 수 있었다. 첫번째는 엉겁결에 일어난 일이다. 자식을 보호하다 벽돌을 휘둘렀다. 그의 사망은 사고에 가깝고, 사고라는 건 실수에 가까운 일이다. 하지만 두번째는 다르다. 계획하에 사람을 죽이는 일이다. 그것도 문수와 세현과는 접점이 없는 사람. 그렇다는 것은 '불빛 없는 밤의 도시'에 나와 우연히 마주친, 무고한 사람을 죽인다는 이야기와 같았다.

하지만 이미 세현에게는 계획이 있었다. 세현은 거실 구석에 놓인 가방을 끌어당겨 안에서 종이 한 장을 꺼냈다. PC방에서 출력해온 것이었다.

한 남자의 사진이 담긴 프린트물이다. 서서 찍힌 정면 전신사진과 얼굴만 클로즈업된 사진, 양쪽 옆면을 찍은 각각의 사진까지 총 네 장이다. 아래로는 남자의 이름과 나이, 키와 몸무게는 물론 사는 곳의 주소까지 정확히 적혀 있었다.

"이게 누구……"

"좀더 자세히 보세요."

세현의 말에 문수는 아래에 적힌 내용을 보다가 깜짝 놀랐다.

"이건?"

"'성범죄자 알림e' 서비스라는 거, 들어보셨죠? 거기서 찾았어요. 미성년자를 강간했는데도 징역 6년이라니 말도 안 돼요. 제가 그때 기사를 찾아봤어요. 판결이 나고 피해자는 자살했어요. 피해자의 부모는 아직도 상처 때문에 고통받고 있을 거예요."

문수는 다시 한번 사진을 내려다보았다. 평범한 얼굴이었다. 사진 한 번 본 걸로는 눈에 익지 않을 만큼. 파마한 머리에 오십대 초반의 나이답게 배가 조금 나왔다. 길에서 지나다가 스쳤다면 그냥 지나가는 사람, 혹은 누군가의 아버지로 보일 만한 사람. 하지만 이 사람은 피해자의 인생은 물론 그 부모의 인생까지 파괴한 범죄자다. 문수는 자식을 가진 입장으로 피해자의 부모의 마음이 절절히 느껴졌다.

"제가 확인해봤어요. 사진이 공개된 뒤론 밖에는 잘 안 나오더라고요. 그래서 사람이 없는 밤에 뭘 사다 먹느라 거의 매일 밤 편의점에 가요. 잊지 마세요. 죽어도 싼 놈이라고요."

문수는 남자의 얼굴이 출력된 인쇄물을 꾹 쥐었다. 문수의 손에서 남자의 얼굴이 구겨졌다.

7

이틀 후 새벽 3시. 2회차 행사로 어둠에 휩싸인 영인시의 세전동 광장에 환경미화원들이 집결했다. 암순응되어도 더듬거려야 겨우 줄을 맞출 수 있을 정도였지만, 불을 켜는 것은 허락되지 않았다. 미리 자리를 잡고 서 있던 재우는 적외선 카메라가 장착된 망원경을 눈에 대었다. 줄은 어느 정도 질서 정연하게 잡혀 있다. 가로로 스무 명, 세로로 열두 명. 거리 청소 담당부터 쓰레기차 운전기사, 낮 근무자까지 포함해 대규모 인원을 구성했다. 사람이 선 사이사이를 넓히자 오거리의 광장이 가득 찼다.

박재우는 망원경을 눈에 대고서 고개를 위로 꺾었다. 오거리 둘레에 있는 고층 건물들의 옥상에는 미리 섭외한 취재 기자들이 대기하고 있을 터였다. 재우는 주머니에 들어 있던 동그란 시계를 꺼냈다. 옆에 달린 버튼을 누르자 희미한 불빛과 함께 시간이 보였다.

'새벽 3시 10분.'

재우는 미리 준비한 무선 마이크를 입에 가져다대었다.

"점등!"

미리 약속한 시각이 되자 옥상에 대기하던 취재기자들과 카메라 기자들이 드러내놓고 긴장하며 카메라 렌즈를 세전동 광장으로 향했다. 촬영 카메라에 붉은빛이 들어왔고, 사진 카메라맨들은 셔터에 손을 올렸다.

그리고 그 순간, 세전동 오거리가 환한 빛으로 가득찼다.

'점등!' 하고 외친 재우의 신호에 맞춰 환경미화원들은 일제히 자신의 헬멧에 달린 랜턴을 켰다. 일거에 쏟아진 빛의 파도가 세전동 광장에 일렁였다.

잠시 뒤 불빛의 바다가 다섯 갈래로 나뉘어 흘렀다. 가까

　　　　　　　　　　　　　　불빛 없는 밤의 도시

이서 보면 광장에 몰려들었던 미화원들이 모두 자신의 구역으로 향하는 것에 불과했으나, 멀리서 보면 그것은 빛의 바다가 천천히 다섯 갈래의 거리로 스며드는 것 같았다. 각 건물의 옥상에서 셔터소리가 파도처럼 울렸고, 아침뉴스에 전해질 영상이 쉴새없이 카메라에 담겼다.

실로 장관이 아닐 수 없었다.

그리고 새벽이 몰고 온 빛 속에서 또다시 시신이 발견되었다. 라이터와 함께였다.

시신은 망가진 마론인형 같아 보였다. 어차피 인형이니 아무데나 버려두어도 상관없다는 듯, 애써 감출 필요 자체가 없다는 듯, 시신은 주택가 도로에 내버려진 채로 출근길 시민들을 공포로 몰아넣었다.

그러나 그 공포가 전부가 아니었던 모양이었다. 공포에 따라붙은 이질적인 감정. 신고 즉시 경찰과 과학수사대가 출동해 현장을 통제했고, 발견된 시신을 천으로 수습했지만 10분도 지나지 않아 온갖 SNS에 시신이 찍힌 현장 사진이 뿌려졌다. 사진 한 장만으로도 그가 성범죄자라는 소식이 전해졌다. 피해자의 가족에게 죽었다는 둥, 어떤 정의로운 사람이 벌인 일이라는 둥, 앞으로 성범죄자들이 하나씩 죽어나갈 거라는 둥 많은 스토리가 양산됐고, 루머에 붙은 루머가 더 큰 루머를 만들어내었다. '사람 하나가 죽었는데 그 사진을 퍼 나르는 건 아닌 것 같다'는 댓글은 인간의 광분 속에 묻혀 갔다.

기어이 인터넷 포털과 경찰청 사이버수사대가 공조해 인터넷에 떠도는 모든 사진을 삭제한 끝에야 소동이 끝났다.

그 소동의 한편에서 또다른 영상이 사람들에게 끝없이 회자됐다. 그것은 바로 불빛 없는 도시 행사의 일명 '점등' 영상이었다. 온 세상이 암흑천지인 순간, 일제히 켜지는 불빛에 사람들은 감탄했고, 흐르듯 도심 곳곳으로 스며든 불빛만큼이나 빠르게 화제성이 커졌다.

거기서 단어가 하나 탄생했다.

[반짝이]

공기 좋은 청정지역인 코타키나발루 등지에서 관광객들이 가장 인상 깊어하는 것 중 하나는 단연 반딧불이 구경이라고들 한다. 반딧불이는 개똥벌레라고도 불리는 곤충의 종류로 배 부분에서 빛이 난다. 밤에 보는 반딧불이는 양이 많으면 많을수록 장관임이 당연하다.

  불빛 없는 밤의 도시

어둠 속에서 헬멧의 불을 이용한 빛의 향연. 그것이 마치 반딧불이를 떠올린다는 누군가의 글이 유행처럼 빠르게 확산됐다.

인간은, 배운다. 누가 가르쳐주지 않아도 나쁜 것은 알아서 습득한다. 그저 반딧불이가 떠오른다는 정도의 감상에 불과했던 누군가의 글은 환경미화원들을 '반짝이'라고 불리게 했다.

영인시내 고등학교에서 폭행 사건이 벌어졌다. 환경미화원의 아들이 아버지를 '반짝이'라고 부르는 동급생을 의자로 내리쳐 중태에 이르게 하고 자살을 시도한 사건이었다. 학교 폭력의 가해자에서 단숨에 폭행 피해자가 된 학생은 가벼운 뇌진탕 증상을 보였을 뿐이지만 장기 입원에 들어갔고, 자살을 시도한 아이는 운 좋게 갈비뼈 두 대와 왼쪽 다리가 부러지며 살아남았다.

인터넷이 떠들썩했다. 급기야 상황은 재우가 원치 않는 방향으로 흘러갔다.

환경미화원들을 '반짝이'라고 부르며 비하하는 흐름을 만든 것은 보여주기식 행정이다. 안일함이 만들어낸 비극이라는 논조의 신문 사설이 실렸다.

어느 커뮤니티에는 금일 발생한 살인 사건이 '불빛 없는 밤의 도시' 행사와 관련있는 게 아니냐는 글이 아주 짤막하게 올라왔다. 직접적인 연관은 없더라도 일부러 깜깜해지는 행사 날을 노리는 게 아니냐고. 동시에 글의 작성자는 지난번 1차 행사에 벌어진 살인 사건의 기사의 링크를 올렸다. 관심 두지 않았다면 누구도 모를, 벌어져서는 안 되지만 흔하게 벌어진 살인 사건 하나가 그렇게 수면 위로 올라왔다.

그날 밤, 9시 뉴스에서 '불빛 없는 밤의 도시 행사와 맞물린 연쇄살인?'이라는 소제목을 단 뉴스가 보도되었다. 재우는 새벽같이 김 시장의 전화를 받았다.

— 상황이 안 좋게 돌아가고 있어.

"네. 그런 것 같습니다. 그렇다면 행사를 중단해야 하지 않겠습니까?"

전화기 너머에서 깊은 한숨이 들려왔다.

— 이미 포럼 전까지 진행한다고 보도가 나갔는데, 지금 중단하면 행사가 연쇄살인의 단초가 된 거라고 인정하는 꼴이잖아.

"그렇다고 계속 진행할 수는……"

— 진행하지 않는다는 건 인정하는 꼴밖에 안 돼. 한 회차만 더 진행해보자고. 사건이 안 벌어진다면 더할 나위 없이 좋은 일이고.

전화기 너머에서 김 시장의 헛기침이 들려왔다.

　　　　　　　　　　　　　　　　불빛 없는 밤의 도시

— 그건 그렇고.

김 시장은 잠깐 말을 끊었다. 재우는 그 침묵에 불안감을 느꼈다. 불안감은 곧 현실이 되었다.

— 만약 여론이 이쪽 잘못으로 몰아가게 되면, 참 곤란하지 않겠나.

김 시장의 말 속 주어가 빠진 자리에는 '내가'라는 단어가 숨어 있었다. 연임까지 노리는 김 시장이 곤란한 일에 처해서는 안 된다는 뜻이다.

"하지만 다른 방법이……"

— 누군가는 책임져야 하겠지.

이번에도 한 단어가 빠져 있다. '네가'가 분명하다. 재우의 심장이 쿵, 내려앉았다.

"시장님, 그건…… 책임을 진다는 건 사표를 쓰라는 것 아닙니까?"

— 방법이 그것밖에 없다면야.

그럴 수는 없다. 사표를 쓰면 당장 누가 아내의 병원비를 댄단 말인가. 그의 일상은 지금만으로도 매우 피폐했다.

짧지 않은 침묵을, 김 시장은 항명으로 받아들인 듯했다. 곧장 재우의 목에 칼날이 들어왔다.

— 작년 은파동 도시개발 환경평가 업체 선정 때, 자네 주머니에 들어간 돈. 내가 모를 거라고 생각하나?

“……내일 뵙겠습니다.”

8

밤 9시가 되자 온 영인시는 다시 어둠에 잠겼다. 맞잡은 두 손등 위에 얼굴을 얹었던 재우는 뭔가를 결심한 듯 고개를 들었다. 자리에서 일어나 천천히 사무실을 나갔다.

복도에는 푸른빛이 감돌았다. 모두 어둠 속에 파묻혀 있어도 비상시 작동되는 비상구 알림판은 여전히 빛을 발하기 때문이었다. 푸른 불을 지나칠 때마다 재우의 얼굴은 점점 굳어갔다. 재우는 화장실로 들어갔다. 손을 씻는 대신 주머니에서 면장갑을 꺼내 꼈다. 그러고선 세면대 아래 구석 쪽에 숨겨뒀던 벽돌을 들었다.

재우는 천천히 시장실로 올라갔다. 지금 김 시장은 자신의 사무실에서 마지막일지도 모르는 행사를 기다리고 있을 것이었다. 환경미화원들이 반딧불이네 반짝이네 하며 놀림을 받든 말든, 그로 인해 그들의 자녀가 왕따를 당하거나 자살하든 말든, 자신의 업적에만 관심을 둔 김 시장의 눈은 탐욕에 가득차 있기만 할 것이었다.

  불빛 없는 밤의 도시

천천히 계단을 올라 복도로 향하는 재우의 발걸음소리가 조용히 어둠 속으로 사그라졌다.

시장실 앞에 다다른 재우는 노크하려던 손을 멈추고 문을 열었다. 예상대로 창가에 서서 바깥을 내다보던 김 시장이 놀라며 고개를 돌렸다. 시장실은 어두워서 재우가 지금 어떤 표정을 하고 있는지 보이지 않을 것이다. 다행이었다.

"박 계장이야?"

"네."

"노크도 없이 뭐하는 거야?"

아마 김 시장은 재우의 손에 무엇이 들렸는지, 그의 머릿속과 심장이 무엇으로 가득한지, 자신이 어떤 뇌관을 건드렸는지 알지 못할 것이었다.

"시장님, 묻고 싶은 것이 있습니다."

"뭐지?"

김 시장으로 추정되는 검은 형체가 창가에서 움직였다. 드르륵, 소리와 함께 자리에 앉는 것이 어렴풋이 보였다. 팔을 뻗어 책상의 보조등을 켜려 하기에 급히 입을 열었다.

"만약 오늘밤이 지나고 또 시체가 발견되면, 살인 사건이 발생하면 어떻게 되는 겁니까?"

김 시장은 "음" 하고 생각하는 척했지만, 머릿속에는 이미

답이 있을 것이 분명했다.

"어제 얘기 끝난 것 아닌가? 자네, 아직 마음의 준비가 안 된 건가?"

"시장님, 제 사정 아시지 않습니까. 제가 돈벌이를 못 하면 안 된다는 것을요."

사정하는 것은 아니다. 마지막 기회를 주는 것뿐이다. 재우는 그렇게 생각했다.

"너무 미리 걱정하지 말게. 아직 시체가 발견된 것도 아니잖아."

"……발견될 겁니다."

"응? 뭐라고?"

시장은 재우가 뭐라고 했는지 제대로 못 들은 것 같았다. 그러나 되물을 시간은 없을 것이다.

어둠 속에서 재우의 서슬 퍼런 눈이 빛났다. 재우는 빠른 걸음으로 단숨에 시장의 바로 옆까지 다가갔다. 시장이 무슨 상황이 벌어진 것인지 파악하기도 전에 재우의 손에 있던 벽돌이 그의 머리통에 처박혔다. 시장은 "억!" 단말마의 소리를 내며 옆으로 쓰러졌다. 시장이 취임한 후 가장 많은 신경을 쏟아 구매했던 의자가 시장의 몸뚱이와 같이 바닥을 굴렀다. 시장의 손이 파들거렸다. 재우는 다시 한번 벽돌로 시장의 머

 불빛 없는 밤의 도시

리를 내리쳤다. 버려진 쓰레기처럼 시장의 몸이 바닥에 축 늘어졌다. 이번에는 사람의 머리가 부서지는 느낌이 손을 타고 선연히 느껴졌다. 기분은 끔찍했고 심장은 빠르게 뛰었다.

"시발, 그러니까 적당히 했어야지."

재우는 호흡을 거칠게 내쉬며 안주머니에서 라이터를 꺼냈다. 집에 있던 싸구려 라이터. 아내가 아직 멀쩡했을 때 함께 전라도에 여행을 갔다가 들어간 식당에서 받은 라이터였다. 재우는 그것을 벽돌과 함께 시장의 시신 위로 던졌다.

이로써 이 사건 역시 연쇄살인범의 소행이라고 여겨질 것이다.

재우는 축축해진 얼굴을 닦았다. 땀이 나서 그런 건지 피가 튀었는지는 알 수 없었다. 그는 시장의 움직임이 전혀 없다는 것을 다시 한번 확인한 후 사무실을 나왔다. 옷에도 피가 튀었을 게 분명했지만 불빛 없는 밤의 도시가 모든 것을 가려줄 것이었다.

"계장님?"

갑작스러운 목소리가 들렸을 때, 재우는 심장이 멎는 줄 알았다.

"어, 어…… 허승영 씨. 퇴근 안 했어?"

적당히 말하며 재우는 상의를 벗었다. 어쩌면 비상구 표시

등 불빛에 핏자국이 보일지도 모른다는 생각에서였다.

"여쭤볼 게 있어서요. 계장님이 사무실에 계실 것 같아서 다시 돌아왔어요."

그 말에 재우의 신경이 곤두섰다. 짜증이 난다기보다는 마음이 다급해졌다. 이렇게 가까이 있으면 피 냄새가 날지도 몰랐다. 게다가 내일 시장의 시신이 발견되면 자신이 시청에 남아 있었던 것까지 알려진다. 생각이 거기에까지 미치자 머릿속에 라이터의 존재가 스쳤다. 이러다 연쇄살인범 누명까지 쓰는 건 아닐까? 생각은 점점 안 좋은 쪽으로 치달았다.

"대체 뭔데? 이렇게 어두운 데서 뭘 묻겠다는 거야? 또 오늘 못한 일이 남았나본데, 자네는 대체 언제쯤 제대로 1인분을 할 거야?"

"……"

"언제 월급 받는 만큼 제 몫의 일을 할 거냐 이 말이야. 그러고도 밥은 1인분을 먹겠지?"

승영은 계속 대답이 없었다.

"나는 자네처럼 한가한 사람이 아냐. 아주 바쁘다고. 행사 현장으로 가야 하는데 서류 하나를 놓고 와서 가지러 왔을 뿐이야."

변명 하나쯤은 남겨둬야 할 것 같아서, 재우는 적당히 둘

                                                불빛 없는 밤의 도시

러댔다.

"가봐."

재우는 냉정하게 승영을 스쳐지나갔다.

"죄송합니다. 계장님."

"비굴한 것도 습관이야."

"네. 그럼 마음놓겠습니다."

"뭐?"

돌아보는 순간 눈앞에 커다란 벽돌이 덮쳐왔다. 엄청난 통증과 함께 재우의 몸이 뒤로 나동그라졌다. 재우는 머리에 격통을 느끼며 간신히 상체를 일으키려 했다. 얼굴 위로 뜨끈한 피가 흐르는 것이 느껴졌다. 승영이 가까이 다가왔다. 재우는 엉덩이로 뒷걸음질을 쳤다. 하지만 두번째, 세번째 타격은 막지 못했다. 어느 순간 더이상 통증이 느껴지지 않았다. 벽돌을 막으려고 뻗던 손가락도 더는 들리지 않았다. 부옇게 변해가는 재우의 시야에 마지막으로 보인 것은 자신의 얼굴 위로 던져지는 라이터였다.

새벽의 어스름이 천천히 영인시를 밝히고 있었다.

청소 작업을 다 마친 후, 문수는 집으로 돌아왔다. 문을 열자마자 오늘도 세현이 잠을 한숨도 자지 못했다는 것을 알 수 있었다. 세현의 방에서 불빛이 비쳐나왔기 때문이었다.

그 사건이 있고 세현은 잠을 제대로 자지 못했다. 간신히 잠이 든 날은 여지없이 가위에 눌렸다. 아무리 범죄자였더라도 세현은 사람을 죽인 충격을 이기지 못했다.

'모든 것이 다 나 때문이다.'

문수는 죄책감으로 가슴이 미어지는 것만 같았다.

"세현아."

문 앞에서 문수는 아들의 이름을 불렀다. 그러나 아무런 소리도 들려오지 않았다. 그사이 잠이 든 건지도 모른다.

문수는 조심히 세현의 방문을 열어보았다. 세현은 책상에 앉아 있지 않았다. 침대에 누워 있지도 않았다. 방으로 들어선 문수의 눈과 마주한 것은 허공에 떠 있는 아들의 발이었다.

세현은 목을 매달았다.

"아아아아…… 안 돼."

문수는 벌벌 떨리는 손으로 세현의 발을 잡았다. 하지만 세현의 발은 이미 차가워져 있었다. 몸을 흔들지도, 아버지를 향해 울부짖지도 않았다. 문수는 이미 모든 것이 끝났음을 알 수 있었다.

그는 세현의 책상 의자를 끌어내 세현의 발아래로 옮겼다. 주방에서 식칼을 챙겨와 의자에 올라선 뒤 세현의 목을 매달고 있는 매듭을 끊었다. 세현의 몸이 바닥으로 무너지자, 문수는 급히 의자에서 내려와 무너지는 아들의 몸을 끌어안고 바닥에 앉았다.

문수는 울었다. 울고 또 울었다.

불빛 없는 밤의 도시에 아침해가 뜰 때, 문수는 식칼을 자신의 목에 가져다대었다.

보름

보름에는 신발을 모두 숨겨야 해.
자정이 되면 귀신이 내려와 신발을 신어보고
발에 맞으면 가져가거든.
그럼 신발을 잃은 사람은 죽게 된단다.

1

깜박 잠이 들었다.

눈을 뜨면서 반사적으로 벽에 걸린 디지털시계를 확인했다. 시계의 LED 패널은 지금이 11시를 막 지나고 있음을 알려주었다. 종국은 이마에 팔을 얹은 채 한숨을 깊이 내쉬었다. 시간을 확인한 지 고작 4분밖에 지나지 않았다.

제대로 된 잠을 잔 것이 대체 언제인지 기억조차 나지 않았다. 침대에 몸을 누일 때는 분명 잠이 왔는데 베개에 머리가 닿는 순간 찬물이 휘젓고 나간 듯 머릿속이 맑아졌다. 이

제는 눕기만 해도 오늘도 틀렸다는 것을 본능적으로 알게 되
는 지경에 이르렀다. 긴 밤은 종국의 일상을 어지럽히는 괴
로움 중 하나였다.

종국이 우울증과 불안장애 진단을 받은 지 3년이 지났다.
3주에 한 번씩 상담을 받고 약을 타서 먹어도 나아질 기미는
보이지 않았다. 수면제의 용량이 늘어나는 속도에 비례해 불
면은 더욱 깊어졌다. 결국 병원에도 가지 않게 됐다.

밤에 잠을 자지 못하니 일상생활이 불가능해졌다. 점점 예
민해지기 시작하면서 작은 일에도 분노를 터뜨렸다. 종국은
자신의 화가 잘못된 방향으로 내달리고 있다는 것을 알았지
만, 한번 폭발한 분노를 멈추는 법도 몰랐다. 게다가 잠을 자
지 못하니 일이 손에 잡힐 리도 없다. 몇 군데의 직장을 전전
한 끝에 할머니의 소개로 겨우 자리를 얻은 자동차 부품공장
에서도 결국엔 사표를 쓰게 됐다. 잠을 자지 못하고 무기력
해지기만 하니 당연히 일에 영향이 미쳤다. 병이 있다고 늘
어나는 불량률을 봐줄 회사는 없다.

지금 종국은 취직을 거의 포기했다. 그나마 가족이 없었더
라면 지금껏 버티지도 못했을 것이다.

머리에 무거운 추가 달린 것 같은 기분이다. 종국은 이불
을 젖힌 뒤 침대에서 몸을 일으켰다. 기름을 아끼겠다고 보

일러를 꺼놓아 방안이 한기로 가득찼다. 어깨가 선뜩했다. 몸을 틀어 다리를 침대 바깥으로 뺀 채 양손에 얼굴을 묻었다. 깊은 한숨과 함께 마른세수를 하고는 침대에서 일어섰다.

잠을 자지 못한 탓인지 우울증이 신체에 미치는 영향인지 알 수는 없지만, 1년 전부터 종국은 심한 어지럼증에 시달려왔다. 땡볕 아래서 고개를 숙인 채 쪼그리고 앉았다가 갑자기 일어섰을 때처럼 눈앞이 자주 캄캄해졌다. 심할 때는 중심을 잃고 넘어지기도 했다. 이런 상황이니 더더욱 다시 취업하는 일 같은 건 생각할 수가 없었다.

종국은 결국 오늘밤에도 잠드는 걸 포기하기로 했다. 긴 밤 내내 누워만 있는 것도 고역이지만 잠깐이라도 잘 수 있다면 버텨볼 용의도 있었다. 하지만 그래봤자 불가능하다는 것은 이미 당연했다.

마침 토요일 밤이었다. 지금 시간이면 종국이 즐겨 보는 다큐멘터리 프로그램이 시작하기 직전이었다. 한동안 불면 때문에 고생하던 그는 잠시라도 정신을 쏟을 것이 있으면 더디 흐르던 시간도 조금은 버틸 만하다는 것을 깨달았다. 요즘 종국을 지탱해주는 것은 매주 토요일 밤마다 방영되는 범죄 관련 다큐멘터리, 〈사회의 눈〉이었다. 기존 다큐멘터리의 틀을 깨고 드라마 형식을 차용하여 제작되는 프로그램으로,

시청률이 높지는 않지만 어느 정도 마니아층이 형성되어 있었다. 종국도 요즘은 방송을 본 이후 휴대전화로 시청자 게시판에 들어가 마니아들의 반응을 살펴보는 데 재미를 붙였다.

방문을 열자 어슴푸레한 빛에 잠긴 거실이 그를 맞이했다. 정수기, 공기청정기, TV의 셋톱박스에서 나오는 불빛이 거실에 찾아온 어둠을 밀어내고 있었다.

종국의 방 바로 옆에 붙어 있는 안방에서는 인기척이 없었다. 할머니는 깊이 잠든 것 같았다.

이 집의 구조는 독특했다. 막 이사를 온 어린 종국이 '개미굴 같다'고 말했던 것은 단순히 철없었기 때문은 아니었다.

종국의 방 맞은편에는 거실이 있고 거길 가로질러 방이 하나 더 있었다. 그 방 문을 열고 들어가면 정면에 마당과 통하는 문이 있었다. 방의 오른편 벽에 있는 또다른 문을 열면 창고로 쓰는 작은 크기의 방이 있는데, 그곳을 통과해야 화장실에 갈 수 있었다. 다시 말해 방 하나의 세 면에 세 문이 각각 달려 있는 셈으로, 종국이 화장실에 가려면 거실, 작은 방, 창고를 거쳐 문을 열어야 목적지에 도달하는 구조였다.

1970년대에 지었다는 이 단독주택은 세를 놓을 요량으로 증축한 끝에 이런 식의 특이한 구조가 되었다고 한다. 작은 방

보름

과 거기에 딸린 화장실을 세놓고서 주인집은 마당에 설치된 재래식 화장실을 썼던 모양인데, 지금은 쓰지 않는다.

거실로 나간 종국은 식탁에 놓인 리모컨을 들고 TV 바로 앞까지 다가갔다. 그러다 무심결에 고개를 옆으로 돌렸다.

열려 있는 방문 너머 침대에 모로 누운 아버지가 보였다. 꾹 내리감은 눈두덩이와 고집스럽게 다문 입술은 안 그래도 뚝뚝한 아버지의 얼굴을 더욱 무서워 보이게 했다.

마당으로 통하는 문에 달아놓은 커튼식 방충망의 끄트머리가 바람에 조용히 흔들렸다.

종국은 발소리를 죽이며 돌아섰다. 손에 들었던 리모컨을 다시 식탁 위에 올려두고 자신의 방으로 향했다. 방에서 나오면서 문을 닫지 않아 다행이었다. 아버지를 깨워서는 안됐다. 자신이 지금 깨어 있다는 것을 아버지가 알지 않기를 바랐다. 아버지가 무서웠다. 아버지는 저기 있으면 안 되는 사람이었다.

5년 전에 이미 돌아가셨으니까.

2

'아버지는 쓰레기였다.'

차마 어디 가서 입 밖에 내긴 어려운 소리지만, 종국은 분명 그렇게 생각했다. 5년 전 아버지가 농약을 삼키고 죽지 않았다면 자신의 손으로 관짝에 쑤셔넣었을지도 모르는 일이었다.

어머니가 집을 나간 것은 예정된 수순이었다. 매일같이 쏟아지는 폭행을 감내할 사람은 어디에도 없다. 게다가 아버지는 의처증이 심했다. 어머니가 바람을 피우는 것 같다며 뒷조사하기 시작하더니 종당에는 일조차 나가지 않았다. 집에 생활비가 없다는 소리에도 '내가 번 돈을 누구 밑구녕에 갖다 바칠지 아느냐'면서 들어오는 일거리도 마다했다. 집에 있는 살림을 팔아 술을 마셨고, 불콰해진 얼굴로 움켜쥔 주먹을 함부로 휘둘렀다. 몇 번인가, 맞던 어머니가 눈을 날카롭게 치뜨기라도 한 날에는 폭력의 강도가 거세어졌다. 아버지는 자신의 뜻에 반하여 좀처럼 말을 듣지 않는 어머니를 굴복시키려 했고, 가장 빠르고 즉각적인 효과를 볼 수 있는 폭력을 도구로 삼았다.

보름

종국의 나이 열다섯에 집을 나간 어머니는 다시 돌아오지 않았다. 그때 종국을 돌보기 위해 할머니가 집으로 들어왔다. 세 명이 살던 집의 총 인원이 다시 세 명으로 찬 뒤, 종국은 비로소 집안이 안정되는 걸 느꼈다. 할머니가 아버지를 설득한 끝에 얻어낸 결과였다.

아버지는 술을 끊었고, 자신의 행실을 반성했다. 돈을 벌기 시작했으며 다정하게 굴지는 않았지만, 아주 가끔은 종국의 머리를 쓰다듬기도 했다.

아버지의 일은 종국이 스물네 살이던 5년 전에 터졌다.

그날 종국은 기분좋게 술에 취해 있었다. 초등학교 동창인 윤석이 오랜만에 전화를 걸어와 동업을 제안했기 때문이었다. 말이 동업이지, 종국의 돈은 한 푼도 들어가지 않는 일이었다. 윤석이 운영하는 건설사는 지방에 땅을 매입해 건물을 올린 뒤 되파는 방식으로 수익을 냈다. 마침 종국이 사는 진평시에 기차역이 건설될 개발 호재가 있어 사무실을 하나 더 낼 예정이라고 했다. 지역 정보를 잘 아는 종국에게 그 사무실의 운영을 맡아달라는 것이 구체적인 내용이었다. 종국은 군대를 제대한 뒤, 마땅한 일자리가 없어 백수로 전락한 참이었으니 거절할 이유가 없었다.

"그럼 뭐, 나는 사무실을 관리하면 되는 거냐?"

— 뭐라는 거야? 동업이라니까. 대표이사님 정도는 돼야지.

오랜만에 심장이 달아오르는 기분이었다. 술을 몇 병씩이나 비우고서도 머릿속이 맑았다. 윤석은 사무실을 내는 과정에 관한 모든 것을 종국에게 일임하기로 했다. 집으로 돌아오는 길에 종국은 사무실을 어디에 낼지, 언제 경리 직원을 뽑아야 할지 따위를 생각하며 기대에 부풀었다.

와장창!

집에 거의 도착했을 때, 정신을 깨우는 소리가 들렸다. 무언가 쏟아지며 부서지는 소리였다. 가장 먼저 종국의 가슴을 잠식한 것은 불길함이었다. 익숙한 소리가 공포심을 불러왔다. 종국은 앞뒤 잴 것 없이 집안으로 뛰어들었다.

참혹한 광경이 눈에 들어왔다. 아버지가 바닥에 누운 할머니를 한쪽 손으로 누르고 있었다. 종국의 눈에 움켜쥔 아버지의 주먹이 들어왔다. 할머니 옆에는 잡동사니들이 나뒹굴었고, 벽에 걸렸던 철제 선반은 바닥에 넘어져 있었다. 하얗게 질린 할머니의 얼굴, 충격과 공포가 담긴 눈, 저항할 힘도 없어 늘어진 몸과 입가에 흘러내린 피가 종국의 신경을 툭 끊어놓았다. 가슴이 뻐근해졌고 혈류가 심장을 빠르게 관통하는 듯했다. 아버지의 얼굴은 익숙하게 불콰했다. 또다시 술

　　　　　　　　　　　　　　　　　　　　보름

에 손을 댄 게 분명했다. 그 모습을 보자 눈이 희번덕 돌았다.

"죽여버릴 거야!"

종국은 신발을 신은 채 거실로 올랐다.

"종국아!"

할머니의 비명 같은 외침이 들렸지만, 소리치는 것만으로는 종국의 행동을 막을 수는 없었다. 종국은 단숨에 아버지의 멱살을 잡고서 그대로 들어올렸다. 아버지를 제압하는 일은 어이없을 정도로 간단했다. 아버지는 숨이 막힌다는 듯 버둥거리며 종국의 팔을 뿌리치려 했지만 여의치 않은 듯 자꾸 실패했다. 벌어진 입에서 고약한 술냄새가 풍겨왔다.

퍽!

종국의 손길에 따라 아버지의 몸이 나뒹굴었다. 한번 시작하니 아무것도 아니었다.

'고작 이 정도 인간 때문에 어머니를 잃었다.'

'고작 이 정도 인간이 내 인생을 뒤흔들었다.'

'이제는 할머니마저 빼앗으려고 한다.'

'이건 인간이 아니다.'

'버러지다.'

"죽어!"

"안 돼, 종국아, 안 돼!"

종국은 할머니가 제 허리춤을 붙들었을 때에야 겨우 정신을 차렸다. 바닥에 나뒹굴던 철제 선반을 양손으로 붙들고선 하늘 높이 치켜들고 있었다. 아버지는 양팔로 얼굴을 가린 채 눈을 꼭 감고 있었다.

그런 모습을 보니 문득 허탈해졌다.

'이렇게나 아무것도 아닌데, 그동안 나는 왜 무엇도 해보려고 하지 않았을까.'

'왜 아무것도 지키지 못했는가.'

'뭐가 그렇게 두려웠을까.'

쩔그렁!

종국은 선반을 멀리 내팽개쳤다. 선반이 바닥에 떨어지는 소리를 들은 아버지가 얼굴을 가렸던 팔을 슬며시 내렸다. 몸을 벌벌 떨고 있었다. 종국은 아버지의 멱살을 다시 쥐고 끌어올려 자신과 마주보게 만들었다.

"아버지, 왜 살아?"

"종국아."

"종국아, 이거 놔라!"

이번에도 할머니가 팔에 매달렸다. 종국은 할머니의 손을 떼어내며 안심시키듯 고개를 끄덕여 보였다. 할머니가 한 발짝 물러섰다. 아버지 때문에 다쳤는지 다리가 절룩였다. 그

걸 보자 눈앞에 불이 튀었다. 종국은 다시 아버지에게 고개를 돌렸다.

"그냥 죽어. 남한테 폐 끼치지 말고."

"……"

"죽는 건 싫어? 그럼 앞으로 죽는 게 차라리 낫겠다는 생각이 들게 해줄게."

종국은 협박하며 아버지의 멱살을 팽개치듯 놓았다. 그러고는 그대로 할머니를 업은 채 병원으로 향했다.

바로 그날, 종국의 아버지가 자살했다.

신고를 받고 달려온 경찰들을 맞으면서 올려다본 하늘에 보름달이 떠 있었다.

3

"할머니, 아버지를 봤어요."

반찬을 집으려던 젓가락의 움직임이 멎었다. 종국은 천천히 고개를 들었다. 할머니가 휘둥그레진 눈으로 종국을 보고 있다가 안타까운 듯 어깨를 늘어뜨렸다.

"아직도 아버지 꿈을 꾸는구나."

'아뇨, 할머니. 그건 꿈이 아니에요.'

종국은 떠오른 생각을 입 밖으로 내지 않았다. 할머니에게 걱정을 끼칠 수는 없다.

언젠가부터 종국 주변에 아버지가 찾아오기 시작했다. 낮과 밤을 가리지 않아서 헛것을 봤다고 생각한 적도 있다.

처음 아버지를 본 것은 상을 치르고서 반년쯤 지났을 때였다. 경찰서에서 참고인진술을 하고 돌아오는 길이었다. 동업하자고 연락했던 윤석은 친구 여덟 명을 등치고 달아났다. 종국에게 했던 제안을 그대로 했더랬다.

윤석이 돈을 빌려달라며 연락했다면 아마도 친구들 중 대다수는 응하지 않았을 것이다. 하지만 돈을 대지 않아도 된다, 사무실을 운영만 해주면 된다는 식의 제안에는 솔깃할 수밖에 없었다. 윤석의 사업이 망한다고 해도 돈을 대지 않았으니 피해가 없으리란 안도감은 제안자를 신뢰하게 만들었다. 하지만 윤석이 노린 것은 친구들의 몇 푼 안 되는 돈이 아니라 명의였다. 윤석은 친구들의 명의로 회사를 차리고 수많은 투자자를 끌어모은 뒤 투자금을 들고 달아났다. 아무것도 모르는 여덟 명의 바보는 그대로 투자자들의 고소 대상이 되고 말았다.

종국이 피해자가 아니라 참고인 명단에 들어가며 이 일이 끝났던 것은 어찌 보면 운명의 장난이었다. 윤석의 연락을 받았을 때, 종국은 녀석의 제안을 받아들이기로 했다. 바로 다음날 사업자 등록증을 낼 예정이었다. 그러니 그날 밤, 아버지와 할머니 사이에 일이 없었다면, 아버지가 자살하지 않았다면, 그래서 장례를 치러야 했던 3일간의 시간이 흐르지 않았다면…… 종국도 피해자가 되었을 것이다. 다행히도 윤석은 종국을 기다리지 못했다. 시간을 지체하면 피해자들이 사기라는 사실을 알아차릴 것 같아서였다. 윤석은 그대로 도주했고, 종국은 피해자 신세에서 벗어날 수 있었다. 생각만 해도 아찔한 일이었다.

아버지의 죽음이 종국을 살렸다. 아버지라는 인간이 처음으로 종국의 인생에 도움이 된 순간이었다.

그래서 유독 아버지가 떠오르던 그날, 종국은 집을 향해 올라가던 중 무심결에 고개를 들었다. 종국의 집은 골목길에 들어서고 나서도 한참 동안 언덕을 올라가야 했다. 과거에는 달동네라고 불리던 곳으로, 언덕의 경사가 상당해서 이사할 때도 추가 수수료를 내야 했다. 골목 입구에 서서 고개를 꺾고 올려다보면 제일 꼭대기에 종국의 집, 파란 대문이 보였

다. 그런데 그날은 누군가 대문 앞에 서 있었다. 넓은 등판과
는 어울리지 않게 옹송그린 듯 보이는 굽은 어깨, 헝클어진
머리, 푸른 점퍼를 입은 사내의 모습은, 분명 아버지였다. 종
국이 주춤하는 사이 대문이 열리고 남자가 안으로 들어갔다.
문이 닫히는 것을 보던 종국은 퍼뜩 정신을 차렸다.

'아버지다!'

……하지만 종국의 아버지는 죽었다.

종국은 집을 향해 달렸다. 저 사람이 아버지일 리가 없었
다. 대체 누군지 궁금했다. 종국은 할머니와 단둘이 산다. 할
머니는 일을 나가고 집에 없을 시간이었다. 열쇠는 할머니와
종국이 각각 가졌고 여벌은 없다. 남자가 어떻게 잠긴 대문
을 열 수 있었는지 알 수가 없었다.

대문을 열고 뛰어들어갔지만 집안은 텅 비어 있었다. 혹시
모를 상황을 대비해 온 집안을 다 뒤져보았지만 숨어 있는
사람이나 의심스러운 흔적은 단 하나도 찾을 수 없었다.

그땐 잠시 환각을 본 거라고 생각했지만, 종국은 그 이후
로 몇 번쯤 더 아버지를 보았다. 아버지는 대여섯 달 내내 보
이지 않다가, 이젠 보이지 않는 건가 안심할 때쯤 느닷없이
이틀 연속 모습을 보이기도 했다.

'아버지의 영혼이 집안을 떠돌고 있다.'

종국은 그것 외에는 다른 가능성을 생각할 수 없었다.

"아직도 그 일을 마음에 담아두고 있니?"

문득 생각을 멈추고 고개를 드니 걱정스러운 얼굴을 한 할머니가 그를 응시하고 있었다.

"아니요. 그런 건 아니에요."

거짓말이다. 아버지는 죽은 순간부터 지금까지 종국의 머리와 몸 전체를 지배해왔다.

"아니라면 다행인데…… 그 여자가 부적을 그렇게 잘 쓴다고 해서 받아온 건데, 다른 데를 찾아볼까."

아버지를 보는 일이 계속 생기면서 종국은 날로 쇠약해졌다. 빗장뼈가 불뚝 튀어나와 있을 정도로 말라갔다. 손주를 보다 못한 할머니는 동네에 수소문해 이름을 날린다는 무당에게서 부적을 받아와 종국의 내복 안쪽에 붙였다. 내복을 벗을 때면 꼭 떼서 옮겨 붙이라고 당부할 정도였다.

그래도 아버지는 종국의 인생에서 사라지지 않았다.

"아니에요. 그냥 헛것 보는 거야."

"몸이 약해져서 그래. 너무 크게 신경쓰지 마라. 그러다가 또……"

할머니는 말끝을 얼버무렸다. 종국은 쓸쓸하게 웃었다.

"걱정 마세요. 오늘도 일 가죠?"

"그렇지."

할머니는 고개를 끄덕인 뒤 종국의 눈치를 보았다. 곧 그녀의 입이 아주 조심스러운 어조와 함께 열렸다.

"아는 사람이 일 좀 도와달라는데, 혹시……"

"아직 몸이 이런데 어떻게 일을 해요."

"그렇지……"

말끝을 늘이며 고개를 아래로 떨구는 할머니의 모습을 보니 마음 한편이 찌르르 울렸다. 아무리 인간 말종이었더라도 아들을 앞세운 분이다. 게다가 저런 고령의 나이로 다 큰 손주를 건사하며 가장 노릇을 하는 것은 쉽지 않은 일일 터다.

그러니 자신이 다 알아서 하겠다는 말을 하지 못하는 종국의 마음도 불편했다. 병만 나으면 어떤 일이든 할 수 있겠지만, 조금만 신경이 예민해져도 어지러워지며 금방 숨을 못 쉬게 되었다. 3년 전의 그 일만 아니었으면 자신도 일상의 생활을 누렸을 텐데.

'모두가 아버지 때문이다.'

"그럼 말이야. 너 다니는 병원에서 진단서 한 장만 떼어올 수 있겠니?"

종국이 이유를 묻듯 할머니를 건너다보았다.

"정부지원금 신청을 좀 하려고. 서류상으로는 부양할 만한 가족이 있으니 기초생활수급 신청이 안 되나보더라. 그래도 네가 일을 못 나가는 사유가 충분히 확인되면 신청된다고 하는데⋯⋯"

"알았어요."

그제야 할머니는 안도하듯 한숨을 내쉬었다. 손자의 병을 앞세워 돈을 타내려 한다고 생각할까봐 걱정한 듯했다. 오히려 미안한 것은 종국이다.

"잘 먹었습니다."

종국은 복잡해진 기분으로 식탁에서 일어나 자신의 방으로 돌아왔다.

4

아무리 죽어 마땅한 인간이었다 하더라도, 종국은 아버지의 죽음에서 자유로울 수 없었다. 그때 아버지를 때리지 않았더라면, 죽으라고 저주를 퍼붓지 않았더라면, 이젠 폭행의 입장이 뒤바뀔 거라고 협박하지만 않았더라면.

'그 순간들 중 무엇이 아버지를 벼랑으로 내몰았을까.'

그 이후 할머니는 몇 번이나 종국의 탓이 아니니 잊으라며 다독였다. 그러나 '그날의 사건에서 내 존재를 들어낸다면, 아버지가 죽을 까닭이 별달리 또 있을까?' 하는 식의 합리적 의심은 사라지지 않았다.

종국을 몰아가는 요소가 그것뿐이었다면, 언젠가는 '나의 잘못은 없다'고 털어내며 스스로 일어섰을지도 모른다. 그러나 어느 순간부터 종국을 찾아온 아버지의 망령은 할머니의 위로가 틀렸다는 것을 증명했다. 아버지는 종국 때문에 죽었고, 그렇기에 종국을 원망하며 그의 곁을 맴돌았다. 죽은 아버지가 가끔 눈앞에 나타나 집안을 돌아다니거나 어딘가를 지그시 응시하는 것만으로도 종국의 마음을 형벌처럼 내리눌렀다.

아버지를 죽음으로 내몰았다는 충격과 계속 나타나는 아버지의 영혼이 주는 압박에, 종국은 속수무책으로 무릎을 꿇었다. 그는 아버지의 장례 이후 술에 절어 살았다. 술에 잔뜩 취해 들어온 어느 밤, 그렇게나 싫어하던 아버지처럼 소리를 지르며 난동을 부리던 종국은 할머니의 눈물을 보고서 퍼뜩 정신을 차렸다. 할머니를 지키려다 아버지를 죽인 것이나 다름없는데, 그렇게 귀한 할머니의 눈에서 눈물을 뺐다.

정신을 차리고 음주를 멈춘 것이 열심히 사는 것으로 이어

보름

졌다면 좋았을 테지만, 종국은 자신이 살 가치가 없다는 결론을 내렸다. 죄책감이 폭발했다.

'이렇게 살아봐야 짐밖에 되지 않는다.'

그래서 종국은 죽기로 결심했다. 아버지가 돌아가신 지 2년째가 되던 해였다.

종국의 집 뒤편에는 산이 하나 있었다. 새벽이면 약수통을 들고 등산로를 오르내리는 사람들이 종종 있었지만, 종국이 마음을 굳힌 건 폭설 때문에 출입이 통제되었을 때였다.

자정을 넘긴 시각, 종국은 산에 올랐다. 눈이 지나치게 많이 쌓여 어디가 등산로인지 알 수도 없을 만큼 엉망이었지만, 환하게 뜬 보름달이 사위를 밝히고 있어 방향을 잡는 것은 어렵지 않았다. 종국은 달을 보며 생각했다.

'딱 죽을 날이로군.'

걷다보니 어느덧 숨이 턱끝까지 찼다. 얼어버린 귀가 떨어져나갈 것 같았다. 발가락에는 감각이 없었다. 입에서 나온 김이 연신 하얗게 부서졌다. 목에서 피냄새가 올라왔다.

그렇게 오르기를 1시간여, 종국은 산 중턱에 있는 바위에 올랐다. 바위 아래쪽으로는 지난여름에 난 산사태로 깎아지르는 듯한 절벽이 만들어져 있었다. 얼어붙은 계곡 옆에 누군가 불법으로 지어놓은 정자 지붕이 손톱만해 보였다. 눈이 쌓인 바위들은 절경을 이루었다.

'여기서 떨어지면 다 끝난다.'

종국은 신발을 벗어 나란히 놓고 천천히 앞으로 나갔다. 누군가 움켜쥐기라도 한 것처럼 심장이 뻐근했다. 아래를 내려다보는데 시야가 빙빙 돌았다.

주저하며 뒤로 물러섰다가 다시 앞으로 내딛기를 수십여 분. 무심결에 고개를 돌린 곳에 아버지가 서 있었다.

'그래, 죽는다, 죽어.'

자신의 죽음을 기다리는 아버지를 보니 그제야 결심이 섰다. 종국은 앞으로 한 발짝 내디디며 눈을 감았다. 한 발짝 더 내디딜 때는 잠시 아들에 이어 손자도 앞세워야 할 할머니를 걱정했다. 그리고 다음 발자국을 내디뎠을 때는 허공이었다. 아찔한 감각 속으로 추락하며 종국은 이를 악물었다.

그리고 이어진 엄청난 충격.

죽음이어야 했다. 그러나 눈을 떴을 때, 종국은 자신이 죽음보다 더한 지옥 속에 떨어졌다는 것을 자각해야만 했다.

안타깝게도 종국은 살아 있었다. 떨어지면서 어딘가에 걸렸는지, 바닥에 깔린 흙 때문이었는지는 알 수 없었다. 무지

　　　　　　　　　　　　　　　　　　　보름

막지한 고통이 온몸을 벼리고 들어왔다. 흙바닥에 처박힌 얼굴을 들어보려 했지만 꼼짝도 하지 않았다. 몸을 뒤집어보려 힘을 쓸 때마다 칼이 몸을 쑤시고 들어오는 것만 같았다. 그나마 움직일 수 있는 곳은 손가락 정도였다.

"살려……"

눈물이 흘렀다. 컥, 하고 뭔가가 목구멍 안에서 치받았다. 종국은 컥컥거리면서 다시 숨을 모았다. 움직일 수 있는 유일한 기관인 손가락을 바닥에 처박으며 소리쳤다.

"살려주세요!"

온 힘을 다한 종국의 목소리가 여기저기로 퍼져나가다 사그라졌다.

종국이 발견된 것은 결국 이틀이나 지나서였다. 등산로 복구 작업을 하던 작업자에게 발견된 것이었다.

안심했던 탓이었을까. 종국은 구조대원이 "정신 좀 차려 보세요, 이름이 뭐예요?" 하고 물은 순간 정신을 놓고 말았다.

한겨울이라 저체온증에 걸려 죽지 않은 것만으로도 하늘이 살린 것이라고 했다. 사고 경위를 확인하기 위해 찾아온 경찰은 작업자가 안경을 떨어뜨리는 바람에 아래를 내려다보지 않았더라면 종국은 제때 구조되지 못했을 것이라고 했다.

"신발은요?"

종국이 물었다. 눈을 둥그렇게 뜬 경찰이 종국을 응시하더니 들고 있던 서류를 뒤적였다.

"현장에서 습득된 건 없었는데요."

작업자가 매일 오가는 상황이었으니 종국이 벗어두었던 신발만 발견됐더라도 곧장 심상찮은 일이 벌어졌음을 알 수 있었을 터였다. 곱게 나란히도 벗어놓은 모양새는 단 하나의 가설만을 떠올리도록 했을 테니 말이다.

'그런데 신발이 없었다니?'

정말로 우연히 발견되지 않았더라면 종국은 꼼짝없이 극심한 통증과 공포에 휩싸여 자신의 죽음을 겪어내야만 했을 것이다.

'내 신발은 어디로 갔을까?'

상당히 이상한 일이었지만 더는 깊게 생각할 수 없었다. 몇 번으로 끝날지 알 수 없는 수술과 재활을 견뎌내야 했기 때문이었다.

종국은 그 사건 이후 우울증과 불안장애, 공황발작을 얻었다.

종국은 병원의 문을 밀어 열면서 유리에 비치는 자신의 그림자를 보았다. 흠칫하며 뒤돌아보면 거기엔 아무도 없었다. 예상한 일이었다. 또 아버지가 왔다. 요즘 들어 종국에게는 아버지의 모습이 더욱 자주 보였다.

"진단서가 필요하다고요?"

잠시 기다려 들어간 진료실에서 의사는 눈도 마주치지 않고 서류를 뒤적이며 살짝 내려앉은 안경을 손가락으로 집어 끌어올렸다. 진단서를 끊어달라는 말을 이미 간호사에게 들은 듯했다. 질문인지, 그저 의례적으로 확인하는 것인지 분간이 가지 않는 어조로 말을 꺼낸 의사는 컴퓨터에 뭔가를 입력하면서 안경테 너머로 종국을 응시했다.

"요즘도 아버지가 보여요?"

"네."

의사가 안경을 한 번 더 쓱 밀어올렸다.

"약을 먹는 게 좋겠는데."

약을 먹으라는 건지, 먹든 말든 알아서 선택하라는 건지 알쏭달쏭한 태도로 일관하는 의사를 뒤로하고서, 종국은 진단서를 들고 집으로 돌아갔다. 한창 오르막길을 오르던 그는 낯익은, 그러나 두 번 다시 볼 수 없을 거라고 생각했던 사람을 발견하고 걸음을 멈추었다.

어머니였다. 그 옆에는 인근 중학교 교복을 입은 여학생이 짜증스러운 얼굴을 하고서 서 있었다. 여학생의 모습은 집을 나가던 그날, 잠깐 뒤돌아보던 어머니와 판에 박은 듯 닮아 있었다.

5

"딸이야."

듣기 전부터 이미 예감하고 있었지만, 굳이 '그럴 것 같았다'라고 대꾸하지는 않은 종국이 테이블에 놓인 커피를 홀짝였다. 그 와중에 슬쩍 눈을 치켜떠 여학생을 보았다. 일부러 다른 학교의 교복을 입고 왔을 가능성은 희박하니 중학생이 맞지 싶었다. 그렇다면 못해도 열네 살은 됐을 것이다. 종국은 어머니와 꼭 닮은 얼굴에서 눈을 떼지 못했다.

열네 살. 어머니와 똑같은 얼굴. 그리고 '딸이야'라는 인정까지.

그러니까 어머니가 바람났다며 난동을 피우던 아버지의 행동은, 단순히 오해에서 비롯된 게 아닌 모양이다. 여학생은 멋쩍어서 그러는지, 아니면 어른들 일에는 아예 관심이

보름

없는 건지 고개도 들지 않은 채 제 앞에 놓인 녹차라테만 홀짝이고 있었다.

"무슨 일이에요, 갑자기."

"사는 건 어때? 힘들진 않고?"

어머니가 딱히 자신의 신변이 신경쓰여 온 건 아니라는 정도는, 종국도 알고 있다. 찾아온 목적을 말하기 전 예의상 늘 어놓는 인사치레일 뿐이다. 힘들까봐 걱정했다면 벌써 오래전에 연락했어야 했다. 그러나 종국의 어머니는 집을 나간 뒤에도, 아버지가 돌아가신 뒤에도 먼저 연락하거나 찾아온 적이 없었다.

종국은 입을 다문 채 자신의 어머니를 빤히 응시했다. 드디어 본론을 꺼낼 타이밍이라고 생각했는지, 어머니는 잠시 테이블로 시선을 떨구고 어색한 듯 살짝 웃더니 곧 고개를 들었다.

"내가 요즘 좀…… 어려워."

분명 말소리는 들렸는데, 무슨 의미인지를 순간 알아들을 수 없었다. 종국은 침묵했다.

"돈을 좀 보태줬으면 좋겠어."

어이가 없어서 허, 한숨인지 웃음인지 모를 소리만 뱉어냈다.

"아버지 보험금 있는 거, 알아."

종국의 얼굴이 일그러졌다. 그는 어머니를 노려보았다.

"무슨 말 같잖은 소리예요? 보험 같은 게 어디 있어요?"

보험료를 낼 돈 같은 게 있었다면, 아니 그런 걸 고려할 심적 여유가 있을 정도였다면, 아버지는 애초에 그렇게까지 망가지진 않았을지도 모른다. 어쩌면, 종국이 지금 아버지에게 가진 미움의 농도가 십분의 일쯤 줄었을지도.

싸늘한 대응에도 어머니는 흔들리지 않았다.

"다 알고 왔어."

어머니는 속지 않겠다고 엄포를 놓듯 앙칼지게 종국을 노려보았다.

"그딴 게 있었음 내가 이렇게 살지도 않아요."

"벌써 다 썼다는 얘기야?"

이제야 상황이 어떻게 돌아가는지에 관심이 생긴 건지, 여학생은 드디어 컵을 내려놓고 대치하는 두 사람을 지켜봤다.

"어디서 뭔 소리를 들었는지는 모르겠는데, 애초에 보험 같은 거 없었다고. 우리가 그런 거나 들고 있을 여유가 어디 있었냐고요, 대체?"

어머니의 미간이 구겨졌다. 무슨 생각을 하는지 눈을 깜박이며 어딘가를 응시했다가 고개를 가볍게 저었다. 흐려진 눈

   보름

빛을 한 채 아랫입술을 잘근 깨물었다.

무슨 생각을 했는지 돌연 눈에 날카로운 빛이 서린 어머니는 종국을 노려보았다.

"지 애빌 닮아서 아주 한심하기 이를 데가 없구나."

"뭐요?"

"얼마 전에 숙향일 만났어."

숙향. 오랜만에 듣는 이름이었지만 분명 기억에 남아 있었다. 한 동네에 살았던 주민으로, 어머니와 딱히 친하지는 않았지만 오가며 인사 정도는 하는 사이었다.

종국은 퍼뜩 숙향이 보험 일을 했다는 걸 기억해냈다. 동시에 쓴웃음이 났다. 숙향은 아직도 이 동네에 살고 있다. 어머니가 숙향과 서로 연락하고 지내는 사이였다면 자신이 버리고 떠난 종국네의 소식을 이제야 듣지는 않았을 것이다. 그렇다면 어머니가 일부러 숙향을 찾아갔거나, 둘이 우연히 만났다는 얘기다.

우연이든 아니든, 어머니가 왜 이곳에 왔는지는 묻지 않아도 알 것 같았다. 종국이 지금 어떻게 사는지 확인한 후 뜯어먹을 게 있나 가늠하려고 했던 것이다.

"네 아버지 죽고 나서 사망보험금 나왔다며?"

"무슨 소리예요? 그런 거 있던 적 없어요. 그 아줌마가 착각한 거겠죠."

"보험 하는 애가 그런 걸 착각해? 그냥 죽은 거면 오억인데 자살이라서 겨우 오천만 원 나온다고, 네 할머니가 보험회사 영업소 가서 난동을 부렸다는데."

말도 안 되는 소리다. 아버지가 세상을 떠난 후 할머니는 일주일이 넘도록 식음을 전폐하고 누워 있었다. 무슨 의도인지는 몰라도 어머니의, 아니 이 여자의 농간이라고 종국은 확신했다.

"그딴 거 있던 적도 없지만, 있더라도 당신 몫은 한 푼도 없어. 이제 와서 무슨 자격으로……"

문득 종국의 눈길이 여학생에게 향했다. 눈이 마주치자 앳된 얼굴의 여자아이는 고개를 돌려 시선을 피했다. 더 심한 말을 하고 싶었지만 아이를 봐서 참기로 했다. 피가 섞였다고 동생으로 생각할 마음도 없었고, 애초에 그렇게 생각할 수도 없었지만, 아무리 그래도 어린애 앞에서 할 소리는 아니었다.

"다신 연락하지 마요."

종국은 자리에서 벌떡 일어섰다. 돌아서 나가려는 종국의 팔을 어머니가 다급히 붙잡았다.

"정말 모르는 거야?"

"놔요."

나직하게 경고한 뒤, 종국은 어머니의 팔을 거세게 뿌리쳤다. 어머니는 손톱을 잘근잘근 깨물었다.

"네 할머니가 혼자 먹었네."

"할머니 욕하면, 나, 가만히 안 있어."

경고를 들었는지 아닌지 어머니는 고개를 퍼뜩 들었다.

"할머니 같은 소리 하네. 그 양반, 네 친할머니도 아니야."

종국이 인상을 구겼다.

"뭐라는 거야?"

"네가 할머니라고 부르는 여자, 네 아빠의 친엄마가 아니라고. 네 아빠가 어릴 때 들어온 새엄마야."

어머니가 종국에게 털어놓은 진실이란 이랬다.

종국의 '할머니'가 새로 들어온 건 종국의 아버지가 워낙 어릴 때의 일이었고, 어찌 되었든 종국의 아버지가 성장하도록 키워주었으니, 어머니 입장에서도 딱히 남남이라고는 생각하지 않았다고 했다. 오히려 친모 만큼이나 마음을 다해 키웠다고 들어서 더 정이 갔었다. 그런데 할머니는 두 사람이 결혼 후 분가하겠다고 하자 돌변했다. 말이 점점 심해지더니 면전에서 '부모가 늙어 필요 없어지니 버리려 한다' '여자를 잘못 만나 천륜을 끊으려 한다'는 소리까지 들었다. 그때 마침 종국이 생기지 않았더라면 결혼을 포기했을 것이었다.

종국은 전혀 몰랐던 일이었다. 하지만 충격받지 않은 척하려고 애썼다. 어머니 앞에서 흔들리는 모습을 보여주고 싶지는 않았다.

"그래서 뭐."

"네 할머니 때문에 싸우기도 엄청 싸웠어. 몰랐는데 버는 족족 다 네 할머니한테 들어갔더라고. 어쩐지, 갑자기 분가를 허락해주더라니. 돈을 주겠다고 하니까 보내준 거야. 할아버지 돌아가시고 집이며 통장에 남았던 돈도. 금액도 얼마 안 됐고 걸핏하면 맞으니까 항의도 제대로 못 했지만, 분명 네 할머니가 다 가져갔다고. 그러네, 그러고 보니 내가 바람이 났네, 어쨌네, 네 아빠한테 다 알린 것도 네 할머니야."

분하다는 듯 씩씩거리는 어머니의 모습에 종국은 어이가 없었다. '바람'의 살아 있는 증거가 바로 눈앞에서 자신을 보고 있다는 걸 잊은 모양이었다.

"네 할머니야. 그때 갑자기 나타난 것도 내가 더이상 생활비를 보내지 말라고 했던 것 때문일 거야. 시기가 딱 그래. 그래서 날 쫓아내려 했던 거야."

외도중이라는 사실을 알린 사람이 아니라, 외도를 한 사람이 잘못한 것이다. 어머니는 지금 자신의 잘못을 다른 사람에게 전가하고 본질을 호도하고 있을 뿐이었다. 그렇다는 걸 잘 알면서도 종국은 이 자리를 박차고 나가지 못했다.

자리에 털썩 앉은 어머니가 고개를 치켜들었다. 희번덕거리는 눈에서는 욕망이 번들거렸다.

"이상하지 않니? 네 아버지의 보험금이라면 당연히 상속권자인 네가 받아야 하는 건데, 너도 모르는 사이에 네 할머니가 어떻게 돈을 받았을까? 그건 보험수익자가 네 할머니로 되어 있었다는 얘기밖에 안 돼."

어머니와 똑같은 얼굴을 한 여자아이가 푸르륵, 소리를 내며 얼음밖에 남지 않은 컵 안을 빨대로 빨았다.

6

종국은 붉은 벽돌로 둘러싸인 육층짜리 건물 앞에서 걸음을 멈추었다. 고개를 젖혀 올려다보니 5층 외벽에 제인 보험의 지점 간판이 걸려 있었다. 주머니에 손을 넣자 손가락 끝에 구겨진 종이가 만져졌다.

어머니가 준 전화번호였다. '김숙향'이라는 이름이 함께 휘갈겨 쓰여 있었다.

"확인해봐."

그렇게 말한 어머니는 카페 점원에게 빌린 종이에 아무렇게나 휘갈겨 쓴 메모를 던져놓고 딸을 데리고 일어섰다. 종국의 사정이 어찌됐든 자신이 얻을 돈이 없으니 볼일도 더이상 없다는 태도였다.

전화로 미리 약속을 해둔 터라 종국은 5층의 사무실 안으로 들어가 자신의 이름을 대고 숙향을 찾았다. 안내 테이블에 앉아 있던 직원은 두 평도 채 되지 않는 크기의 상담실로 종국을 안내했다. 소파에 앉은 종국은 양손을 몇 번 폈다가 오므리기를 반복했다. 긴장감 때문인지 손이 뻣뻣하게 굳는 기분이었다.

"종국아, 정말 오랜만이다, 얘!"

문이 열리고 들어온 숙향은 종국을 발견하고는 크게 반색하며 다가왔다. 종국이 일어나자 숙향은 그의 한쪽 손을 꼭 잡고 다른쪽 손으로는 어깨를 두드리며 반가움을 감추지 못했다.

"많이 컸다고 말하기도 뭐하다. 길에서 보면 모르겠어."

"늙은 거죠, 뭐."

"아줌마 앞에서 못하는 소리가 없네."

숙향은 종국을 장난스럽게 흘겨보며 어깨를 쳤다. 멋쩍게 웃는 종국에게 앉으라는 듯 손을 뻗어 보이고는 맞은편 자리에 앉았다. 숙향은 한 손에 들고 있던 태블릿 PC를 테이블에 올려놓았다. 전화로 약속을 잡을 때 자세한 용건을 얘기하지 않았기 때문에 보험에 가입하기 위해 왔다고 생각하는지도 모른다.

"웬일이야, 네가 날 다 찾아오고?"

자리에 앉고 나서도 종국이 쉽사리 말을 꺼내지 못해서인지, 숙향은 종국의 용건이 보험 가입 같은 유는 아닐 거라고 판단한 것 같았다. 종국은 조금 더 머뭇거리다가 용기를 내어 입을 열었다.

"여쭤보고 싶은 게 있어서요. 저희 아버지 돌아가실 때…… 혹시 보험이 있으셨어요?"

숙향은 눈을 둥그렇게 떴다. 잠시 동안 종국의 얼굴을 빤히 응시하던 그녀의 시선이 천천히 내려앉았다.

"있었어."

예상하고 있던 대답이었지만 어쩐지 종국은 가슴이 무너지는 기분이었다.

"보험수익자가 할머니였고요?"

“……응. 몰랐구나.”

종국은 고개를 끄덕였다. 낮은 한숨소리가 숙인 고개 위에서 들려왔다.

“얼마였어요?”

“미안하지만 그건 개인정보라.”

돌아가신 것은 종국 자신의 아버지이지만, 그 죽음에서 비롯한 보험금 문제에서는 철저히 제삼자였다. 종국의 머릿속에 많은 생각이 오갔다. 가장 궁금한 것은 ‘왜 아버지가 굳이 할머니를 보험수익자로 지정했을까?’였다. 만약 보험에 가입되어 있다는 사실을 안다면 종국이 자신을 죽일지도 모른다고 생각했던 걸까? 마지막 날, 종국은 아버지를 폭행하고 죽으라고 소리쳤다. 죽지 않으면 죽음보다 더한 고통을 주겠다고 협박까지 했다. 그 소리를 들은 아버지는 뭐라고 생각했을까. 역시 자신의 결정이 맞았다고 생각했을까.

하지만 그렇게 단정짓고 끝내기에는 너무 이상했다. 아들이 보험금 때문에 자신을 죽일지도 모른다고 생각했다면, 보험을 가입하지 않으면 그만이다. 아니면 할머니에게 돈을 주고 싶었을 뿐인 걸까? 그렇다면 자살은 아버지가 계획해 실행에 옮긴 일일지도 모른다. 그러면 아버지의 죽음은 종국의 탓이 아니다. 어쩌면, 그날 아버지를 폭행한 일 탓이 아닐 수

　　　　　　　　　　　　　　　　　　보름

도 있다. 종국은 진실을 알고 싶었다.

'그런데…… 할머니는 왜 보험금을 타고 나서 아무런 말을 하지 않았을까.'

"할머니가 보험금 때문에 항의했다던데."

"들었구나."

숙향이 눈을 깜박거리며 시선을 슬쩍 피했다. 뭔가 곤란해한다는 것을 알 수 있었다. 고민하던 숙향은 잠시 뒤를 돌아보았다. 상담실의 문은 닫혀 있었지만, 통창 너머로 상담실 밖이 그대로 비쳤다. 숙향은 다시 종국 쪽으로 몸을 돌린 뒤, 몸을 잔뜩 앞으로 기울였다.

"사실 그때 보험금이 늦게 나갔던 건 조사가 있었기 때문이야."

종국은 놀랐다. 처음 듣는 이야기다. 어머니에게서는 사망 원인이 자살이라 수령액이 적어 항의했다는 이야기밖엔 듣지 못했으니까.

"신고를 한 건 나였고."

종국의 아버지는 보험금을 낼 만한 형편이 못 됐다. 그런데도 보험에 가입하고 보험수익자를 굳이 자신의 어머니로 지정했다. 그러고 나서 자살했다. 보험수익자였던 종국의 할머니는 보험금 지급 절차를 기다리지 못하고 사무실에 와서 항의까지 했다.

하지만 그것만으로는 의심할 근거가 못 됐다. 보험 가입도, 보험수익자 지정도 전부 본인이 직접한 것은 사실이었다.

"보험 가입할 때 혼자가 아니었어. 네 할머니가 같이 있었다고."

"그래도 어쨌든 아버지가 가입하겠다고 한 거니까."

종국의 말에 숙향이 한숨을 내쉬었다.

"이런 말까지 하면 뭐라고 생각할진 모르겠는데, 내가 네 아버지를 아주 어릴 때부터 봐왔잖아. 네 아버지는 할머니 관련해서는 절대 뭘 거절을 못 해. 뭐라고 말해야 할까? 할머니를 아주 무서워했고, 아주 많이 따랐어."

종국에게는 숙향의 말이 무엇을 뜻하는지가 금방 와닿지 않았다.

"네 아버지는 어렸을 때부터 아주 외로웠어. 그런데 네 할머니가 들어오고…… 아, 할머니가 네 할아버지와 재가하셨다는 건 알지?"

종국은 고개를 끄덕였다.

"새어머니면서 네 아버지를 아주 살뜰히 챙긴다고 동네에 칭찬이 자자했는데 말이야. 언젠가부터 네 아버지가 할머니한테 쩔쩔맨다는 걸 느꼈어. 할머니의 명령이라면 다 들었고. 한번은 네 할머니가 수학여행 가는 걸 싫어한다고 하기에 좀 싸워보라고 했었는데, 네 아버지는 고개를 젓기만 했지. 네 할머니한테는 대들 수가 없다고. 처음 재가하셨을 때 네 아버지가 할머니한테 좀 많이 의지했던 모양이야. 왜 안 그렇겠니, 외로웠을 텐데. 근데 네 아버지가 마음에 들지 않거나 말썽을 부릴 때마다 할머니가 겁을 주신 거야."

"이래서 머리 검은 짐승은 거두면 안 돼."

그런 말을 들을 때마다 아버지는 황급히 행동을 고쳤다고 했다. 할머니가 자신을 두고 도망갈까봐 두려워하면서.

"네 아버지도 점점 나이를 먹으면서 머리가 커지니까, 갈수록 통제가 안 됐을 거야. 한번은 네 아버지가 독립하고 싶다고 한 적이 있어. 스물대여섯 때였으니까, 결혼하기 훨씬 전이었지. 그때 네 할머니가 어떻게 한 줄 아니?"

종국은 자신이 지금 숨을 멈추었다는 걸 알아차리지도 못한 채 숙향을 응시했다.

"네 아버지 눈앞에서 농약을 마셨어."

그 말을 듣는 순간, 종국은 갑작스레 눈앞이 아찔했다. 뒤엉킨 머릿속이 혼란스러웠다. 자신이 지금 듣고 있는 이야기

속 주인공이 할머니라는 사실이 생경했다. 자신이 안다고 생
각했던 할머니는 대체 누구인지 알 수 없었다.

이어지는 숙향의 말에 따르면, 그 뒤로 아버지는 할머니
말씀이라면 하늘의 뜻처럼 떠받들었다. 어머니는 결혼 당시,
종국이 생기지 않았다면 결혼 자체를 포기하려 했다. 왜 아
버지가 할머니에게 단호히 선을 긋지 못했는지 알 것 같았
다. 이전에 있었던 자살기도 사건 때문이었다.

분가를 했지만, 어머니의 말에 따르면 생활비라고 말하기
도 힘들 정도로 상당한 금액이 매달 할머니에게 전해졌다.
참다못한 어머니가 경제적 독립을 선언하자, 할머니는 어머
니의 외도 사실을 터뜨렸다. 이후 할머니가 집에 들어와 함
께 살았다. 그 일로 아버지는 직장을 잃었고, 그즈음 생명보
험도 가입했다. 보험수익자는 할머니였다.

"아들이 죽었는데도 빨리 돈 내놓으라고 난리치는 거, 너
무 이상하지 않니? 애초에 보험 가입할 때부터 수상했고. 그
래서 의심 신고를 했는데……"

보험사 조사팀에서 혐의가 없다는 결론을 내렸고 조사는
마무리됐다. 경찰 조사에서 종국의 아버지는 스스로 농약을
음독했다고 결론지었기 때문이었다. 농약 음독 당시 할머니
는 아버지에게 맞아 병원에 실려가던 중이었기 때문에 알리

보름

바이가 명확했다. 일자리도 구하지 못하던 아버지의 상황과 음독 직전 있었던 자식과의 폭력사태 등은 명백한 자살 동기로 인정되었다.

"그런데 이건 그냥 내 생각일 뿐이야. 무슨 소린지 알지?"

숙향은 뒤늦게 정신을 차린 듯했다. 만약 이런 일이 종국에게 전해진 것을 알면 그의 할머니가 가만히 있지 않을 거라는 생각이 든 모양이었다.

종국은 고개를 끄덕였다.

"아, 내가 바로 다음 일정이 하나 있거든. 일어나봐야 할 것 같아."

숙향은 테이블에 올려둔 태블릿 PC를 집어들고는 엉거주춤 일어섰다. 종국에게 이제 그만 가라는 신호를 보내는 것이다. 종국은 그걸 알아차리고서도 잠시 그대로 앉아 바닥을 노려보았다. 한동안 끝을 알 수 없는 생각에 잠겼다.

이내 종국은 제자리에서 꼼짝하지 않은 채 입을 열었다.

"한 가지 확인 좀 부탁드릴 게 있어요."

고개를 들자, 숙향은 어두운 얼굴로 그를 내려다보고 있었다.

7

종국은 신발도 벗지 못한 채 집안으로 성큼 들어섰다. 거실을 가로지른 그는 곧장 안방으로 향했다. 거친 손길로 문고리를 잡아쥔 순간, 종국은 멈칫했다. 고개를 돌려 옆을 보았다.

아버지가 무표정한 얼굴로 서 있었다.

이젠 아버지의 모습을 봐도 두려움이 느껴지지 않았다. 종국이 이제껏 맞닥뜨렸던 공포는 사라졌다.

이전까지는 아버지가 자식이 원망스러워 괴롭히는 거라고 생각했다. 하지만 이젠 안다. 그게 아닐 수도 있다는 걸.

"왜 죽었어?"

아버지는 아무런 말도 하지 않았다. 눈동자가 없어 동굴처럼 뚫린 구멍에서 나오는 어둠만이 종국을 응시할 뿐, 표정의 변화도 없었다.

예상한 일이다. 말을 할 수 있었다면 종국 앞에 처음 나타났을 때부터 뭔가를 전하려 했을 것이다.

종국은 안방 문을 벌컥 열고 안으로 들어갔다. 아버지는 따라 들어오지는 않았지만, 문지방에 선 채로 종국을 보고 있었다.

"……"

보름

종국은 방안을 뒤지기 시작했다. 절에서 얻어온 보살상을 얹어놓은 문갑을 열었다. 사용한 지 오래된 인주나 편지봉투, 반짇고리 안의 잡동사니 따위를 전부 꺼내 확인했다. 무엇을 찾는 것인지는 스스로도 알 수 없었다. 다만 할머니가 대체 어떤 사람인지 알고 싶었다.

돌이켜보면 확실히 이상했다. 아버지가 돌아가신 이후부터 종국은 제대로 된 일을 한 적이 없었다. 다친 이후에는 더 그랬다. 그런데도 생활이 가능했다. 그동안은 할머니가 일을 하기 때문이라고 생각했지만, 다시 생각해보니 할머니가 무슨 일을 하는지, 종국은 들어본 적도 없다.

이번에는 다섯 단짜리 서랍장을 열었다. 철 지난 옷들이 정갈하게 개켜져 있었다. 종국은 성마른 손길로 그것들을 모두 꺼내 바닥에 던졌다. 서랍장 다섯 칸을 전부 열어젖히고 바닥이 보일 때까지 옷을 꺼냈다.

어머니의 말이 진실이라면, 할머니는 아버지에게서 매달 돈을 받아왔다. 그것을 알게 된 며느리가 돈줄을 끊으려 하자, 흠을 잡아 쫓아내고 집으로 들어왔다. 그리고 중요한 사실 하나 더. 아버지가 돈을 벌 수 없게 되자, 아버지는 죽었고 보험금이 생겼다.

'우연일까?'

다음은 장롱이었다. 위에는 긴 코트와 겨울 점퍼가 걸렸고 아래로는 이불들이 개켜져 있었다. 종국은 이불을 전부 끄집어냈다.

'그날 아버지는 정말로 자살했을까?'

폭력적인 아버지였다. 단 한 번, 자식이 자신에게 반기를 들었다는 게 그런 사람을 무너뜨리기에 충분한 것이었을까를 생각하면, 절로 고개가 저어졌다. 이제야 아버지의 자살은 뭔가 이상하리만치 과한 결정이었다는 생각이 들었다.

아버지는 분명 농약을 마셨다고 했다. 응급실에 실려간 아버지를 진찰한 의사가 확실히 말했다. 농약의 냄새가 확실했고, 음독 증상도 같았다. 아버지의 몸 옆에는 농약병이 구르고 있었다. 그날 아버지와의 싸움으로 부상당한 할머니를 종국이 직접 업고 병원에 갔기 때문에 집안에는 아버지밖에 없었다. 그것이 아버지의 죽음을 자살로 판단한 근거였다. 다른 확인의 절차나 부검도 없이 그렇게 결론지어졌고, 아버지의 시신은 화장되었다.

'아버지는 정말 스스로 농약을 먹었을까?'

종국은 그날의 기억을 생생하게 떠올리려고 했다.

그날, 아버지의 시신 옆에서 구르던 것은 농약병만이 아니었다. 종국이 집에 들어갔을 때, 할머니를 제압하던 아버지

보름

의 옆에는 수많은 물건이 쏟아져 있었다. 철제 선반이 넘어진 탓이었다. 그렇기에 종국은 아버지가 할머니를 제압하다가 선반이 넘어졌다고 생각했다.

'하지만 아버지가 아니라, 할머니가 의도적으로 넘어뜨린 거였다면?'

'아버지의 목숨을 끊은 것은 정말 그 농약병 속의 농약이었을까?'

술을 마신 아버지는 난동을 부리고 나면 물을 벌컥벌컥 마셨다. 그걸 알고 있던 종국은 그 물에 농약이 들어 있지는 않았는지가 의심되었다. 죽은 사람에게는 자살 동기가 충분했고, 몸에서 검출된 성분의 농약병이 그 옆을 구르고 있다. 그런 상황에 다른 경로로 마셨을 가능성을 확인하겠다고 냉장고 안까지, 물에 뭔가 섞여 있는지, 경찰이 확인했을까?

이불을 끄집어내던 종국의 손이 멈칫했다. 더는 이불이 없어서가 아니었다. 종국은 이불을 모두 꺼내어 빈 장롱의 내부를 한참이나 응시했다. 장롱 바닥에 정방형의 문이 하나 달려 있었다. 얼핏 보면 알아채지 못할 법했지만, 문의 테두리가 명확하게 드러나 있었다. 종국은 갑자기 도망치고 싶었다. 저 문을 열면 이젠 어떻게 해도 돌이킬 수 없는 단계로 넘어가버릴 것만 같은 압박이 느껴졌다.

종국은 자기도 모르게 뒤를 돌아다보았다. 여전히 문지방에 선 아버지가 이쪽을 응시하고 있었다. 자신에게 뭔가를 바라는 듯한 느낌이 들어 가슴이 복받쳤다.

"억울하면 뭐라도 좀 해보지 그랬어!"

아버지는 여전히 아무 말이 없었다. 아랫입술을 잘근 깨물고 고개를 돌려 장롱 바닥을 노려보던 종국은 손을 뻗어 문을 열었다.

쿵!

심장이 내려앉았고 모든 사고가 정지했다. 종국은 지금 보는 것을 믿을 수 없었다.

열린 문안에는 운동화 한 쌍이 얌전히 들어가 있었다. 종국에게 익숙한 것이었다. 3년 전 자살하려던 그 밤, 뛰어내리기 직전 종국이 벗어놓은 운동화였다. 당시, 운동화의 행방은 묘연했다. 그것만 발견됐어도 종국은 좀더 일찍 구조됐을 것이다. 잘못하면 죽을 뻔했다.

'그런데 이것이 왜 할머니에게……'

그때 종국의 주머니 안에서 휴대전화가 울렸다. 종국은 넋이 나간 사람처럼 전화를 받았다. 전화기 너머에서 상당히 흥분한 목소리가 들려왔다.

— 네가 부탁한 대로 확인해봤는데, 이걸 어떻게 말해야 하니……

 　　　　　　　　　　　　　　　　　　　　　　　보름

숙향이었다.

— 네 이름으로도 보험이 가입되어 있어.

8

인정하지 않을 도리가 없다. 그날의 싸움이 왜 벌어졌는지를 이상하리만치 궁금해하지 않았다는 것을. 종국은 정말로 단 한 번도 그날의 일을 할머니에게 묻지 않았다. 아버지는 술만 마시면 미쳐버리는 사람이었으니까, 어떤 이유도 붙여주고 싶지 않았던 건지도 모른다.

이제와 할머니에게 자초지종을 캐물을 생각은 없었다. 이젠 할머니가 무어라 답한다고 해도 그걸 그대로 믿을 자신이 없다.

한참 걷던 종국은 문득 걸음을 멈춘 채 가게 안을 들여다보았다. 열 평도 채 되지 않는 가게 안에는 낡은 테이블이 오밀조밀 붙어 있었고, 중년의 여자가 가게 한편에 앉아 벽에 붙은 TV를 멍하니 올려다보고 있었다.

종국은 가게로 다가가 천천히 문을 열었다. 문에 붙은 종이 뎅그렁, 소리를 내자 여자가 반색하며 일어섰다.

"어서 오……"

종국의 얼굴을 확인한 여자는 고개를 갸웃하다가 이내 눈을 휘둥그렇게 떴다.

"종국이 아냐?"

"너무 오랜만이죠. 안녕하세요."

종국은 멋쩍어하며 고개를 숙였다.

"웬일이야, 잘 지내고?"

다가온 여자는 종국의 팔을 마구 치며 반가운 기색을 숨기지 않았다. 아주머니는 오래전부터 시내에서 포장마차를 운영했다. 작은 동네인지라 얼굴을 전부 알았다. 동네 사람들이 주고객이었고, 그랬기에 그들의 사정을 꿰고 있었다. 다른 식당에서도 술을 팔긴 했지만, 술집이라고 할 만한 곳은 근처에 이 가게가 유일했다. 멀지 않은 곳에 다른 가게들이 생겨도 사람들은 의리를 지킨다며 이곳만 찾아왔다.

종국이 여기에 온 데에는 그런 이유가 있었다. 만약 그날 아버지가 술을 마셨다면, 분명 이 가게에서였을 것이다. 그렇다면 아주머니가 뭔가를 듣지 않았을까?

"그날? 기억나지."

종국이 묻자, 포장마차 아주머니는 당연하다는 듯 답했다.

아버지가 가게에서 술을 마시고 간 그날 바로 사망했다는 연락을 받았으니, 기억나지 않을 도리가 없다고 덧붙였다.

"그뿐만이 아니라, 그날 경찰도 왔으니까."

아무리 자살한 정황이 명백하다고 해도 수사를 금세 종결 짓지는 않는다. 이쪽에 빠삭한 건 아니지만, 자살 동기 정도는 확인하는 절차가 있다고 한다. 그날 다른 일은 없었는지 경찰이 물어보러 왔을지도 모른다.

하지만 아주머니는 그게 아니라며 고개를 저었다.

"아니, 그게 아니라. 그날 네 아버지가 여기서 사람 하나를 만났는데, 주먹을 휘둘러서…… 아휴, 난리도 아니었다."

"네?"

이건 처음 듣는 이야기였다.

"처음엔 둘이 언성 높이고 싸우다가, 네 아버지가 뭔 서류를 꺼내더라고. 그랬더니 그 청년이 파랗게 질리더니 무릎을 턱 꿇었어. 그때 네 아버지가 주먹을 휘두르고 난리가 났었어. 경찰이 온 덕분에 멈췄지 안 그랬으면 그 청년은 죽었을지도 몰라, 네 아버지 손에. 그만큼 눈이 완전히 뒤집혔더라니까."

"청년이요?"

누군지 감이 잡히지도 않았다. 그런 기색이 고스란히 묻어

나는 종국의 얼굴을 본 아주머니는 의아하다는 듯 물었다.

"아니, 몰랐어? 난 네가 알고 있을 줄 알았는데?"

"예?"

"아버지 덕분에 네가 사기 안 당한 거잖아."

벗어나려고 하면 점점 더 조여오는 거미줄에 얽힌 기분이었다. 한 발씩 앞으로 나가도 점점 더 암흑 속으로 파고들어 가는 듯했다. 종국은 아주머니가 하는 말을 하나도 이해할 수가 없었다.

종국이 사기를 당할 뻔한 일은 딱 한 번이었다. 친구였던 윤석이 종국에게 치려던 사기. 자칫하면 종국이 모든 것을 뒤집어쓸 뻔했다. 그런데 그 이야기가 왜 아버지의 '그날'에 얽혀 나오는지, 종국은 알 수가 없었다.

"정말 몰랐구나? 네 아버지가 그놈을 잡은 거야. 그래서 그놈이 경찰에 잡혀간 거라고."

그렇다면 그날 아버지의 앞에 무릎을 꿇은 사람은 윤석이었던 걸까. 만약 그렇다면 아버지는 종국이 사기당할 뻔한 상황을 미리 알았던 것이다. 윤석을 불러 증거를 내밀고 인정받은 뒤 경찰에 넘겼다. 그 뒤의 동선은…… 집으로 가 할머니를 폭행했다. 할머니와 그 사건에 무슨 연관이 있었던 걸까?

'혹시!'

종국은 자리에서 벌떡 일어섰다. 파랗게 질린 종국의 얼굴을 아주머니가 여전히 의아하다는 표정으로 보았다.

"죄송해요! 다음에 다시 올게요."

자세하게 설명할 정신도 없이 종국은 가게를 박차고 뛰어나갔다.

내달려 한달음에 도착한 곳은 집이었다. 종국은 문을 벌컥 열고 안으로 들어갔다. 이곳저곳 찾을 것도 없었다. 아버지는 거실 한복판에 서 있다가, 아무런 표정 변화가 없는 얼굴을 종국에게로 돌렸다.

"왜 여기 서 있어?"

종국이 날카롭게 외쳤다. 여전히 아버지는 아무 대답도 하지 않았다. 가슴이 뻐근해지면서 화가 들불처럼 치솟았다.

"여기 서서 뭐하는 거야? 할말이 있으면 하고, 복수를 할 거면 하지! 왜 사람이 죽어서까지 이렇게 하찮고 쓸모가 없난 말이야!"

종국의 가슴이 씨근거렸다. 그는 아랫입술을 꾹 깨물었다가 이내 깊이 숨을 내뱉었다. 터뜨리지 못한 분노를 가라앉히려다보니 목소리가 되레 나직해졌다.

"혹시, 나 사기당할 뻔한 거, 할머니가 관련되어 있어?"

똑같았다. 여전히 아버지는 뻥 뚫린 눈으로 종국을 응시했다. 그런데도 아버지를 둘러싼 공기가 조금 변한 것 같은 기분이 들었다.

"할머니가 시킨 일이야?"

종국은 자기도 모르게 아버지에게 바싹 다가갔다. 그런데 순간, 아버지가 뒤로 스르르 물러났다. 뒷걸음질한 것이 아니라, 자석에 같은 극을 대었을 때 밀려나가는 것 같은 느낌이었다. 종국은 커다랗게 뜬 눈으로 두 사람 사이에 벌어진 간격을 보았다가 다시 아버지에게로 눈을 돌렸다. 뭔가 짚이는 것이 있었다.

'설마……'

탁.

종국은 소리가 난 쪽으로 고개를 돌렸다. 할머니가 서 있었다. 할머니의 발치에 구둣주걱이 있었다. 그것을 차서 소리가 난 듯했다. 할머니는 살짝 놀란 눈을 하고서 종국을 보고 있었다.

"거기서 뭐하니?"

종국은 대답하지 않고 빤히 할머니를 응시했다. 할머니는 신발을 벗고 거실 안으로 들어왔다. 할머니의 고개가 문이 열린 안방 쪽으로 향했다. 주름지고 마른 목을 길게 빼 안을 확인했다. 열린 장롱의 문을 보면 종국이 그 안에서 무엇을 발견했을지 알아챌 것이었다.

할머니는 종국에게로 다시 얼굴을 돌렸다. 평소와 다름없는 인자하고 따뜻한 미소였다.

"진단서는 가져왔니?"

온몸의 신경줄기를 타고 소름이 뻗어나갔다.

'진단서는 왜 필요했을까?'

종국은 자신의 이름으로 가입되어 있다는 보험이 떠올랐다. 할머니는 종국이 시신으로 발견되면 자살 동기로 가져다 댈 우울증 이력의 증명이 필요했을지도 모른다.

종국은 아버지에게로 고개를 돌렸다.

"대답해."

할머니의 눈이 흔들렸다. 할머니에겐 아버지가 보이지 않을 테니 종국이 허공에 대고 하는 혼잣말로 보여야 했다. 그런데도 할머니는 공포에 질렸다. 그렇다는 것은 종국의 시선 끝에 무엇이 있는지 안다는 뜻이었다. 할머니는 황급히 안방 쪽으로 걸음을 옮겼다.

그제야 그런 생각이 들었다.

'할머니는 정말 아버지가 보이지 않는 걸까?'

"대답하라고!"

아버지의 고개가, 천천히 아래로, 다시 위로 움직였다. 녹슨 기계가 움직이듯, 불쾌한 마찰음이 들려올 것만 같은 움직임이었다.

종국은 눈을 희번덕거렸다. 막 닫히려는 안방의 문을 잡아젖혔다. 놀란 할머니가 뒷걸음질을 쳤다.

"이, 이 무슨 배워먹지 못한 버르장머리냐!"

그러나 그 말은 아무런 힘도 발휘하지 못했다. 더이상 종국에게는 저 사람이 할머니로 보이지 않았다.

저 사람은 아버지를 속박했다. 돈을 갈취하다가, 돈줄이 끊어지려 하자 종국의 어머니를 내쳤다. 자신이 그 자리를 차지하고서 더 커지는 욕심을 채우기 위해 종국의 친구를 이용해 사기를 치려했다. 그것을 알게 된 아버지를 죽였고, 보험금을 탔다. 괴로워하던 종국이 자살하려는 것을 알았지만 막지 않았고, 살아서 발견될까봐 신발까지 감췄다.

종국은 그대로 할머니의 멱살을 잡고 벽에 밀어붙였다. 고통스러운지 할머니의 얼굴이 일그러졌다.

"내 아버지를 죽였어?"

"이게 무슨 짓이야? 이 천하의 배워먹지 못한 놈! 제 아비를 그대로 빼다박았구나!"

그런 말은 통하지 않는다.

"내가 돈벌이가 되지 않으니까 결국 죽이려고 했지."

"그래! 날 죽여라, 이놈아! 네가 날 죽이면 넌 무사할 것 같으냐!"

그동안 종국이 알던 목소리가 아니었다. 힘이 없는데도 손주를 위해 헌신하던 모습은 없었다. 마음대로 자식을 조종하고 이용하려는 교활함과 돈을 향해 뻗어나가는 미친 욕망만 있을 뿐.

감당할 수 없는 진실의 무게에 종국은 오히려 피식, 웃음이 나왔다. 지금껏 이 노인에게 놀아난 모두가 한심스러울 뿐이었다.

"당신 말대로 죽이면 나만 죄를 받겠지."

할머니는 속삭이는 종국의 서늘한 표정에서 심상찮음을 느낀 것 같았다. 눈꺼풀이 파르르 떨렸지만 그뿐이었다. 상황을 전복해보려고 시도하기도 전에 종국은 할머니가 입은 셔츠를 힘껏 잡아 뜯었다. 단추들이 맥없이 떨어져나갔다.

"무슨……!"

당황한 할머니의 가슴팍을 확인한 종국은 웃음을 터뜨렸다. 부적이었다. 인간 같지 않은 인간에게도 두려움은 있던 모양이다. 아버지가 보인다는 종국의 말에 부적을 받아온 건 종국을 걱정해서가 아니었다. 자신을 지키기 위해서였다. 부적 때문에 아버지는 집을 배회하기만 할 뿐, 할머니에게 다가가지 못했던 것이다.

"안 돼!"

할머니는 부적을 가리려 했지만 종국이 더 빨랐다. 종국은 그대로 부적을 잡아 뜯었다. 그러고는 곧장 할머니를 놓고 뒤로 돌았다. 문갑 위의 보살상을 들어 창밖으로 집어던져버렸다.

그그그그기기기긱.

찢어질 듯 커진 할머니의 눈에 핏발이 섰다. 할머니는 입을 벌린 채 그 자리에 주저앉아버렸다. 경악한 할머니의 눈은 방문 쪽을 향해 있었다. 돌아보자 기다렸다는 듯 아버지가 서 있었다. 역시 할머니는 아버지가 보였던 것이다.

아버지의 휑뎅그렁한 눈에서 먹물처럼 검고 진득한 물이 흘러내렸다. 머리가 덜덜거리며 360도로 뒤틀렸다. 입이 믿기지 않을 각도로 쩍 벌어지고 그 안에서 촉수 같은 것들이 뻗어져나왔다. 팔과 다리를 기이한 방향으로 꺾으면서, 아버지는 앞으로 걸어오고 있었다.

"자, 잘못……"

용서를 비는 것은 이미 너무 늦었다. 입이 열리는 동시에 아버지 키보다 몇 배는 길어진 손톱이 할머니의 목을 관통했다. 할머니는 벌린 입으로 아무런 소리도 뱉지 못했다. 아버지는 나머지 손으로 할머니의 목을 마저 꿰뚫고는 양손을 천천히 옆으로 벌렸다. 가죽이 찢어지는 듯한 소리가 나며 할머니의 목에 생긴 구멍이 점점 커졌다. 덜컥덜컥, 기괴한 소리와 함께 아버지의 입이 벌어졌다. 깊고 깊은 어둠이 그 안에 있었다. 어두운 입은 할머니를 머리부터 집어삼키기 시작했다.

사위가 고요했다. 불도 켜지 않아 집안은 무력하게 어둠에 잠식당했다. 에일 듯이 찬 공기가 종국의 피부에 닿았다. 정신을 차렸을 때, 종국은 여전히 안방 중앙에 서 있었다.

여기저기 널린 옷가지들로 방안은 난장판이었다. 아버지도, 할머니도 없었다. 종국은 마치 꿈을 꾼 것만 같았다.

그때 휴대전화에서 벨소리가 울리지 않았다면, 종국은 언제까지고 그렇게 서 있었을지도 모른다. 종국은 멍하니 주머니에 손을 넣어 휴대전화를 꺼냈다.

— 어, 나 부녀회장인데! 할머니가 전화를 안 받으시네. 혹시 어디 가셨어?

종국은 미소 지었다.

"글쎄요. 집에 안 계시네요. 어디를 가셨는지."

— 그래? 그럼 들어오시면 할머니한테 좀 물어봐줘. 다음주에 우리 부녀회에서 단체 관광을 가는데……

종국은 머리를 기울여 휴대전화를 어깨에 고정시키며 현관 쪽으로 향했다. 전화기 너머로 부녀회장의 목소리를 들으며 한쪽 손으로는 현관에 놓인 신발 한 쌍을 집어들었다.

할머니 신발이다. 어지럽혀진 방을 정리하고 신발을 치우면 할머니가 집에서 사라진 것을 아무도 알지 못한다.

신발 위에 비치는 빛에 종국은 문득 고개를 들었다. 현관문 너머로 보이는 하늘에 보름달이 떠 있었다.

문득 아주 오래전 들은 이야기가 생각났다.

보름에는 신발을 모두 숨겨야 해. 자정이 되면 귀신이 내려와 신발을 신어보고 발에 맞으면 가져가거든. 그럼 신발을 잃은 사람은 죽게 된단다.

　　　　　　　　　　　　　　　　　　　　　　　보름

아름다운 괴물

"당신들이 원했잖아. 애 낳고도 아름다운 여자를.
육아도 잘하면서 일도 확실히 하는 여자를.
그래서 보여줬는데 내가 무슨 잘못이 있다는 거야?"

시외버스 터미널 7번 홈에 설 때부터 비가 내리기 시작했다. 버스를 타기 위해 선 줄은 금세 흐트러졌다. 사람들은 차양이 달린 벽에 붙어섰다. 종환은 휴대전화가 젖지 않도록 주머니에 넣고서 우산을 접은 뒤 다른 사람들처럼 차양 아래로 들어갔다. 버스가 홈에 진입하려면 5분은 더 기다려야 한다.

대학교수인 종환은 서원시에서 영인시로 출퇴근했다. 원래는 한국대 교수였으나, 재계약이 무산된 이후 영인대로 옮겨왔다. 가족과 함께 영인시로 내려오려던 종환은 빚을 지지 않고도 다섯 식구가 함께 살 수 있는 집을 찾다가 결국 영인시 근처에 있는 서원시로 집을 정했다. 서원시에서 영인시까지는 시외버스로 1시간가량이 걸렸다. 거기서 다시 시내버스를 타고 30분을 이동해야 출근할 수 있었다. 하지만 가족과 함께할 수 있는 데다 교수 자리도 걸린 터라 불만을 가질 수 없었다.

'어?'

버스가 진입할 즈음이 됐다 싶어 정면으로 고개를 돌린 순간, 한 여자가 종환의 눈에 들어왔다. 이십대 중반쯤 되어 보이는 여자였다. 우산도 없이 머리부터 발끝까지 흠뻑 젖은 여자는 뛰지도 않고 7번 홈을 향해 천천히 걸어오고 있었다. 원래 곱슬머리인지 파마를 한 것인지 알 수 없는 구불거리는 머리카락은 축 처져 앞이 보이기나 할까 싶게 얼굴을 가리고 있었다. 얼굴엔 핏기가 하나도 없었고 가까이 올 때쯤 보니 입술은 파랗게 질려 있었다. 종환은 여자가 차양 안쪽으로 들어올 수 있도록 슬쩍 옆으로 피해 자리를 만들었지만, 여자는 그 자리를 물끄러미 보기만 할 뿐이었다.

'어디가 아픈가?'

다른 사람들은 그냥 힐끗거리기만 할 뿐 일부러 여자를 외면했다. 마치 거기에 존재하지 않는 사람 같았다. 종환은 여자를 향해 우산을 내밀며 말을 걸려고 했다. 여자가 종환을 보는 순간, 뒤쪽 저 너머로 버스가 진입하는 게 보였다.

　　　　　　　　　　　　　아름다운 괴물

“아……”

종환은 멈칫하며 우산을 거둬들였다. 차가 홈에 들어와 멈춰 서고 앞문이 열리자 사람들이 모여들었다. 종환이 예매한 좌석은 맨 뒤에서 한 줄 앞 자리였다. 버스에 올라타 예매한 자리로 가면서 종환은 설핏 바깥을 내다보았다. 내내 신경이 쓰이던 여자도 젖은 채로 줄의 맨 끝에 서 있었다. 순간 여자의 눈이 이쪽으로 향했다. 종환은 자기도 모르게 시선을 피하며 반사적으로 정면을 보았다. 왜 자꾸 저 여자에게 시선이 가는지 모를 일이었다.

“아이구, 흠뻑 젖었네.”

여자가 올라타자 버스 기사가 알은체를 했다. 말투는 건조하고 퉁명스러웠다. 좌석 시트가 젖을까봐 짜증이 난 것 같았다. 하지만 여자는 못 들었는지, 아니면 들었지만 모르는 척을 하는 건지 아무런 반응도 없이 표만 내밀고는 그대로 종환 쪽을 향해 걸어왔다.

‘맨 뒷자리인가.’

종환은 스윽 시선을 돌려 창밖을 바라보았다. 창에 들러붙는 빗방울이 어느새 더 굵어져 있었다.

버스 조수석 위에 붙은 디지털시계의 숫자가 정각이 되자, 운전기사가 시동을 걸었다. 차체가 가볍게 흔들렸다. 종환은 좌석에 몸을 묻고 눈을 감았다. 피로가 눈두덩이 위에 내려 앉은 기분이었다. 첫 시간부터 강의가 있었다. 종환은 강의 계획표를 다시 한번 확인해야겠다고 생각했다.

차가 서서히 움직이기 시작했을 때, 뭔가 차가운 것이 볼에 닿았다. 종환은 눈을 떴다. 건너편 좌석에 앉은 여자가 종환의 뒤로 시선을 주고 있었다. 여자는 눈을 크게 뜨고 있었다. 동시에 뭔가가 자신의 왼쪽 뺨으로 내려와 들러붙었다. 그것이 머리카락이라는 것을 안 순간 반사적으로 온몸이 굳고, 소름이 돋았다. 고개를 돌려 뒤를 보려던 순간 목에 불이 붙은 듯한 뜨거움을 느꼈다.

"꺄아아악!"

건너편 여자가 소리를 지르며 벌떡 일어나더니 앞으로 달아나기 시작했다. 버스 안에 있던 사람들이 일제히 뒤를 돌아보았다. 어떤 사람은 비명을 질렀고, 어떤 사람은 건너편 여자처럼 앞으로 도망가기도 했으며, 어떤 사람은 종환에게 달려왔다. 버스가 굉음을 내며 멈춰 섰고, 버스 기사가 뭐라고 소리를 질렀다. 종환은 그때까지 자신에게 무슨 일이 일어났는지 파악조차 못했다.

"컥커컥."

어쩐지 숨이 쉬어지지 않았다. 종환은 시선을 아래로 내려

     아름다운 괴물

자신의 목 부근을 보았다. 과도로 보이는 칼이 목에 박혀 있었다. 손잡이는 아직도 여자의 손에 쥐여진 채였다. 종환이 떨리는 손을 자신의 목 쪽으로 가져갔을 때, 여자가 칼을 단숨에 빼내었다. 그의 안경 위로, 버스의 천장으로, 달려오는 사람들의 얼굴로, 바닥으로, 종환의 피가 무섭게 뻗쳐나갔다.

앞으로 고꾸라지려는 종환의 머리를 여자가 움켜쥐었다. 그러고는 칼을 든 손을 하늘 높이 치켜들었다. 종환은 다 지켜보면서도 온몸에 힘이 들어가지 않아 저항하지 못했다. 여자는 종환의 머리를 움켜쥔 채로 다시 한번 칼을 내려찍었다.

그 순간 종환은 여자의 얼굴을 보았다. 얼굴이 납빛인 여자는 무표정했다.

오늘 종환에게는 아침부터 강의가 있었다.

1

인서트 영상이 끝나고 정면에 위치한 1번 카메라에 빨간불이 들어오는 순간, 정수정은 만면에 미소를 띠며 준비한 멘트를 했다.

"작은 생활 습관을 바꾸면, 여러분도 평생 살찌지 않는 몸을 가질 수 있습니다."

방청객들이 환호와 함께 박수를 치는 동안 수정은 미소를 유지하며 카메라를 응시했다.

"컷!"

"수고하셨습니다!"

감독의 컷 사인과 함께 아침 생방송이 종료되었다. 수정은 MC와 패널석에 앉아 있던 연예인과 관객석을 향해 허리를 가볍게 숙여가며 인사를 한 후 무대에서 내려왔다.

매일 아침 생방송되는 프로그램에서 수정은 주 1회 몸매 관리 비법 강연을 맡고 있다. 강연은 생방송이지만, 중간에 나가는 운동 영상은 이틀 전 미리 녹화를 해둔다.

"정 선생님, 수고하셨어요. 이젠 완전 프론데?"

무대에서 내려서는 수정을 향해 카메라 감독이 말했다.

"감독님들이 조명으로 잡티 날려주고, 알아서 예쁘게들 잡아주시니까 긴장할 게 없더라고요."

"정 선생님이 알아서 예쁘시면서, 뭘."

카메라 감독은 능구렁이 같다. 하지만 이제는 이런 농담 정도는 여유 있게 받아친다. 처음 방송을 시작할 때 긴장했던 것은 생각나지 않을 정도다. 정수정은 스태프들에게 묵례하

　　　　　　　　　　　아름다운 괴물

고는 무대 뒤에 준비되어 있는 대기실로 향했다.

대기실 문에는 '생방송 〈좋은 날엔 좋은 아침〉 출연자 대기실: 정수정 님'이라고 인쇄된 종이가 부착되어 있다. 처음 방송을 시작할 때는 비고정 출연자들의 대기실을 함께 썼었다. 하지만 이제는 수정도 여러 방송에서 데려가고자 하는 셀럽 중 한 명이다. 인기가 올라가자, 〈좋은 날엔 좋은 아침〉 프로그램에서 발 빠르게 수정을 고정 출연자로 잡았다.

정수정은 자신의 대기실로 들어갔다. 간식과 음료가 종류별로 준비되어 있지만 생수를 제외한 것에는 손도 대지 않았다. 자신이 가지고 온 커다란 백을 열어 액세서리 케이스를 꺼내고 거울 앞에 앉아 귀걸이를 하나하나 빼어 조심스럽게 담았다. 수정은 곧장 자신이 운영하는 병원으로 출근할 예정이었다. 병원에서는 화려한 장신구는 착용할 수 없다.

노크소리가 들렸다. 수정이 대답하자 조심스럽게 문이 열렸다. 문틈으로 얼굴을 내민 것은 조연출이었다.

"선생님."

애교 있는 목소리로 수정을 부르며 다가온 조연출은 이십 대 후반의 여성으로, 키는 작지만 단단해 보이는 인상의 소유자였다. 어제저녁 늦게까지 비만클리닉 스케줄이 있었고, 지금 막 생방송이 끝나 피곤했지만, 수정은 전혀 내색하지 않으며 의자에서 일어나 조연출을 맞이했다.

"네, 조연출님. 무슨 일이세요?"

조연출이 조심스럽게 책 한 권을 내밀었다. 수정이 집필한 몸매 관리 비법 도서였다.

"아우, 제가 웬만해서는 이런 부탁 안 받는데…… 다른 게 아니라 제 동생이 너무 선생님 팬이라서요. 사인 한 번만 부탁드려도 될까요?"

"어머, 제가 영광이죠. 연예인도 아닌데."

"무슨 말씀이세요. 요즘 선생님이 연예인보다 더 핫한 거 모르는 사람이 어디 있어요? 연예인들도 선생님 따라하느라 정신없는데요."

과하게 띄워주는 소리라는 것을 알면서도 기분이 나쁘지 않았다. 수정이 책을 받아 사인을 하고서 웃으며 돌려주자, 조연출이 스쾃 자세를 엉성하게 해보이며 말했다.

"이거, 이거. 제 동생도 선생님 방송 보고 설거지하면서 매일 해요. 얼마 전에 애를 낳았거든요."

"정말요? 파이팅하시라고 전해주세요."

조연출의 동생은 결혼을 일찍 한 모양이었다. '몸매 관리에 스트레스받지 말고 몸조리 잘하시라고 전해달라'고 덧붙이자 조연출이 연신 허리를 숙이며 나갔다. 수정은 가방을

　　　　　　　　　　　　　　아름다운 괴물

마저 챙기다가 자신도 모르게 풋, 웃고 말았다.

수정은 고개를 들었다. 거울 속에 비친 몸은 완벽했다. 설거지하면서 잠깐씩 스쾃을 하거나 평소에 발뒤꿈치를 자주 들면 이런 몸을 만들 수 있다는 말은 완벽한 거짓말이다. 1회에 15만 원씩이나 하는 개인 PT를 받고, 아침에 일어나자마자 홈트레이닝이나 필라테스를 하고, 틈나는 대로 요가 개인 레슨을 받고 있다. 식단 조절은 너무나 당연한 거라 말하기도 귀찮다.

하지만 방송에서 그렇게 말해서는 안 된다. '의사 정수정'은 아이를 낳고 한 달만에 방송에 복귀했다. 복귀 방송은 주말 저녁 예능 프로그램으로, 최고의 인기를 구가하는 남성 개그맨이 진행하는 토크쇼였다. 그 방송에서 MC는 아이를 낳기 전보다 훨씬 더 아름다워진 정수정의 몸매를 입이 닳도록 칭찬했다. 자기 관리의 끝판왕이라며 추켜세웠다. 아이를 낳는 극한의 고통에 더해 여기저기 살이 트고, 골반이 틀어지고, 몸매가 무너지는 것을 감수하고도 출산한다는 것 자체가 아름답지 않나. 아이를 낳고도 몸매 걱정 때문에 분유를 먹이고, 한 달에 삼백만 원이나 하는 육아 도우미에게 아이를 맡기고, 출산 후 몸조리 따위 신경쓸 겨를도 없이 피트니스센터와 요가센터를 다녀 만들어낸 몸매가 아름답다니. 이

른바 국민 MC라고 불리는 사람의 수준도 고작 그 모양이다.

생각은 그렇더라도 수정 역시 방송에서 사실을 말하지는 않는다. 돈이 많아야 날씬해진다는 바른말 따윌 누가 듣고 싶을까. 집에서 하루종일 쓸고 닦아도 티나지 않는 살림을 하는 시청자들은 자신들도 조금만 노력하면 얼마든지 정수정 같은 여성이 될 수 있다는 희망을 갖고 싶을 뿐이다. 다만 지금은 사는 게 바빠 조금 덜 노력해서 이런 것일 뿐. 우리 아이가 친구를 잘못 사귀어서 그렇지 원래는 똑똑하다는 착각과도 비슷하다. 수정은 무조건 날씬하고 아름다워야 자기 관리가 되었다고 평가하는 문화 자체가 문제라는 것을 안다. 하지만 반대로 그런 잣대 덕에 자신이 지금의 위치에 설 수 있었다는 것 또한 너무나도 잘 알았다.

수정이 막 대기실을 나서려 할 때, 휴대전화가 울렸다. 아들을 봐주고 있는 육아 도우미에게서 온 연락이었다.

"네, 여사님."

— 선생님, 이번주 주말에 제가 아들 결혼식이라서 일할 수가 없는데 어떡하죠?

전화를 받고 나서야 기억이 났다. 분명 한 달 전에 이야기를 들었다. 그날 아이를 맡길 곳을 찾아보고 얘기해주기로 했는데, 정신이 없어 깜박하고 말았다.

　　　　　　　　　　　　아름다운 괴물

“말씀드린다는 걸 깜박했네요. 다행히 그날은 저쪽 면접교섭권 쓰는 날이라서 걱정 안 하셔도 돼요. 일요일날 오후에 데려올 건데, 그때는 괜찮으실까요?”

― 예, 그럼요. 제가 일요일 3시까지는 집에 올게요.

육아 도우미의 목소리에서 화색이 느껴졌다.

“여사님 계좌로 축의금 조금 넣을게요. 아드님 결혼 축하드려요.”

― 어머나, 안 그러셔도 되는데.

“당연한 거죠. 그럼 수고 좀 해주세요.”

수정은 웃으며 전화를 끊었다. 그러고는 곧장 스마트뱅킹으로 아주머니의 계좌에 백만 원을 입금했다. 아무리 돈을 잘 번다고 해도 육아 도우미 아들의 결혼식 축의금으로 적은 금액은 아니다. 그러나 이 정도는 해야 뒤탈이 없다. 요즘에는 육아 도우미 구하기가 하늘의 별 따기다. 이렇게 가끔 기름칠을 해줘서 문제가 생기지 않는다면야 얼마든지 돈을 쓸 수 있다.

문득 ‘여성들의 워너비’로 자신을 추켜올리던 MC가 떠오른 수정은 입술 한쪽을 끌어올려 웃었다. 이혼 후 더 당당하게 활동하는 여자, 육아와 일 두 마리 토끼를 모두 잡은 여자, 여성들의 워너비가 되려면 이렇게 살아야 하는 것이다.

정수정이 운영하는 비만클리닉센터의 위치는 강남이다. 처음에는 삼층짜리 건물 한 층을 빌려 운영하다가, 2년 전에 건물을 인수해 전체를 클리닉센터로 쓰고 있다. 1층에는 진료실, 2층에는 체형 교정을 위한 운동치료센터, 3층에는 비만클리닉센터를 두고 있다. 정수정은 주로 1층의 진료실을 사용한다.

수정은 지하 주차장으로 진입하며 건물 전면에 걸린 현수막을 보았다. '당당한 여성, 아름다운 여성'이라는 글자 아래로 자신의 정면을 포착한 사진이 인쇄되어 있다. 방송 프로그램에 나온 장면인데, 현수막의 캐치프레이즈와 딱 어울리는 당당한 모습이었다. 정수정은 그런 자신의 모습이 마음에 들었다.

매일같이 주차하는 가장 안쪽 구역에 차를 댄 수정은 엘리베이터로 향했다.

"어?"

수정은 문득 걸음을 멈추었다. 반대편 구석에서 뭔가 움직인 것 같았다. 고개를 빼고 살펴보았지만 어두운 그늘뿐 별다른 것은 보이지 않았다. 가끔 고양이가 비나 추위를 피해 주차장으로 들어온다고 들었다. 잠깐 놀라긴 했지만 큰일은

   아름다운 괴물

아니다. 수정은 다시 걸음을 떼 엘리베이터로 향했다. 마침 지하 1층에 엘리베이터가 도착해 있어 바로 올라타고 1층으로 올라갔다.

1층 접수창구 앞은 이미 인산인해였다. 진료 시간까지 30분이나 남아 있었지만 번호표는 벌써부터 오십 번대를 넘어가고 있었다. 오늘은 육십 명까지만 접수를 받으라고 접수창구에 미리 말해놓았다. 매주 녹화가 있는 화요일은 오후 진료만 보기 때문이다. 한정 인원이 꽉 찬다는 것은 오늘도 쉬는 시간 없이 진료를 해야 한다는 뜻이었다. 그러나 피로가 몰려오기보다는 더욱 뿌듯했다.

정수정이 들어서자 무료하게 기다리던 사람들의 얼굴에 화색이 돌았다. 자동차가 지나간 뒤에 뽀얗게 인 흙먼지처럼 사람들의 웅성거림이 일었다. 정수정은 눈이 마주칠 때마다 볼을 붉히며 인사하는 사람들에게 눈인사를 하면서 빠르게 진료실로 들어갔다.

"봤어?" "화면보다 실물이 더 예쁘다." "피부 진짜 좋아." "몸매 봐." 사람들의 찬사가 그 뒤를 따랐다.

정수정은 진료실에서 코트를 벗고 진료가운으로 갈아입었다. 노크소리가 들려와 "네" 하고 청명한 목소리로 대답했다. 오늘은 기분이 아주 좋았다.

모습을 드러낸 것은 외래 간호사 엄초록이었다. 올해 스물다섯 살로, 입사한 지 2개월밖에 되지 않았지만 눈치가 빠르고 일하는 것이 야무져 마음에 들었다. 이전에 있던 간호사는 스케줄을 제대로 못 맞춰 걸핏하면 환자들의 불평이 정수정의 귀에까지 들어왔었다. 진료실로 환자를 들여보내는 타이밍을 일일이 가르쳐줘야 했고, 서류 관리도 제대로 하지 못했다. 환자는 많은데 일이 늦어져서 지금처럼 육십 명을 받더라도 항상 마감 시간을 넘겨 끝이 나는 등, 자잘한 실수가 잦았다. 이런 부분을 아무리 지적해도 나아지지 않았는데, 그것보다 정수정을 더 거슬리게 하는 것이 있었다. 바로 외모였다.

비만클리닉인 만큼 의사인 정수정은 물론이고 간호사와 코디네이터들까지 피부, 몸매, 화장, 머리 스타일이 중요했다. 그러나 전임 간호사는 화장도 어설펐고, 반곱슬인 머리카락을 제대로 정리하지도 못했다. 특히나 하체 비만이 눈에 띄게 심했다. 처음 입사할 때는 그러지 않았는데 결혼하고 점점 심해지더니 출산 후에는 관리가 더 안 됐다. 몇 번 주의를 주었지만 나아지지 않았다. 간호사부터 진료를 받아야 하는 거 아니냐는 환자들의 농담을 몇 번이나 들었다.

그렇다고 4년이나 함께 일한 직원을 마음대로 자를 수도

     아름다운 괴물

없어서 골칫거리였는데, 얼마 전 교통사고가 났다. 안타깝게
도 허리를 크게 다쳤는데 뺑소니라 병원비도 문제인 듯했다.
일하기 힘들 것 같다며 침대에 누워 울먹이는 직원에게 퇴직
금에 더해 넉넉한 위로금을 줬더니 감사하다는 말과 함께 사
직서를 보내왔다. 지금은 전임이 된 그 간호사에게는 미안하
지만 나름 다행인 일이라고 생각한다.

그 이후에 뽑은 직원이 바로 엄초록이었다. 이력서를 받을
때부터 마음에 들었다. 동그란 두 눈에 자그마한 얼굴은 스
물이라고 해도 믿길 만큼 앳되었다. 클리닉센터 근무 경험이
없는 것이 마음에 걸리기는 했지만, 사실 경력이 중요하진
않았다. 몸매가 탄탄했고, 화장이나 헤어스타일에 신경을 쓴
것이 보였다. 말씨는 명료했고, 눈빛은 또렷했다. 모든 질문
에 자신 있게 답했다. 수정은 엄초록이 면접을 본 날 바로 채
용을 결정했다.

면접 때는 잔뜩 준비했으니 용모나 답변이 완벽했을 수 있
다고 생각해서 한동안 지켜보았지만, 수정은 곧 자신의 판단
이 맞았다는 것을 알 수 있었다. 하나를 배우면 열을 안다는
말처럼 일일이 가르치지 않아도 일처리를 잘했고, 환자들에
게도 친절해 칭찬을 자주 들었다. 무엇보다 눈치가 빨랐다.
이전 간호사처럼 출근 시간보다 조금 일찍 들어왔다고 환자

를 바로 들여보내지 않는 등 섬세하게 배려했다.

"오전 방송 잘 봤습니다, 선생님."

쟁반을 들고 들어온 엄초록은 인사를 하며 찻잔을 진료 책상 위에 올렸다. 전임자는 '식사는 하셨냐'는 식으로 인사했다. 방송이 자주 있는 기간에는 수정이 더욱 절식하는 것을 알면서도 그랬다. 하지만 엄초록은 그러지 않았다. 오히려 수정이 몸매 관리를 하는 것을 알고 항상 커피가 아닌 차를 내왔다. 다이어트에 효과적이라고 알려진 보이차였다.

"속이 편안해지실 거예요."

"고마워요."

정수정은 찻잔을 들어 한 모금 마셨다. 차의 맛이 구수하고 깔끔했다. 엄초록의 말대로 이 차를 마시면 속도 편해지고 어딘지 깨끗해지는 기분이 들었다. 불쾌한 식욕도 덜 들었다. 게다가 보이차는 지방을 분해해주는 효과도 있다. 정수정도 방송에서 몇 번이나 보이차를 추천했다. 엄초록은 아마 그 방송을 본 것인지도 모른다. 정말 여러모로 센스 있다.

"천천히 드세요. 2시 정각부터 환자 들여보내겠습니다."

"오늘도 만원인 것 같던데."

정수정이 장난스럽게 죽는 시늉을 했다.

"절반은 환자고 절반은 선생님 팬인 거 아시죠?"

   아름다운 괴물

듣기 좋으라고 하는 말인 걸 알면서도 정수정은 엄초록의 그런 말이 싫지 않았다.

"환자든 팬이든 다 같은 뚱뚱이들이야. 아무리 가르쳐도 안 듣는데, 아예 밥도 못 먹게 하는 약을 먹여버리고 싶어."

엄초록이 웃었다.

"히포크라테스 선서 하셨잖아요?"

"어?"

정수정이 고개를 갸웃했다.

"예전에 나한테 이런 말 한 적이 있었던가?"

어쩐지 들어본 말인 듯했지만 떠오르는 것은 없었다. 정수정의 질문에 엄초록이 의아한 얼굴을 했다.

"제가요?"

"아냐, 아무것도."

제대로 기억나지 않는 까닭은 중요한 일이 아니기 때문일 것이다. 씩 웃은 그녀는 따뜻한 보이차를 한 모금 더 마신 뒤 한껏 기지개를 켰다.

"자, 오늘도 우리의 고객님들을 한번 상대해보실까."

2

강남에 위치한 고급 일식집 '헤븐'은 정수정이 좋아하는 장소다. 철저히 예약제로만 운영하는 이 식당은 예약번호를 입력해야 들어갈 수 있는 건물에 위치했다. 게다가 지하 주차장에서 곧장 매장 내부의 프라이빗룸으로 들어갈 수 있기 때문에 다른 사람들의 이목이나 파파라치를 신경쓰지 않아도 됐다. 덕분에 연예인이나 정치인들이 주고객이다. 간판 따위는 없고, 인맥을 통해서만 손님을 받는 듯했다. 정수정도 프로그램에 함께 출연했던 아나운서에게 이 가게를 소개받았다. 유부남인 그 사람이 아내와 이 가게에 올 것 같진 않았지만, 굳이 캐묻지도 않았다.

정수정이 출입문을 열자 명품 정장을 차려입은 지배인이 조용한 걸음으로 다가와 허리를 숙였다.

"예약하신 방으로 모시겠습니다."

정수정은 복도 안쪽의 룸으로 안내받았다. 룸의 문을 열기 전, 지배인이 물었다.

"더 오실 분은 없으십니까?"

"네, 없어요. 예약할 때 말했던 대로, 미안하지만 음식은 1인분만 준비해주세요."

　　　　　　　　　　　　아름다운 괴물

"그렇게 준비하겠습니다."

지배인의 부드러운 목소리에서는 조금의 불쾌함도 느껴지지 않았다. 정수정은 지배인이 능숙하게 열어주는 문 안쪽으로 들어갔다.

송지훈은 이미 와 있었다.

"금방 퇴근한 거 맞아? 너무 아름다우신데요?"

송지훈이 정수정을 향해 웃으며 부드럽게 농담을 던졌다.

"TPO 몰라? 갈아입고 왔지."

눈을 살짝 흘기며 말했지만 정수정은 기분이 나쁘지 않았다. 진료가 끝나자마자 병원 탈의실에서 옷을 갈아입고 왔다. 오늘은 방송 녹화 때문에 정장을 입고 나왔고, 진료중에는 화려한 옷을 입지 않는다. 하지만 평소의 수정은 자신의 몸매를 가장 아름답게 드러낼 수 있는 옷을 좋아했다. 더군다나 그런 옷차림이 어울리는 장소에 간다면 금상첨화다. 아름다움을 드러내지 않으면 뼈를 깎는 노력으로 이런 몸매를 다진 것이 아무 의미가 없다.

정수정이 송지훈과 교제한 것은 한 달쯤 전부터였다. 지훈과의 만남은 완벽한 우연이었다. 비가 몹시 쏟아지던 날, 정수정은 그 비를 고스란히 맞으며 집 앞에 서 있었다. 〈좋은 날

엔 좋은 아침)의 회식에 참석했다가 돌아온 참이었다. 집에
남편도 없으면서 왜 그렇게 일찍 가려고 하냐는 말을 한 사
람이 프로그램의 메인 피디만 아니었더라면 잡힌 손을 그대
로 휘둘러 쳐냈을지도 모르는 일이었다. 수정은 그대로 1시
간이나 더 버틴 뒤에야 그 자리에서 벗어날 수 있었다. 나와
보니 비까지 내리고 있었다.

차를 끌고 집에 와 차고문을 열려고 가방을 뒤졌지만 카드
키가 손에 잡히지 않았다. 짜증이 머리끝까지 치밀어올라 가
방을 뒤집어엎고 싶어진 것을 간신히 참고 있던 정수정의 머
리 위로 우산 하나가 드리워졌다. 그것이 송지훈과의 첫 만
남이었다.

깔끔한 외모, 옷을 고르는 스타일에서 엿보이는 센스, 밝
은 갈색으로 빛나는 눈, 부드러운 말투, 자연스러운 매너, 치
과의사라는 직업까지 모두 정수정의 이상형 그대로였다. 정
수정은 자신이 이혼한 것도 아이가 있는 것도 송지훈에게 굳
이 말하지 않았다. 어차피 유명한 이야기였다. 지훈은 수정
이 출연한 방송을 모두 봤다고 했으므로 속사정을 다 알고
있을 테지만 입에 올린 적은 없다. 정수정 역시 송지훈 앞에
서 '아이 때문에 일찍 들어가봐야 해' 같은 말은 한 적이 없
다. 둘 모두 결혼은 입에 올리지 않은 채 서로 즐기며 만나고

  아름다운 괴물

있다.

노크소리가 들려 잠시 대화가 멈췄다. 문이 열리고, 검은
색 투피스를 입은 직원이 음식을 들여왔다. 그림처럼 플레이
팅된 음식은 모두 1인분이었다.

명품 브랜드 그릇 위에 정갈하게 올라간 음식은 이십여 가
지가 되었다. 원래는 코스로 서빙되지만 한번에 달라고 정수
정이 예약하며 미리 말해두었다. 송지훈과의 시간을 방해받
고 싶지 않았다.

직원이 모든 음식을 테이블 위에 올리고 나가자, 송지훈이
내내 참았던 웃음을 터뜨렸다. 얼굴을 잔뜩 일그러뜨렸던 정
수정은 입술을 뿌루퉁히 내밀고는 송지훈을 흘겨보았다. 송
지훈이 손을 내저었다.

"직원이 착각했나보지."

"그래도 둘 중 한 명이 안 먹는다고 하면 당연히 여자가
안 먹을 거라고 생각하지 않아? 이건 일부러 성질 긁으려는
것 같은데."

"그럴 리가요."

음식은 모두 정수정의 앞에 놓였다. 젓가락이 가지런히 놓
인 곳도 정수정 앞이다. 질투하는 여자들이 벌이는 유치한
수작은 정수정에게 흔한 일이었다. 하지만 '그럴 리가 없다'

면서 웃는 송지훈의 미소를 따라 정수정도 웃고 말았다. 저 사람의 밝은 얼굴을 보면 늘 마음이 풀리고 만다. 수정은 지훈의 앞쪽으로 음식을 밀어주었다.

그 순간, 수정의 귀가 날카로운 소리를 잡아챘다.

수정은 고개를 아주 살짝만 돌린 채 눈을 굴렸다. 지훈이 의아한 듯 물었다.

"왜 그래?"

"지금 셔터소리 안 들렸어?"

송지훈이 고개를 갸웃거렸다. 그 표정의 의미를 정수정도 알고 있다. 프라이빗룸인데 다른 사람이 있을 리가 없다. 옆방에서 들린 소리도 아니다. 이 식당에 몇 번이나 왔지만 다른 방에서 대화하는 소리나 소음은 들어보질 못했다. 그만큼 방음도 완벽한 가게다.

"혹시 몰카라도 있는 거 아닐까?"

수정은 고개를 치켜들고 천장과 벽을 주의깊게 살폈다. 딱히 눈에 들어오는 것은 없었다. 지훈은 웃으며 가벼운 투로 말했다.

"사진 찍는 소리 같은 건 안 들렸는데. 요즘 방송 많이 하더니 연예인병 걸린 거 아냐?"

"이상하다. 분명 찰칵 소리가 들렸는데."

   아름다운 괴물

"몰카면 우리 이제 막, 열애설 나고 그러는 거야?"

"그럼 그냥 친한 선후배 사이라고 말해야지."

조금 예민해졌던 수정은 지훈의 농담 덕에 기분이 풀렸다. 낮에 주차장에서 지나친 석연찮은 것 때문에 과민해진 탓인지도 몰랐다.

"어디를 가나 주목받느라 피곤하신 정스타님, 오늘은 어떤 환자들을 보셨나이까?"

방안을 밝히는 부드러운 간접조명등 불빛이 지훈의 얼굴을 더욱 분위기 있게 비추었다. 수정은 지훈이 자신의 남자친구라는 게 아주 만족스러웠다. 나이스한 성격도 그렇지만 자신과 아주 잘 어울리는 남자라고 생각한다. 무엇보다 송지훈은 자신을 의사 정수정, 유명인 정수정이 아니라 오롯이 '여자 정수정'으로 봐준다.

수정은 기분좋게 웃으며 하루동안 있었던 소소한 일들을 이야기하기 시작했다. 지훈은 여자친구의 눈을 곧게 응시하며 경청했다.

아무도 손대지 않은 음식은 점점 식어갔다.

현대빌리지 112동 주차장에 정수정의 차가 멈춰 섰다. 현대빌리지는 강남에 위치한 주택 단지로 전원주택 외양을 갖춘 고급 주택들이 모여 있는 곳이다. 주택 두 채당 차고가 두 칸씩 따로 설치되어 있다. 차고의 카드키는 등록된 차량 이외에는 들어올 수 없도록 입주민만 가지고 있다.

운전석에서 내린 수정은 벽에 붙어 있는 단말기에 카드키를 대었다. 기계음과 함께 차고의 철제문이 천천히 위로 올라갔다. 수정은 다시 차 쪽을 향해 몸을 돌렸다. 지훈은 그대로 조수석에 앉아 있었다. 수정은 조수석 쪽으로 다가가 문을 열고 허리를 굽혀 안을 들여다보았다.

"안 내리실 겁니까?"

수정이 장난처럼 묻자 지훈은 낮은 한숨과 함께 조수석에서 내렸다.

"이 시간엔 택시도 별로 없을 텐데."

송지훈은 팔로 정수정의 허리를 감싸안았다. 탄탄한 그의 근육이 정수정을 유혹하듯 조여왔다. 수정은 매혹적인 미소를 지었다. 지훈은 입술로 정수정의 귓불을 살짝 물었다 놓았다. 수정은 킥킥대며 웃으면서도 그의 가슴을 밀어냈다.

"이러려고 집까지 굳이 따라왔구나? 큰길가에 나가면 택시 많거든?"

"오늘도 거부야?"

"요즘 알아보는 사람 많아서 신경쓰인단 말이야. 괜히 가

    아름다운 괴물

십거리 되고 싶지 않아."

정수정의 말에 송지훈이 감았던 팔을 풀었다. 지훈은 살짝 고개를 갸웃하며 말했다.

"너무 예민한 것 아냐?"

"또 연예인병 걸렸다고 하려고? 그런 게 아니라 진짜 신경 쓰여. 입에 오르내리는 것도 조심해야 하고. 집에 도우미 여사님도 계실 거고."

"알았네요, 알았어. 여자친구가 유명해봐야 좋을 것도 하나 없네."

지훈은 서운한 내색을 굳이 감추지 않았지만 화도 내지 않았다. 수정은 지훈과의 이런 관계가 좋았다.

"들어가. 내일 연락할게."

수정은 웃으며 손을 흔들었다. 돌아서는 지훈의 뒷모습을 보던 수정의 입가에도 아쉬움이 담긴 미소가 걸렸다. 문득 인기척이 들려 돌아보니 주택 단지 입주민인 듯한 남자가 고개를 이리저리 돌려가며 아직 열린 차고의 문과 수정을 번갈아 쳐다보고 있었다.

"지금 들어갈 거예요."

변명처럼 말한 뒤 고개를 돌리자 이미 송지훈의 모습은 보이지 않았다. 정수정은 아쉬운 얼굴로 어깨를 으쓱하고는 차를 몰아 차고에 넣었다.

성격으로 보나 일적으로 보나, 송지훈과는 상당히 잘 맞는 편이었다. 만약 결혼을 다시 하게 된다면 송지훈은 좋은 상대가 되어줄 것이다. 그는 관습적이지도 않았고, 고리타분하지도 않았다. 자신보다 더 돈을 잘 버는 아내에게 네가 뭐가 잘났느냐며 찌질한 자격지심을 부릴 사람도 아니었다. 하지만 역시 결혼은 하지 않을 생각이다. 실패는 한 번으로 족하다. 정수정은 그 한 번의 실패로 각자의 인생을 30년 이상 살아온 사람들을 한 울타리에 몰아넣는 행위가 서로에게 얼마나 폭력적인 일인지를 처절하게 배웠다.

정수정은 비밀번호를 누르고 빌리지 출입구를 통과해 안으로 들어갔다. 전문 관리사가 관리하는 정원을 지나 집 가까이 가자 어렴풋이 아기 울음소리가 들렸다. 덕분에 정수정의 이맛살이 살짝 찌푸려졌다. 아니나다를까 비밀번호를 누르는 내내 안에서 울음소리가 이어졌다. 정후가 울고 있다.

'여사님은 대체 뭘 하고 있는 거야.'

비밀번호를 누르고 현관문을 열자 찢어질 듯한 울음소리가 더 크게 들려왔다. 무슨 일이냐고 물을 생각이었는데, 육아 도우미 신 여사가 정수정을 보자마자 아기를 끌어안은 채로 달려들듯 다가왔다.

　　　　　　　　　　　　　아름다운 괴물

“전화는 왜 이렇게 안 받으세요!”

아이의 울음소리 위로 겹쳐지는 불쾌한 목소리에 정수정의 미간이 좁혀졌다. 가끔 약속 시간보다 늦을 때도 있지만 추가 수당을 정확히 지급하고 있고, 신 여사의 말에 의하면 ‘유난스러운 편’인 정후 때문에 보너스나 선물도 자주 챙겨왔다. 게다가 아들 결혼 축의금까지 주지 않았는가. 자신이 신세를 지고 있는 것이 아니라 육아 도우미의 노동력과 돈을 주고받고 있을 뿐이다. 그럼에도 신 여사는 항상 피해자인 듯한 얼굴로 수정을 맞이한다.

“진동으로 해놔서 못 들었나봐요. 무슨 일인데요?”

수정은 짜증을 최대한 참으면서 말했다. 돈을 다른 집보다 몇 배를 주든, 어떤 대우를 해주든 ‘유난스러운 아이’를 맡기고 있는 쪽이 약자가 될 수밖에 없었다.

신 여사는 정후를 거의 떠넘기다시피 정수정에게 안겼다. 정수정은 가방도 내려놓지 못한 채 정후를 받았다. 가슴 근처에 달려 있던 브로치에 아이의 얼굴이 스쳐 깜짝 놀랐다. 외중에도 정후는 숨넘어갈 듯이 울고 있었다.

“지난번에도 말씀드렸잖아요. 애가 분유를 잘 안 먹어요. 어찌어찌 애써서 겨우 먹이면 토하고.”

“오늘도 그랬어요? 그럼 오늘 거의 굶은 거예요?”

정수정은 울고 싶었다. 인간은 집을 나서는 순간부터 어깨에 1밀리미터씩 스트레스와 피로가 쌓인다. 그렇게 하루종일 쌓인 피로를 뜨거운 물에 몸을 담그며 풀어야 하는데, 정후가 태어난 후로는 집에 들어오면 또다시 새로운 일상이 시작되는 기분이었다. 육아 도우미를 쓰면 좀 나을 줄 알았더니 수정에게 피로를 주는 인물이 하나 더 늘어났을 뿐이다.

"그러니 이렇게 울지 안 그러겠어요?"

신 여사는 인상을 완전히 찡그린 채, 세상 이런 악녀가 또 없다는 듯한 얼굴로 정수정을 보았다.

"저기 유축기 빌려놨어요. 아무리 그래도 애가 먼저지."

신 여사의 목소리가 높아질수록 아이도 더욱 악성을 질러대는 것만 같았다. 정수정은 아이를 흔들면서 한 손으로 가방을 내려놓았다. 전문적인 케어를 위해 육아 도우미를 썼더니 시어머니를 하나 모시고 있는 것 같았다. 그녀는 정수정이 유축기를 집어들어 젖가슴에 끼우는 걸 봐야 속이 시원하겠다는 얼굴로 현관에 서 있었다.

"알겠어요. 일단 오늘은 퇴근하세요."

아직 더 할말이 있는 듯 신 여사가 입을 벙긋거렸지만, 정수정은 얼른 아이를 안고서 안방으로 향했다. 일단 옷을 갈아입어야 뭘 할 수 있을 것 같았다. 신 여사가 아이를 던져놓

          아름다운 괴물

은 정수정의 옷에는 수많은 장식이 붙어 있었다. 아이의 얼굴을 상하게 할 수도 있었다. 일 때문에 남의 손에 아기를 맡기는 엄마지만 그 정도의 모성애도 없는 줄 아는 모양이었다. 뒤에서 들으라는 듯 큰 한숨 소리가 나더니, '그만 가보겠다'는 말과 함께 현관문 여닫는 소리가 들렸다.

침대에 아이를 내려놓은 정수정은 아랫입술을 깨물며 허리에 양손을 얹었다. 가슴께가 분노로 씨근덕거리며 오르내렸다. 요즘 육아 도우미 구하기가 하늘에 별 따기라고 해서 참고 있었지만 정말 따로 알아봐야 할 것 같았다. 갑자기 엄초록이 끓여주는 뜨거운 보이차가 그리워졌다.

미친듯이 옷을 갈아입고는 여전히 울어대는 아이를 끌어안고 얼렀다. 아기의 온 얼굴이 눈물과 콧물로 뒤범벅되어 있었다. 수정의 가슴에서 무슨 냄새를 맡았는지 아이가 깊숙이 안기더니 입을 오물거렸다. 배가 고픈 모양이었다. 이런 모습을 할 때는 사랑스럽다. 자신이 낳은 아이니 당연하다.

아이를 안은 정수정은 소파에 앉고는 재빨리 옷을 헤쳐 한쪽 젖가슴을 드러냈다. 순간, 유축기가 눈에 들어왔다. 자신이 젖소라도 된 것 같은 기분에 사로잡혔다. 젖가슴을 물려고 입을 벌리는 정후를 본 순간 수정은 자기도 모르게 옷을 내렸다. 정후의 얼굴이 빨개지면서 일그러졌다. 당장 울음을 터뜨리려는 것이다.

수정은 정후를 소파에 내려놓고 주방으로 들어가 분유를 타기 시작했다. 분유통 뚜껑을 여는 순간부터 정후의 자지러질 듯한 울음소리가 들려왔지만 애써 시선을 두지 않고 분유를 탔다.

다시 돌아온 수정은 정후에게 젖병을 물렸다. 정후는 젖병에 입을 살짝 댔다가 이것이 아니라는 듯 고집스럽게 머리를 가로저으며 악을 써댔다. 수정은 한쪽 팔로 아기를 어르면서 계속 젖병을 물렸다. 지치면, 배고프면 먹을 것이라고 생각하면서.

'져서는 안 된다.'

한 번쯤은 먹일 수도 있지만 버릇이 되면 안 된다고, 모유의 맛을 알면 끊을 수 없다고, 정수정은 진심으로 생각했다. 그렇게 되면 그동안 지켜왔던 것들이 모조리 일그러질 것이다.

대중탕에 들어가면 보이는 여자들의 늘어지고 틀어진 젖가슴이 떠올랐다. 자신은 그 여자들과는 다른 사람이어야 했다. 그들의 우상이 되어야 했다. 아이를 낳고서도 몸매를 유지할 수 있다는 환상을 주어야 했다. 자신의 말을 들으면 그들도 완벽한 몸매를 가질 수 있을 것이라는 믿음을 주어야

  아름다운 괴물

했다. 그러므로 정수정의 몸매는 망가져서는 안 되는 오아시스다. 이는 그 오아시스에서 살고 있는 정후가 버텨내야 하는 운명이다. 그런 정후가 불쌍해 정수정은 아기를 꼬옥 끌어안으며 나오려는 눈물을 애써 삼켰다.

"오늘도 진료 환자 풀이에요?"

이제는 약속이라도 한 것처럼 정수정이 출근을 하면 동시에 엄초록 간호사가 보이차를 들고 들어왔다. 엄초록은 오늘도 완벽한 화장을 하고 있었다. 머리카락도 깔끔하게 정돈됐고, 하얀 이는 미소를 돋보이게 했다. 정수정은 엄초록이 후배 의사였다면 이 병원에서 함께 일하자고 제안했을 것 같다는 생각이 들 정도로 마음에 들었다.

"물론이죠. 오늘도 파이팅입니다, 선생님?"

엄초록이 애교스럽게 주먹을 불끈 쥐어 보이며 대답했다. 정수정도 웃지 않을 수 없었다. 역시 집보다는 이곳이 자신이 있어야 할 곳이라는 생각을 떨쳐버릴 수 없었다.

인간에게는 누구나 귀소본능이 있다. 수정에게는 집이 아니라 병원이 돌아올 자리인 것 같았다. 집에 가면 늘 빨리 아침이 와서 빛나는 하루를 시작하고 싶다고 생각한다. 정후에게는 미안하지만, 그 아이에게도 언젠가는 자신의 인생이 더 중요한 시기가 올 것이다. 모든 인간이 다 그렇다.

"엄 간호사, 나 주는 이 보이차, 하나만 더 주문해줘요. 엄 간호사 것까지 두 통."

"지난번에 구매한 게 아직 남아 있는데요, 선생님."

"응, 집에 가서도 마시려고요. 마시니까 몸도 가볍고 피로도 풀리는 것 같아서 좋더라고요."

"그럼 좋은 걸로 부탁해놓을게요. 제 건 제가 살 테니까 선생님 것만 돈 주세요."

"아유, 그거 얼마 한다고. 두 통 사요. 알았죠?"

엄초록이 멋쩍은 듯 웃어 보였다. 첫 환자를 부르라고 지시하면서 정수정도 활짝 미소를 지었다.

3

그날 오후 진료를 마친 수정이 간호사실이 있는 대기실 홀로 나왔을 때, 간호사들이 모여 뭔가 이야기를 나누고 있었다. 목소리를 낮춘 것이 분위기가 수상했다.

   아름다운 괴물

“무슨 일 있어요?”

정수정이 나타나자 간호사들이 깜짝 놀라며 시선을 피했다. 자신에 대한 이야기를 하고 있었나 싶어 재차 묻자 엄초록이 다른 두 명의 눈치를 보며 입을 열었다.

“아뇨, 선생님. 무슨 일이라기보다는…… 아까 낮부터 이상한 남자가 있어서요.”

“남자?”

순간 수정은 자신도 모르게 뒤를 돌아보았다. 모든 진료가 끝난 시간, 병원 정문은 걸어 잠근 상태라 누가 있을 리가 없는데도 말이다. 왠지 등줄기에 한기가 느껴졌다. 짐짓 아무렇지 않은 척 눈을 깜박거리며 물었다.

“무슨 남자요?”

“아까 어떤 남자가 저기 유리문 밖에서 기웃거리고 있더라고요. 혹시 들어오기가 창피해서 그러시나 해서 무슨 일로 오셨냐고 물으려는데, 말을 걸자마자 도망갔어요.”

“환자 아니에요?”

수정의 병원은 체형 보정과 비만 관리에 특화된 병원이라 여성 손님이 압도적으로 많다. 그래서 처음 진료를 오는 남성 환자가 바깥에서 쭈뼛거리는 일도 가끔 있다.

“그래서 그냥 그런가보다 했는데, 조금 전에 창틀 청소하다 보니까 건물 앞에서 또 기웃거리고 있잖아요."

순간 수정의 머릿속에 어제 들었던 카메라 셔터소리가 날카롭게 스쳤다. 분명 어제 누군가 자신을 찍은 것 같다고 느꼈는데, 과민한 탓이 아니었는지도 모른다.

"어떻게 생긴 남잔데요?"

"자세히 보지는 못했는데, 키는 작고 벙거지 모자 같은 걸 깊게 눌러쓰고 있었어요."

워낙 찰나라서 자세한 생김새는 보지 못한 모양이었다.

"CCTV를 한번 돌려 볼까요?"

엄초록의 물음에 정수정은 신경쓰지 말라고 대답했다. CCTV를 본들 무슨 수가 날 것 같지는 않다. 안을 들여다보는 사람이 찍혔다 하더라도 경찰에 신고할 일도 아니다. 그 사람을 찾아 물어본들, 그냥 궁금해서 들여다봤다고 하면 더 이상 할말도 없다.

"요즘 이상한 사람이 어디 한둘이에요? 너무 신경쓰지 마요. 또 그러면 그때 알아보죠, 뭐."

"네, 선생님."

"퇴근들 해요."

수정은 직원들이 모두 퇴근할 때를 기다렸다가 직접 문을 잠갔다. 먼저 퇴근할 때도 있지만 일주일에 세 번 정도는 직

 아름다운 괴물

접 문을 닫는다. 수정은 문이 모두 잠긴 것을 확인하고 홀의 불을 끈 뒤 2층으로 올라갔다. 2층 가장 끝 방에서 필라테스 복으로 갈아입고 음악을 틀었다. 고요하고 잔잔한 선율이 방 안에 퍼졌다.

처음에는 간단한 스트레칭부터 시작했다. 왼쪽 다리를 구부리고, 오른쪽 다리를 편 상태에서 왼손을 오른쪽 발에 대고 안으로 당긴다. 오른쪽 팔은 몸이 기울어진 방향으로 최대한 뻗으며 호흡을 내뱉는다. 반대편도 똑같이 한다. 호흡을 정확히 해야 더 큰 효과를 볼 수 있다고 필라테스 선생님에게 들었다. 정수정은 유연성이 좋은 편이지만 스트레칭을 자주 해야 몸이 굳지 않는다. 요즘엔 유연성의 좋고 나쁨으로 노화를 체감할 때도 있다.

퇴근 이후에는 곧장 집으로 가야 아이를 볼 수 있다. 수정 역시 정후가 보고 싶다. 하지만 이렇게 하지 않으면 자신만의 시간은 절대 가질 수 없다. 집에 돌아가 운동을 하려 해도 신 여사의 따가운 눈치 세례를 받아야 한다. 자기 아이가 우는데도 몸매 관리나 하는 여자라고, 분명 집으로 돌아가 쑥덕일 게 뻔하다. 몸매 관리를 해야 직업을 유지할 수 있는 처지 따위는 전혀 고려하지도 않고 말이다.

난이도를 점점 높여가며 10분 정도 스트레칭을 하자 천천히 몸에 열이 올랐다. 수정은 이제 슬슬 본격적인 운동을 해볼까, 생각하며 일어섰다.

찰칵.

순간, 수정은 움직임을 멈추었다. 주변을 돌아보았다. 창문은 모두 닫았고, 블라인드도 내려두었다. 바깥에서는 안이 보이지 않을 것이다. 출입구 역시 제대로 닫혀 있었고, 유리문도 아니었다. 게다가 이곳은 2층이고 방안에는 수정 혼자였다. 수정은 심장이 조이는 듯한 긴장을 느꼈다. 엄지손톱을 물어뜯으며 조심스레 문 쪽으로 다가간 수정은 손잡이를 비틀어 천천히 문을 열었다.

"지훈 씨!"

정수정의 눈이 휘둥그레졌다.

"놀래주려고 했는데, 딱 마주쳤네."

송지훈이었다. 그는 오늘도 댄디하고 핸섬한 스타일을 한 채 화사하게 웃고 있었다.

"어떻게 들어왔어?"

"비밀번호 누르고 들어왔지."

그는 비밀번호를 누르는 흉내를 내 보였다.

"아, 내가 비밀번호를 알려줬었나? 혹시 여기 다른 사람 없었지?"

정수정은 날카로운 눈으로 여기저기를 훑어보았다.

"왜 그래?"

"아니, 누가 사진 찍는 소리가 들려서."

"아이구, 또 그 소리셔?"

"아니 그런 게 아니라……"

"연예인병 아냐, 연예인병?"

"그런 게 아니라니까!"

날카로운 비명을 내뱉듯 수정이 소리를 지르고 말았다. 순간 정적이 찾아들었다. 수정이 그런 반응을 보일 줄 예상하지 못했는지 지훈도 눈을 크게 뜨고 아무 말도 못하고 있었다. 그는 심히 당황한 듯 말했다.

"기분 나빴다면 미안."

수정은 낮은 한숨을 쉬면서 흐트러진 앞머리를 넘겼다. 이렇게까지 화내려고 했던 것은 아닌데 심했다는 생각이 들었다.

"아냐, 내가 더 미안."

지훈이 다가와 수정을 안았다. 평소 같았으면 땀냄새가 날까봐 수정이 피했겠지만 오늘은 가만히 안겼다.

"요즘 너무 피곤한 거 아냐?"

"그런가봐."

수정은 그의 말대로 요즘 지쳐서 그런 거라고 생각했다.

그래서 예민해진 거라고.

정수정의 병원 간호사 중 가장 최근에 입사한 엄초록은 다른 간호사들이 출근하는 시간보다 30분 더 앞선 8시에 출근했다. 진료 시간보다는 1시간이나 먼저였다. 엄초록은 누구보다 더 열심히 일해 신뢰를 얻고 있는 지금이 싫지 않았다. 앞으로도 계속 남들보다 더 빨리 출근해서 남들보다 더 많이 일해 신뢰를 잃지 않겠다고 생각했다.

엄초록은 병원 건물로 가까이 다가서며 핸드백에서 열쇠고리를 꺼냈다. 병원 1층 셔터에 걸어둔 자물쇠의 열쇠였다. 가장 일찍 출근하는 엄초록이 열쇠를 관리하는 게 당연했다. 열쇠는 총 세 개로, 한 개는 원장인 정수정이 가지고 있었고 나머지 한 개는 가장 늦게 퇴근하는 사람이 잠그고 갈 수 있도록 간호사실 안쪽 서랍에 비치되어 있었다. 그러나 대부분 가장 늦게 퇴근하는 것은 정수정, 가장 빨리 출근하는 것은 엄초록이었기에 간호사실 안쪽 서랍이 열리는 일은 없었다.

엄초록은 선 채로 허리를 굽혀 바닥의 자물쇠에 열쇠를 꽂았다. 그때 시야 옆쪽으로 남자의 구두코가 눈에 들어왔다. 처음에는 지나가는 사람인 줄 알았는데 남자는 엄초록의 옆에 그대로 서 있었다. 엄초록은 자물쇠를 풀자마자 얼른 상

     아름다운 괴물

체를 들어 옆을 보았다.

오십대 중후반쯤 되었을까. 낡은 양복을 입은 남자였다. 염색을 전혀 하지 않는지 머리엔 새치가 많았고 펑퍼짐한 바지는 구겨진 채로 며칠씩 입었는지 무릎께가 튀어나와 있었다. 면도도 하지 않은 것 같았고, 머릿결은 푸석해 보였다. 전체적으로 깔끔하지 않은 인상이었다. 엄초록은 흠칫 놀라며 자기도 모르게 한 걸음 뒤로 물러섰다.

"무슨 일이세요?"

지나가는 아무나 흘끗대기를 바라는 마음이 그대로 묻어 나온 목소리는 꽤 높았다. 남자는 목을 꺾어 건물을 올려다 보았다.

"여기가 정수정 선생님이 운영하시는 병원 맞죠? 직원이 에요?"

"네. 근데 아직 진료 시간이 아닙니다."

"그렇군요."

남자는 그렇게 대답만 할 뿐, 엄초록을 빤히 보았다. 진료를 받으러 온 사람이 아니다. 엄초록은 그런 생각을 했다.

"진료 시간은 9시부터예요. 이따가 다시 오세요."

남자는 대답을 하지 않았다. 오늘따라 인도에 사람이 없다. 평소라면 이 시간에도 행인들이 많았다. 엄초록은 입안이 마르는 것을 느끼며 다시 물었다.

"아니면 다른 볼일이 있으신가요?"

"아뇨."

남자는 히죽거리며 엄초록의 얼굴을 다시 본 다음 들어가라는 듯이 한 걸음 뒤로 물러섰다. 하지만 다른 곳으로 가지는 않았다. 그 상태로 마냥 서 있을 수도 없어서 엄초록은 얼른 셔터를 올렸다. 허리를 숙여 셔터를 들어올리는 동안 남자가 자신의 뒤에서 엉덩이를 빤히 보고 있을 것만 같아서 불편한 기분이 들었다. 촤르륵 소리를 내며 셔터가 올라가자 엄초록은 유리 강화문을 열고 도망치듯 안으로 들어갔다.

아침부터 분위기가 묘했다. 대기실에는 진료 시간 30분 전부터 접수를 한 고객이 많았다. 그런데도 간호사들 서넛이 모여 자기들끼리 뭔가 이야기를 나누고 있었다. 평소 정수정이 특히 조심하라고 당부한 행동들이었다.

"안녕하세요."

수정은 일부러 목소리를 높여 손님들에게 인사를 하며 안으로 들어갔다. 간호사들이 화들짝 놀라 몸을 틀고는 수정에게 묵례했다. 수정도 고개를 까딱한 후 원장실 안으로 들어갔다.

 아름다운 괴물

수정이 진료가운을 걸쳐 입고 있을 때 노크소리가 났다.

"원장님."

엄초록이었다. 조용히 들고 온 찻잔을 책상 위에 내려놓았다. 과하지 않게 자신을 챙겨주는 것이 고마웠다. 정수정이 출근하기 전에 미리 OCS시스템 프로그램을 켜서 준비해두는 것도 엄초록이었다.

"땡큐."

정수정이 인사를 건네자 엄초록이 쑥스럽다는 듯 미소 지었다. 그런데 다른 날과 달리 왠지 머뭇거리며 나가지 않았다. 간호사들끼리 모여 수군대던 조금 전의 일이 머릿속을 스쳤다.

"무슨 일 있어요?"

"저, 오늘 아침에……"

엄초록이 쭈뼛거리며 꺼낸 말은 정수정을 당황케 하기에 충분했다. 아침에 만난 수상한 남자 이야기였다.

"진료 시간을 확인하러 온 손님이었을지도 모르죠."

"그런 느낌은 아니었어요. 저희 병원 오시는 고객님들은 느낌이 딱 다르잖아요."

비만과 체형 관리, 피부 관리를 받으러 오는 사람들의 느낌이 아니라는 뜻이었다. 사실 정수정도 환자였을 거라고 생각하지는 않았다. 환자였으면 좋겠다고 생각했을 뿐.

사실 짚이는 구석이 있었다. 엄초록이 말하는 남자의 행색을 듣자마자 바로 한 사람이 떠올랐다. 진실은 상관도 없이 그저 이슈 몰이에만 미쳐 있는 삼류 기자. 그 사람 때문에 곤욕을 치른 유명인이 많았고, 정수정도 마찬가지였다. 그자가 또다시 자신을 타깃으로 삼은 건가. 만약 그렇다면 요즘 자신을 지켜보는 듯 느껴지던 시선이나 셔터소리가 설명이 된다.

"아무튼 별일 없었다는 거죠?"

"네. 그냥 이상한 사람이 기웃거려서, 말씀드려야 할 것 같아서요."

"혹시라도 다음번에 또 보이면 바로 나한테 말해줘요. 병원이나 나에 대해서 물어도 아무것도 대답하지 말고, 무조건 나를 통해서 들으라고. 알았죠?"

"네, 알겠습니다."

엄초록은 깍듯하게 허리를 굽혀 인사했다. 몸에 달라붙는 간호사복은 엄초록에게 아주 잘 어울렸다. 관리는 어떻게 하고 있을까. 군살이 하나도 없어 보였다. 어려서 그럴지도 모른다.

"차 잘 마실게요."

이 보이차가 엄초록만의 비결일 거라고 생각하며 정수정

아름다운 괴물

은 웃었다.

엄초록이 나가고 외래 업무를 맡은 이민정 간호사가 들어와 진료 시간임을 알렸다. 정수정은 첫 환자를 호명하는 이민정을 물끄러미 응시했다.

그날 저녁, 정수정은 다른 간호사들을 전부 퇴근시킨 뒤, 이민정 간호사를 불렀다. 하루종일 병원 내에서 보는 이민정 간호사를 그 자리에 불러 세우지 않고, 모두 퇴근한 뒤 부른 것은 나름대로의 배려였다.

이민정 간호사는 자신이 왜 불려왔는지도 모르는 얼굴로 정수정의 방문을 두드렸다.

"부르셨어요, 원장님."

정수정은 이민정 간호사에게 요즘 근무는 어떤지, 어려움은 없는지 묻고 나서 잠시 한숨을 내쉬었다. 이런 말을 하려고 직원들을 부를 때는 마음이 편치 않다.

"이 선생, 요즘 몸매 관리 어떻게 하고 있어요?"

그것은 '몸매 관리를 전혀 안 하고 있죠?'라고 묻는 거나 마찬가지였다. 그녀의 허리 라인은 크게 보면 팔자로 보였다. 불룩 튀어나온 두 개의 지방층이 정수정의 눈에 선명했다. 피부도 푸석해 보였다.

이민정은 민망한 듯 얼굴을 붉히며 자신의 배에 팔을 둘렀다.

"요즘 스트레스를 받아서……"

"스트레스 안 받는 사람이 어디 있어요? 다 스트레스 받으면서 자기 관리 하는 거지. 이 선생, 내가 여자라고 무조건 예뻐야 한다는 소릴 하는 게 아니잖아요. 생각해봐요. 입냄새 나는 간호사 있는 치과 없고, 피부에 여드름 난 피부과 간호사 없어요. 우리 같은 비만클리닉에서 이러면 되겠어요?"

"관리하겠습니다."

이 선생이 고개를 숙였지만, 정수정의 눈에는 이 순간만을 벗어나려는 것처럼 보였다. 이민정은 이런 일이 처음이 아니었기 때문이었다. 결국 정수정은 어쩔 수 없는 선택을 해야 했다. 직원을 자르는 것보다는 직원에게 맞는 자리에 재배치하는 일이 훨씬 낫다고 생각했다.

"당분간은 데스크에 엄초록 간호사 앉히시고, 이 선생은 체형교정센터 매니저실로 옮기세요."

"……네."

체형교정센터에는 재활치료사와 트레이너가 있기 때문에 간호사가 할일은 없다. 말이 좋아 매니저라고 하지, 기구 청소와 이용자들에게 지급되는 활동복과 수건 정리 일을 하라

　　　　　　　　　　　　　　　아름다운 괴물

는 것이었다. 이민정의 얼굴에 자존심이 파괴된 사람 특유의 빛이 일렁였다. 하지만 상처를 받아야 독한 마음을 먹게 되어 있다.

언제든 예전 체형으로 돌아오면 복귀시켜주겠다고 약속했지만, 이민정은 뭐라고 대답하지 않았다. 고개를 살짝 숙여 인사하고는 정수정의 방에서 나가려 했다.

"아, 그리고."

정수정의 말에 이민정이 걸음을 멈추고 다시 돌아섰다.

"내일 환자 등록해요. 펜타스페놀 처방해줄 테니까 일주일간 복용하고."

"네."

펜타스페놀은 식욕을 억제해주는 다이어트 약이다. 이 병원에서 가장 많이 처방되는 약이고, 정수정의 병원을 입소문에 올려준 일등공신이다. 그 약이라면 이민정 간호사도 예전의 몸매를 찾을 수 있을 것이다.

이민정이 나간 뒤 정수정은 자기도 모르게 들고 있던 볼펜을 책상 위로 던지며 마른세수를 했다. 문득 뒤에서 시선이 느껴졌지만 원장실에는 혼자였고, 창문 바깥에는 차들이 무심히 지나가고 있을 뿐이었다. 정수정은 창밖을 살펴보며 블라인드를 쳤다.

4

정수정은 그날도 가장 늦게 퇴근했다. 혼자 남아 필라테스 운동을 했다. 요즘 들어 몸이 조금 더 불은 것 같았다. 몸무게는 변하지 않았는데 역시 몸의 밸런스가 무너져가고 있는 모양이다.

나이가 들면 여성호르몬의 분비가 줄어들면서 체형이 바뀐다. 먹는 것은 여전히 신경쓰고 있지만, 나이가 들수록 칼로리 소모가 적어진다. 운동량을 몇 배나 더 늘려야 한다. 전문 필라테스 강사의 일대일 출장 교습을 받는 게 혼자 운동하는 것보다 훨씬 효과적이겠지만 수정으로서는 그럴 수가 없다. 보는 눈이 너무 많다. 저렇게 돈을 쓰고 관리하니까 예쁜 거라는 평가를 받는 것은 싫다. 그게 사실이어도 그렇게 보여서는 안 되었다. 평범한 가정주부도 설거지를 끝낸 뒤 아파트 단지를 파워워킹하기만 해도 날씬해질 수 있다는 희망을 주어야 방송에서 의사 정수정을 찾을 것이기 때문이었다.

문득 이민정 간호사를 너무 닦달했나 싶은 생각이 들었다. 근무처 재배정에 약 처방까지 얘기한 것이 마음에 계속 걸렸다. 자신의 나태가 누군가에게 폐를 끼치고 있다는 사실을 깨닫게 해주는 것도 나쁘지 않다고 생각하지만, 그 방법이 조금 과하다는 것은 인정하지 않을 수 없었다.

한참 그런 생각에 잠겨 있을 때, 누군가의 시선이 느껴졌다.

정수정은 브리지 자세에서 바닥으로 등을 내리고 고개를 문 쪽으로 돌렸다. 분명 누군가 있었다. 수건을 어깨에 두르고 재빨리 나가보았다. 아무도 없었다. 텅 빈 치료실들만 복도 양옆으로 줄줄이 늘어져 있을 뿐이었다.

'내가 요즘 좀 예민한가?'

갑자기 어깨에 한기가 들었다. 수건으로 땀을 닦아낸 수정은 퇴근 준비를 서둘렀다.

필라테스복을 벗고 옷을 갈아입은 뒤 엘리베이터에 오른 것은 10분 후였다. 샤워는 집에 가서 할 생각이었다. 1층 버튼을 누르고 기다리자 문이 닫혔다. 수정은 아무 생각 없이 핸드백을 고쳐 메며 고개를 들었다. 승강기 위치 표시 LED 패널을 올려다보는데 갑자기 숨이 잘 쉬어지지 않았다. 가슴이 답답했고 침이 잘 삼켜지지 않는 기분이었다.

'엘리베이터가 이렇게 느렸던가? 아까부터 계속 2층인 것 같은데……'

그건 기분 탓일 뿐이었다. 표시등은 곧 1층을 가리켰다. 하지만 호흡은 점점 나빠졌다. 식은땀이 줄줄 흘러내렸다. 수정은 휙 고개를 치켜들었다. CCTV 카메라가 보였다. 저것으로 누군가 자신을 지켜보고 있다는 생각이 들었다. 이 건물은 따로 경비원이 없다. 녹화된 영상이 필요할 때만 CCTV를 조회했다. 하지만 끊임없이 그런 생각이 들었다.

'누군가 나를 보고 있다.'

점점 숨이 안 쉬어졌다. 정수정은 엘리베이터에 설치된 손잡이를 붙잡은 채로 숨을 헐떡거렸다.

'누가 좀……'

정수정은 주변을 돌아봤지만 퇴근 시간이 지난 건물에 사람이 남아 있을 리가 없었다. 공포에 가까운 외로움이 심장을 움켜쥐었다.

띵.

정수정의 몸이 땀으로 흠뻑 젖었을 때 엘리베이터의 문이 열렸다. 그녀는 도망치듯 재빨리 엘리베이터 밖으로 몸을 날렸다. 순간 눈앞에 검은 그림자가 달려들었다.

"꺄아아아아아악!"

그녀의 비명이 텅 빈 병원 건물 안을 이리저리 부딪치며 울렸다. 갑자기 나타난 그림자가 그녀의 두 팔을 꽉 붙들었다. 정수정은 있는 힘을 다해 몸을 뒤흔들었다.

"수정아! 수정아, 왜 그래? 정신 차려. 나야. 나."

익숙한 목소리에 수정은 고개를 들었다. 땀에 절은 얼굴에 흐트러진 머리칼이 들러붙었다.

송지훈이었다. 수정은 쓰러질 것처럼 눈을 감았다가 다시 치켜뜨면서 있는 힘껏 지훈의 손길을 뿌리쳤다.

"뭐 하는 거야!"

"뭐? 난 너 퇴근 시간이라서……"

당황한 얼굴이었다. 일부러 놀라게 할 생각은 아니었던 것 같다. 하지만 정수정은 끓어오르는 화를 멈출 수가 없었다.

"누가 와달랬어? 놀랐잖아!"

"놀라게 해서 미안해."

송지훈의 커다란 손이 정수정의 굳은 어깨를 부드럽게 감싸쥐었다. 지훈은 걱정이 가득한 눈길로 정수정의 얼굴을 살폈다.

"괜찮아? 요즘 많이 예민해져 있는 것 같아."

"누가 나 평가해달래?"

"뭐?"

"만나려면 약속을 해야지 왜 병원에 마음대로 오느냔 말이야. 내 입장은 생각도 안 해? 사람들 이목에 오르내리는 내 입장 말이야!"

송지훈이 하아, 긴 한숨을 내쉬었다. 그만해야 한다는 것을 알면서도 정수정은 누군가가 자꾸 떠밀어 앞으로 나갈 수밖에 없게 된 사람처럼 계속 지훈을 몰아붙였다. 지훈은 단한 마디도 하지 않은 채 수정이 쏟아내는 말들을 가만히 들었다.

그는 한참 뒤에야 씩씩거리며 폭언을 마친 수정을 지훈이 당겨 안았다.

"내가 잘못했어."

수정은 지훈의 품에서 숨을 가라앉히다 뒤늦게 깨달았다. 오늘은 수정이 먼저 만나자고 한 날이라는 것을.

생각해보면 너무 예민해져 있었다. 방송 일이 많아지면서 병원 환자도 넘쳤다. 그 외중에 자꾸 주변을 신경쓰는 것을 두고 지훈이 연예인병이니 뭐니 하는 바람에 더 예민해졌는지도 몰랐다. 어제의 일을 떠올렸다. 백번 화를 내도 이상하지 않을 상황이었지만, 지훈은 수정의 화를 모두 들어주고 품어주었다. 마치 수정 하나만을 위해 존재하는 사람인 것만 같았다.

정수정은 아침 출근길, 잠시 정차한 사이 송지훈에게 문자를 보냈다.

[어제는 내가 미안해. 요즘 예민해져서 그러나봐. 이해해줘. 저녁

 아름다운 괴물

에 볼까?]

지훈에게서는 답 문자가 없었다.

원래부터 지훈은 문자로 대화하는 것을 싫어해 답을 보낸 적이 없는데도 수정은 초조해졌다.

'화가 난 걸까?'

그 자리에서는 수정을 달래느라 티를 내지 않았지만 사실은 무척 화가 났을지도 모른다. 수정은 엄지손톱을 물어뜯었다. 그러는 사이 신호가 바뀌었다. 다시 엑셀에 발을 올렸다.

병원으로 들어가자 아침 진료를 준비하고 있던 간호사들이 정수정을 향해 묵례를 했다. 눈빛에서 바늘 같은 것이 느껴졌다. 이민정 간호사는 아예 시선을 바닥에 깔고 있었다. 어제 일이 모두에게 전해진 것이 분명하다. 직업적 특색에 따라 프로페셔널함을 갖추어야 한다는 생각은 아직 변하지 않았지만, 느닷없이 근무 장소를 바꾸어버린 것은 지나친 감이 없지 않았다. 정수정은 원장실로 들어가 이민정 간호사를 호출했다.

"네, 원장님."

이민정 간호사가 들어오며 고개를 숙였다. 어깨가 잔뜩 움츠러들어 있었다. 화장은 어제보다 짙었지만 안색은 훨씬 더 좋지 않았다. 자존심에 상처를 입어 식사를 아예 거른 것일지도 모른다.

"저 오늘 환자 등록해놨습니다. 약 처방 부탁드려요."

"네. 그건 그렇게 할게요. 그런데 이 간호사."

이민정이 고개를 들었다.

"내가 요즘 개인적인 일로 좀 예민해져 있었어요. 어제 일로 상처 입지 않았으면 좋겠는데."

정수정은 평소 간호사들의 실수를 그냥 보아 넘기지는 않았지만 뒤끝은 없었다. 자신이 실수했을 때는 솔직하게 인정하는 편이다. 그렇기에 수정의 사과가 진심임을 알았는지, 이민정의 표정이 조금 누그러졌다.

"아닙니다. 괜찮아요."

"이 선생 결혼하고 집안일에 병원 일에 고생하고 있는 것 잘 알아요. 시간 날 때마다 2층 센터 이용해도 좋아요. 그러니 우리 잘해봅시다."

정수정은 지갑을 열어 신용카드를 꺼내 그녀에게 내밀었다. 이민정 간호사는 어리둥절한 얼굴로 카드를 받았다.

"간식거리랑 커피 사서 다른 간호사들이랑 나눠 먹어요."

"아닙니다."

이민정이 카드를 돌려주려 했지만 정수정이 그 손을 막았다.

　　　　　　　　　　　　　　　　　아름다운 괴물

"괜찮아요. 이 선생 말고도 요즘 내가 간호사들 신경도 너무 못 써줘서 그래. 잔뜩 쟁여놔도 좋으니 돈 신경쓰지 말고 마음껏 사요. 우리에게는 펜타스페놀이 있잖아요."

정수정이 장난스럽게 웃으며 어깨를 으쓱했다.

"선생님, 저 그럼 운동센터 쪽으로……"

"아직 안 옮겨도 되지만 살짝 관리는…… 응?"

"네, 알겠습니다."

이민정 간호사는 조금 풀린 얼굴로 카드를 든 채 꾸벅 인사하고는 원장실을 나갔다. 정수정은 한숨을 나직이 쉬며 휴대전화를 확인했다. 아직 송지훈에게는 답 문자가 없었다.

간식을 사오는 임무는 엄초록에게 떨어졌다. 신입 간호사이니 잔심부름은 주로 엄초록에게 맡겨지는 편이고, 본인 역시 큰 불만은 가지지 않았다. 다만 '대충 사와'라는 임무에는 어쩔 줄을 몰라할 때가 많다. 선배들은 물론 정수정 원장의 입맛까지 고려한 메뉴를 선택하기란 여간 어려운 일이 아니다. 차라리 업무를 몰아주는 편이 낫다고 생각한 적도 있다. 일이라면 답이 명확하니까.

엄초록은 이민정이 전해준 카드를 들고 옆 건물에 있는 프랜차이즈 제과점으로 들어갔다. 지금까지 근무해본 바, 간호사들은 대부분 간식으로 과자나 빵을 즐겼다. 안으로 들어가 살펴보니 빵 종류가 엄청나게 많아서 다시 고민이 깊어졌다. 하지만 정수정 원장에게 사다줄 것은 명확했다. 소스가 뿌려지지 않은 샐러드 세트. 정수정 원장은 최근 방송을 자주 하게 되며 몸매 관리에 부쩍 더 신경을 쓰는 듯했다. 저녁 늦게까지 남아 운동실을 이용하는 것도 거의 매일이었고, 선배들에게 듣기로 예전에는 자주 간호사들과 식사를 했다고 하는데 요즘은 전혀 식사 자리에 어울리지 않았다. 어쩌면 집에서 싸온 샐러드로 식사를 대신하고 있는지도 모른다.

샐러드 세트를 하나 집은 엄초록은 쟁반과 나무집게를 들고 빵 주위를 서성거렸다. 선배들의 얼굴 하나하나를 떠올려가며 그들이 선호할 만한 빵을 골랐다. 이민정 선배는 얼마 전 원장님으로부터 몸매 지적을 받은 터라 아무래도 신경이 쓰일 것이다. 크림이 들어간 것보다는 야채가 들어간 샌드위치가 좋을 것 같다.

빵의 종류도 그렇지만 비용 생각도 해야 한다. 아무리 원장이 준 카드라고 해도 정말 마음껏 산다면 센스 없는 사람 취급을 받기 쉽다.

'차라리 금액도 정해주면 좋을 텐데.'

엄초록은 자신이 담은 빵의 개수를 다시 한번 세어 확인해

  아름다운 괴물

보았다.

그러다 퍼뜩 바깥으로 시선이 갔다. 한 남자가 가게 입구에 서서 자신을 보고 있었다. 사실은 아까부터 그 남자가 거기에 서 있는 것을 눈치챘다. 하지만 자신을 보는 게 맞는지 정확하지 않아서 계속 시선을 피해왔는데, 이제는 확실하게 느껴졌다. 저 남자는 자신을 기다리고 있다.

사람 수에 맞춰 빵을 담은 쟁반을 들고 계산대로 가면서도 엄초록은 불안했다. 며칠 전 아침에 병원 문을 열 때 말을 걸었던 그 남자였다. 새치가 잔뜩 돋아난 머리에 낡은 양복 차림 그대로였다. 남자는 여전히 가게 입구 앞에 서서 유리문 너머로 자신을 빤히 쳐다보고 있었다. 싱글거리는 웃음이 마치 자신을 놀리는 것만 같았다.

"감사합니다. 또 오세요."

계산을 마치고 영수증을 받아 돌아서는 엄초록에게 직원이 인사를 건넸지만, 엄초록은 그 인사를 받아주지도 못할 만큼 긴장했다. 잠시 다른 사람에게 도움을 청할까 고민하던 엄초록은 마음을 바꿔 당당하게 밖으로 나갔다. 아니나다를까 기다렸다는 듯이 남자가 다가왔다.

"무슨 일이시죠? 오늘 원장님 진료하시는데요."

"알아요. 이거……"

남자가 한쪽 주머니에서 뭔가를 꺼내려고 했다. 엄초록은 왠지 무서워져서 자기도 모르게 뒷걸음질을 쳤다. 남자가 다른 한손으로 엄초록의 팔을 확 잡아챘다.

"왜 이러세요?"

비명을 지르듯 엄초록이 소리쳤다. 남자는 오히려 자신이 봉변을 당했다는 듯한 얼굴로 인상을 썼다. 엄초록은 심장이 쿵쾅거리는 것을 느끼며 주변을 돌아보았다. 여차하면 누군가에게 도움을 요청할 생각이었다.

하지만 남자는 더이상 아무 짓도 하지 않았다. 다만 주머니에서 꺼낸 것을 엄초록의 손에 쥐여주었을 뿐이었다.

노크소리가 난 것은 수정이 인터뷰 의뢰에 대한 거절 이메일을 쓰고 있을 때였다. 주로 결혼과 이혼, 육아에 대한 질문뿐인 삼류 잡지다. 그런 데서 들어오는 인터뷰는 커리어에 도움이 되지 않는다.

대답을 하자 엄초록이 문을 열고 들어왔다. 손에 들린 쟁반에 샐러드가 놓여 있었다. 엄초록은 눈웃음을 지으며 정수정의 책상 위에 샐러드를 내려놓았다. 센스가 보이는 메뉴 선택이 마음에 들었다.

"다른 사람들 간식도 샀죠?"

 아름다운 괴물

"네. 다들 잘 먹겠다고 감사하다고 하세요."

엄초록이 카드를 돌려주며 말했다. 분명 간호사들은 그런 말을 하지 않았을 것이다. 간호사들은 원장이 간식비를 내는 것은 당연하다고 생각했다. 하지만 이렇게 하나하나 골라 하는 말에서 엄초록의 배려심이 돋보였다.

"고마워요. 엄 간호사도 나가서 먹어요."

"저 원장님……"

뭔가 할말이 있다는 듯 엄초록이 쭈뼛거렸다. 정수정이 의아하게 그녀를 보았다. 잠시 고민하던 엄초록은 주머니에서 뭔가를 꺼내 정수정의 책상 위에 내려놓았다. 명함이었다.

정수정이 설명을 요구하듯 엄초록을 보았다.

"지난번에 말씀드린 적 있는데, 제가 출근할 때 봤다던 이상한 사람이요. 오늘도 빵집 앞에서 절 기다리고 있더라고요. 알고 보니 기자였어요. 명함을 전해달라고 하시던데요. 왜 직접 전하시지 않는지 물었더니……"

엄초록이 잠깐 정수정의 눈치를 보았다.

"그냥, 전해드리면 아실 거라고."

정수정은 어이가 없다는 듯 픽 웃었다. 채만근의 이름을 기억하고 있다. 아마 평생 잊지 못할 것이다.

"알았어요. 두고 나가요."

"네."

엄초록이 고개를 숙이고는 방에서 나갔다. 문을 닫을 때, 혹시 자신이 실수한 것은 아닌가 싶어 걱정이 됐는지 정수정을 한 번 더 살피는 시선이 느껴졌다.

문이 닫힌 뒤 수정은 깍지 낀 손등을 이마 위에 가져다 대었다. 한동안 잊고 있던 이름을 떠올리니 가벼운 두통이 일고 속이 메슥거리기까지 했다.

채만근은 기자가 아니다. 적어도 정수정은 그렇게 생각하고 있다. 그는 쓰레기 기자, 사람들이 흔히 말하는 '기레기'일 뿐이다.

1년 전, 정수정의 이혼에 대한 후속 보도가 있었다. 다름 아닌 전남편의 부도였다. 보도에서 수정은 남편의 부도 사실을 미리 알고 재산을 보호하기 위해 이혼한 여자가 되어 있었다. 뱃속에 아이가 있음에도 이혼한 것, 이혼 직후 부도가 난 것 등이 그 뒷받침이 될 증거라고 했다. 이혼 후에도 두 사람이 함께 슈퍼에 간 사진이 기사에 붙어 있었다.

   아름다운 괴물

엄청난 질타가 쏟아졌다. 이미 예정되어 있던 방송 출연과 강연이 줄줄이 취소되었고, 녹화했던 프로그램의 작가진들은 정수정의 휴대전화에 불이 나도록 전화를 걸어댔다. 그것이 정말 사실이라면 녹화분을 방영하지 못한다고 했다.

그것은 진실이 아니었다. 이혼 전까지 부도 가능성에 대해서는 알지도 못했다. 전남편과는 같이 살기만 했을 뿐 처음 결혼했을 당시부터 경제권은 공유하지 않았다. 각자 생활에 필요한 물건을 사서 쓰는 것이 전부였고, 바쁜 일상 때문에 함께 식사할 일도 없었다. 그저 잠만 같이 자는 룸메이트와 다를 바가 없었고. 그래서 이혼을 결정했다. 슈퍼도 함께 간 것이 아니었다. 정수정이 물건을 사러 슈퍼에 들렀을 때 짐을 빼러 오던 남편이 쓰레기봉투를 사기 위해 우연히 왔다 마주친 것뿐이었다. 정수정은 즉각 항의했다. 정정보도는 되었지만 악플은 끊임없이 올라왔다.

거짓 기사로 퍼진 나쁜 이미지를 없애는 데 꼬박 1년이 걸렸다. 그래서 오히려 더 당당히 이혼녀의 삶을 방송에 공개했다. 전남편과 몰래 만나는 것이 아니라는 것을 알려야 했기 때문이다. 덕분에 '당당한 여성'의 이미지를 얻기는 했지만, 정수정에게는 두 번 다시 떠올리고 싶지 않은 사건이었다.

아마 요즘 수정이 느꼈던 시선의 정체 역시 채만근일 것이다. 이제 와서 뭘 어쩌자고 자신의 주변을 얼쩡거리는지 알 수 없었다.

힘껏 쥔 주먹 안에서 채만근의 명함이 구겨졌다. 수정은 쓰레기통 뚜껑을 열고 힘껏 내던지려다 멈칫했다. 질긴 인간이었다. 피하고 싶다고 해서 피해질 인간도 아니었다. 그런 일이 있고 나서 단 한 마디도 사과한 적 없다. 이제 나타나서 뭐가 궁금한 건지 알고 싶기도 했다. 무엇보다 피할 이유가 없다. 수정은 아무런 죄도 짓지 않았으니까.

정수정은 휴대전화를 들어 명함에 적힌 전화번호로 전화를 걸었다. 통화 연결음이 귀에 들러붙는 채만근의 목소리를 떠올리게 해서 짜증이 났지만 전화를 끊지는 않았다. 채만근은 연결음이 열 번 가까이 이어지고 나서야 전화를 받았다. 조금 전 명함을 건넨데다 정수정의 전화번호를 알 테니 전화를 기다리고 있었을 텐데. 일부러 전화를 늦게 받는 거라고 생각하니 화가 났다.

— 네.

목소리를 듣자 묵직한 분노가 올라와 명치를 꽉 막았다. 흥분하면 안 된다. 채만근은 흥분을 유도하고, 이쪽이 말실수하기를 기다리는 교묘한 놈이다. 정수정은 전화기 너머로 소리가 들어가지 않도록 숨을 들이쉬었다.

　　　　　　　　　　　　　　아름다운 괴물

"정수정입니다. 저희 간호사에게 명함을 남기셨던데요."

— 아, 생각보다 빨리 전화를 주셨네요.

능글거리는 목소리가 마음에 들지 않았다.

"병원까지 오셨으면 그냥 들어오시지. 저희 간호사님이 많이 놀라셨다고 하더군요."

— 병원까지 찾아가도 되는 거였습니까? 그렇다면 병원으로 직접 갈 걸 그랬습니다. 무작정 들어가면 당연히 안 받아주실 줄 알고요.

연락도 없이 병원까지 찾아왔다면 당연히 받아주지 않았을 것이었다. 알면서도 느물거리는 것에 진력이 났다.

"무슨 일로 절 찾으신 거죠?"

수정은 길게 통화하고 싶지 않아서 본론을 꺼냈다.

— 실은 요즘 선생님께서 새로운 연애를 하고 계시는 것 같다는 소문을 들어서 취재를 좀 하려고 했는데……

순간적으로 송지훈의 얼굴이 떠올랐다. 병원에 찾아왔던 그를 봤을지도 모른다.

"어디서 또 헛소문을 들으셨나보네요."

날선 대답에 전화기 너머에서 채만근이 후, 웃었다.

— 완전 헛소문은 아니었고요. 선생님이 강남에 있는 프라이빗 일식당에 가신다는 제보가 있어서요. 혼자 그런 곳에 가실 이유가 없잖아요?

순간 입이 다물렸다. 정수정은 가만히 그의 다음 말을 기다렸다.

— 그래서 그냥 선생님 주변을 맴돈 것뿐인데, 그러다가 제가 재밌는 얘기를 들었네요?

"본론만 말씀하시죠."

— 대학교수 살인 사건, 아시죠?

혹시 송지훈과의 열애설이라도 터뜨리려고 하나 싶었는데, 전혀 상상치도 못한 이야기가 나와서 놀랐다.

"잘 모르겠는데요."

— 모르실 리가 없을 텐데요. 그 사건에 증인으로 나가셨었잖아요.

비웃는 듯한 목소리에 자연스레 인상이 구겨졌다. 꼭 '네 머리 꼭대기에 내가 있어'라고 말하는 것 같았다. 대체 채만근이 어떻게 알았을까? 대학교수 살인 사건으로 기사가 몇 건 나긴 했지만 수정이 아는 한 자신의 이름이 보도된 적은 없었다.

"뭐, 그렇게 말씀하시니 알겠네요. 그 사건이 그런 이름으로 불리는 줄 몰랐거든요. 저는 그저 전문가 자문 정도로 나가서, 그 사건의 자세한 내용은 모릅니다."

— 증인으로 나갔는데 자문이라…… 거참. 암튼 자세히는 모르신다니 설명해드리죠. 교수와 가해자인 여자는 전혀 모르는 사이였어

   아름다운 괴물

요. 그런데 말이죠, 그 여자가 처음 본 교수의 목을 느닷없이 찔렀다고 합니다. 범인은 즉시 체포됐는데 정신분열 진단을 받았고요.

"안타까운 사건이네요. 근데 제가 왜 지금 그 이야길 들어야 하죠? 진료 예약이 있어서 빨리 끝냈으면 하는데요."

— 잠깐만요. 그래서 지금 질문드리려고 합니다. 그 여자가 선생님 병원을 다녔다고 하는데요. 전해영 씨. 맞죠?

"환자와 관련된 사항은 기밀이라서요."

— 그래요? 어쨌거나 그 여자가 선생님께 처방받은 게 바로 다이어트 약인 펜타스페놀이었습니다. 혹시 우울증 환자가 그 약을 먹을 경우 정신분열증까지 일어날 수 있다는 사실을 알고 계십니까?

사실 펜타스페놀은 마약 성분이 들어간 식욕억제제다. 우울증 환자에게 처방될 경우의 부작용 정도는 이미 알고 있다. 하지만 수정은 정신과 의사도 아니고, 환자가 우울증 약을 먹고 있다고 직접 말하지 않는 이상 알 수가 없다. 먹고 있는 약이 있는지 묻기는 하지만 환자가 말을 하지 않으면 그대로 처방한다. 환자 입장에서야 다이어트 약을 처방받고 싶은데 우울증 약 이야기를 하면 처방받을 수 없을 테니 말하지 않는 것이다. 그것까지 의사가 어찌할 수 있는 것은 아니다.

정수정은 채만근이 언급한 사건의 재판에서도 증인으로

채택되어 그 사실을 명확히 전했다.

— 식약처에서 만든 가이드라인에는 체중감량이 필요한 사람, 그러니까 체질량지수 30kg/㎡에 한해 3개월 이내로 복용하도록 제한한다는데, 지키셨나요?

정수정은 하, 황당하다는 듯한 웃음소리를 냈다. 이제 알 것 같았다. 채만근이 이번에 자신에게 어떤 틀을 씌우려고 하는지를 말이다. 정신병자가 낸 사고를 자신이 처방한 다이어트 약 때문이라고 보도할 생각인 것이다. 정수정은 여기서 애매하게 대처했다가는 물어뜯길 빌미를 제공할 뿐이라는 것을 잘 알고 있었다.

"가이드라인은 가이드라인일 뿐이라는 것 정도는 잘 알고 계시죠? 강제성이 있는 게 아니라 그저 권고 정도라는 걸요."

— 하지만 이 약의 품질설명서에 보면……

"죄송합니다만."

정수정이 날카로운 목소리로 채만근의 말을 끊었다.

"다시 한번 말씀드리지만 환자에 대한 내용은 기밀이라, 환자 상태는 물론 어떤 약을 얼마나 처방받았는지 말씀드릴 수가 없군요. 그리고 환자와 관련 없이 한마디 하겠는데요, 필요한 사항이 있으면 정식으로 인터뷰 요청을 하세요. 사람 뒤따라다니면서 훔쳐보실 것이 아니라요. 이건 명확히 말씀

 아름다운 괴물

드리죠. 저에게 사실 확인도 없이 이상한 뉴스를 내면, 이번엔 정말로 가만히 있지 않겠습니다."

수정은 휴대전화를 거의 집어던질듯 전화를 끊었다. 전화를 끊고 나서도 속이 시원하지 않았다. 갑갑한 덩어리가 명치끝에 걸려 있는 것 같았다.

정수정은 인터폰을 들고 간호사실 버튼을 눌렀다.

― 네, 원장님.

엄초록 간호사가 인터폰을 받았다.

"나 차 한 잔만 줘요."

오후 진료를 하려면 일단 안정을 취해야 했다.

5

퇴근 시간이 가까워졌다. 평소 같았으면 오늘도 병원에 혼자 남아 운동을 했을 테지만, 곧장 퇴근하기로 했다. 그럴 기분이 아니었다.

"다들 잘 정리하고 퇴근해요."

"조심해서 들어가세요, 원장님."

간호사들의 인사를 받으며 퇴근한 정수정은 곧장 지하 주차장으로 향했다. 바닥을 향해 치닫던 기분은 차에 올라탄 순간 확 바뀌었다. 조수석에 송지훈이 앉아 있었기 때문이었다.

"언제 와 있었어?"

"얼마 안 됐어."

"왔다고 문자하지."

"방해될까봐."

근래 들어 정수정이 다른 사람들의 시선을 더욱 신경쓰는 것을 알았기 때문에, 일부러 차에서 기다린 것 같았다. 정수정은 송지훈의 손을 가만히 잡았다.

"문자가 없어서 화난 줄 알았어."

"그럴 리가 있나? 이렇게 예쁜 사람한테 어떻게 화를 내."

거짓말인 줄 알면서도 정수정은 기분이 좋았다. 가만히 지훈의 팔짱을 꼈다.

"저녁 먹을까?"

"당신 얼굴에 나 '피곤해'라고 쓰여 있어. 잠깐 얼굴만 보고 내릴 거야. 집에 바로 가서 뜨거운 물에 몸 좀 담가."

그 말에 하루종일 일렁거렸던 마음이 단번에 평정을 되찾은 것만 같았다. 정수정은 감격해서 그의 팔을 끌어안았다.

"어쩜, 내 마음에 꼭 드는 말만 해주고. 나 피곤한 거 어떻게 알았어?"

  아름다운 괴물

"아마 내가 당신보다 더 당신을 잘 알걸?"

정수정은 웃으며 그의 어깨에 기대었다. 깊은 만족감이 그녀의 가슴을 한껏 채웠다.

조금 풀렸던 기분은 집에 돌아가자마자 원상태로 돌아가고야 말았다. 차를 대고 집으로 들어가는 내내 정후의 울음소리가 들려왔다. 내일은 아침부터 방송이 있다. 오늘 밤 잠을 설치면 내일 화장이 잘 먹지 않는다. 몸매 관리와 뷰티 케어에 대해 말하는 의사가 푸석한 얼굴로 카메라 앞에 서면 누가 그 말을 곧이듣겠는가. 수정은 그 자리에서 돌아서고 싶은 마음을 애써 억누르며 현관문을 열었다.

"오늘은 일찍 오신댔잖아요!"

정후의 울음소리를 뚫고 신 여사의 목소리가 들려왔다.

"일이 너무 많아서요. 초과된 시간 다 계산해드릴게요. 수고하셨어요, 어서 들어가세요."

사실 차에서 송지훈과 얘기를 나누느라 시간이 가는 줄 몰랐다. 송지훈이 채만근과 얽힌 악연에 대해 늘어놓는 자신의 말을 가만히 들어주는 것만으로도 마음이 풀렸다. 정수정은 핸드백을 소파 쪽으로 던져놓았다. 당장 뜨거운 물에 몸을 담그고 싶었다.

"제가 지금 돈 때문에 이래요?"

정수정은 무슨 소린지 모르겠다는 얼굴로 고개를 돌렸다. 자신의 말이 그렇게 들릴 거라고는 예상하지 못했다. 미안하다는 말을 하지 않아서 기분이 나빴던 걸까? 하지만 이미 수정은 신 여사에게 아주 오래전부터 저자세여야만 했다. 아이를 맡긴 대신 시어머니를 모시고 있는 기분이었다.

"아이 안 받으세요?"

정후는 얼굴이 벌게진 채로 울음을 그치지 않고 있었다. 입에서 침이 뚝뚝 떨어졌다.

"씻어야 돼요. 침대에 눕히세요."

"이렇게 우는데 그냥 가져다놓으라구요?"

눕히라고 했을 뿐이지 가져다놓으라고는 말하지 않았다. 신 여사는 정수정이 모정도 없는, 아이를 물건 취급이나 하는 여자로 만들려 작정을 한 것 같았다.

"그럼 어쩌라고요?"

참다못해 정수정이 빽 소리를 질렀다. 정후는 눈을 크게 뜨더니 더 크게 울어대기 시작했다. 신 여사가 아이를 흔들며 얼렀다.

"애가 짐도 아니고…… 분유가 안 맞아서 고생하는데 좀 안아서 달래주시든가 젖이라도 한번 물리시지 어쩜. 정말 본인 애 맞아요?"

"무슨 소리를 하시는 거예요? 여사님은 돈 받은 만큼 일하시면 돼요. 내가 모유를 주든 여물을 주든 상관하지 말고 시키는 일이나 하시라고요!"

지긋지긋했다. 이혼을 발표했을 때도, 혼자 아이를 낳아 키운다고 했을 때도 주변 사람들은 걱정의 가면을 쓰고 참견질을 해댔다. 하지만 수정에게 참견할 수 있는 사람은 언젠가부터 엉망이 되어버린 이 거미줄 같은 인생 속에서 자신을 꺼내줄 사람뿐이었다.

수정이 피곤하다는 듯 스카프를 벗자 신 여사가 아랫입술을 깨물더니 아기 침대에 정후를 눕히고 나왔다. 신 여사의 품을 떠난 아기는 더 죽을 듯이 고함을 질러댔다. 정수정은 지갑에서 오만 원짜리 석 장을 꺼내 신 여사에게 내밀었다. 받아 든 신 여사는 정수정을 노려보면서 바닥에 지폐를 던졌다.

"돈 필요 없고요. 저 이제 여기 일 그만둘게요."

수정은 이마를 짚었다. 아랫입술을 깨물고 눈을 깊이 감은 다음 깊이 호흡했다. 잠시 후 눈을 뜬 수정은 곧장 저자세를 취했다.

"제가 죄송해요. 요즘 너무 피곤해서 저도 모르게…… 내일 당장 방송 있는데 그만두시면 어떻게 해요. 제가 신 여사님 고생하시는 거 잘 알고 있어요. 다음달에는 급여도 원하시는 만큼 올려서 드릴 테니까……”

그런 정수정을 향해 신 여사가 침을 뱉듯 말했다.

“당신은 또 돈이지. 무슨 대단한 부잣집 마나님이라도 되는 양. 아주 역겨워서 못 다니겠으니까 사람 새로 구해요. 당신 아들이 불쌍해.”

어린이집은 수정의 집에서 차로 40분 거리에 위치해 있었다. 차가 출입하는 커다란 입구는 막혔고, ‘어린이집 통학차량 출입구 주차금지’라고 쓰인 표지판이 붙어 있었다. 표지판 옆으로 사람이 드나들 수 있는 철문이 있어 밀고 들어갔다. 이른 아침인데도 남자아이 둘이 마당에 나와 흙장난을 하고 있었다. 수정은 아이를 안은 채로 건물을 올려다보았다. 붉은색 벽돌로 지은 이층짜리 건물은 상당히 노후되어 보였고, 어린이집이라는 간판조차 상당히 변색되어 있었다. 왠지 아이를 보육원에 맡기는 느낌이 들어 마음이 무거웠다.

밤새 인터넷을 뒤져 24시간 어린이집을 찾았다. 퇴근 시간도 일정치 않은 수정이 택할 수 있는 유일한 방법이었다. 지훈에게는 이 방법밖에 없어서 속상하다고 말했지만, 속으로

　　　　　　　　　　　　아름다운 괴물

는 24시간 어린이집이 있다는 것을 알았다면 진작 맡길 걸 그랬다고 중얼거렸다.

"일찍 퇴근하시는 날이면 말씀하시고 데리고 가셔도 돼요. 24시간 맡긴다고 생각하시면 마음이 많이 아플 테지만 저희가 신경 많이 쓰니 걱정 마세요, 어머님."

그녀를 맞이한 원장은 몸매가 통통한 오십대 중후반의 여자였다. 1980년대 고등학교 교사가 입었을 것 같은 투피스 정장과 안경 차림이었다. 수정은 집에서 싸 가지고 온 아이의 짐 가방을 책상 위에 올려놓으며 주변을 두리번거렸다. 이곳의 선생님으로 보이는 젊은 여성도 보였다.

"아이 엄마들 신분은 노출 안 하시는 거 맞죠?"

"네?"

원장이 안경알 너머로 눈을 둥그렇게 떴다. 눈치를 봐서는 정수정의 유명세를 모르는 것 같았다. 차라리 모르는 사람이면 다행이지만 먼발치에 떨어져서 힐끔거리는 젊은 여선생이 거슬렸다.

"그러니까 신분 노출 같은 거, 개인정보 보호가 확실한지요. 누가 찾아와서 이 아이의 엄마가 누구냐고 묻거나 제 이름을 대면서 아이에 대해 물어도 말씀 안 하셨음 좋겠거든요. 제 말 무슨 뜻인지 이해하시죠?"

원장이 그제야 눈을 부드럽게 뜨며 웃었다.

"물론이죠."

"여기 계시는 선생님 모두에게 잘 좀 말씀드려주세요."

"걱정 마세요."

"그럼 잘 부탁드리겠습니다."

정수정은 고개를 살짝 숙이고는 자리에서 일어나 어린이집 바깥으로 나갔다. 인터넷에서 확인한 정보로는 이 어린이집은 24시간 보육 말고도 일반적인 어린이집을 겸하고 있다. 아이들의 등원 시간이 되어 보호자들이 몰려들기 전에 빠져나가는 것이 좋을 것 같았다. 수정은 어린이집을 빠르게 나와 차 문을 열었다. 그러고는 주변을 둘러보았다. 자신을 보고 있는 사람은 없는 것 같았다.

서둘러 운전석에 앉아 시동을 걸었다. 출발하면서 정수정은 자신이 아이에게 눈길을 한 번도 주지 않고 나왔다는 것을 깨달았다.

― 선생님, 큰일났어요!

엄초록 간호사의 전화가 걸려온 것은 정수정이 자신의 병원 건물에 막 주차했을 때였다. 아무리 바빠도 침착함을 잃지 않던 엄초록의 목소리가 상당히 격앙되어 있었다. 그래서

                            아름다운 괴물

일까. 정수정의 가슴에 고였던 불안감이 깊어졌다.

— 뉴스에 나왔나본데, 저희가 처방한 약 때문에 정신병 걸린 환자가 사람을 죽였다고…… 그래서 지금 병원 앞에 기자들이 엄청 몰렸어요.

순간 머릿속에 채만근의 모습이 지나갔다. 결국 보도를 낸 모양이었다. 휴대전화를 꺼내 곧장 검색창을 열었다. 기사를 검색할 필요도 없이 이미 화면 메인에 정수정의 이름이 올라와 있었다.

정수정은 본인의 이름이 적힌 기사들을 빠르게 확인했다. 최초 보도 기자는 역시나 채만근이었다.

지난 3월 아침, 버스로 출근하던 대학교수를 생면부지의 전모 씨(26)가 칼을 휘둘러 사망케 했다. 수사 결과 전모 씨는 마약류 성분이 포함된 식욕억제제를 장기간 복용해온 것으로 밝혀지면서, 이 약의 부작용으로 정신분열증상이 발생한 것이 아니냐는 의혹이 파문을 일으키고 있다.

전모 씨는 당시 170센티미터의 키에 몸무게는 51킬로그램으로 저체중이었으며 우울증 치료를 받고 있는 상태였다. 문제의 식욕억제제는 펜타스페놀로, 뇌하수체의 특정 부분을 자극해 입맛을 떨어뜨린다. 뇌를 건드리는 작용이 있으므로 가슴 두근거림과 우울증, 심한 경우 정신분열증 등의 부작용이 나타날 수 있어 우울증을 앓는 환자에게는 특히 더 조심해서 처방해야 하고, 식품의약품안전처 가이드라인에 따라 3개월 이내로만 복용하도록 제한해야 한다.

전모 씨는 최근 방송 활동으로 이삼십대 여성층의 인기를 끌고 있는 J 씨가 운영하는 병원을 찾아 다이어트 약을 처방받았다. 처방 당시 병원은 우울증 여부도 확인하지 않았고, 방문할 때마다 환자의 요청대로 처방했다고 알려졌다. 그러나 처음 해당 병원에 내원했을 당시 전모 씨는 이미 약을 6개월째 복용중이었다.

이 문제로 기자가 의사인 J 씨를 찾아 취재를 요청하자, J 씨는 식품의약품안전처 가이드라인은 가이드라인일 뿐 강제성이 없다며 처방에는 책임이 없다는 뜻을 피력했다. 그러나 심할 경우 정신분열증까지 발현되는 펜타스페놀의 처방과 전모 씨 사건의 발발이 인과관계가 없는지에 대해서는 앞으로도 논란이 계속될 것으로 보인다.

〈데일리8 매거진〉 채만근 기자

'논란이 계속될 것으로 보인다'고는 하지만 그 여자가 미

     아름다운 괴물

쳐서 사람 죽인 것이 완전히 펜타스페놀, 아니 자신 때문이라고 적은 것이나 다름없었다. '최근 방송 활동으로 이삼십 대 여성층의 인기를 끌고 있는 J 씨'라니. 정수정을 빼놓고는 생각할 수도 없었다. 그때 전화벨이 울렸다. 두어달 전 인터뷰를 했던 신문사의 기자였다. 수신 거절을 누르고, 엘리베이터로 향할 때쯤 또 전화가 울렸다. 저장되어 있지 않은 번호였지만 보나마나 기자의 전화일 것이었다.

지하 주차장에서 엘리베이터를 타고 잠깐 고민했다. 1층엔 많은 기자가 짐승 같은 눈을 하고서 정수정을 기다리고 있을 터였다. 3층으로 올라가 내부 계단을 통하면 원장실까지 들어갈 수 있다. 하지만 그러면 잘못을 인정하는 셈이다.

수정은 눈을 꼭 감고는 아랫입술을 깨물었다. 그러고선 단호한 얼굴로 엘리베이터에서 내려 1층의 출입문을 열었다.

"정수정 선생님, 기사 보셨습니까?"

"지난번 대학교수 살인 사건과 선생님의 처방에 연관성이 있다는데 어떻게 생각하십니까?"

"기사 내용을 인정하십니까?"

엘리베이터에서 내리자 스무 명도 넘는 기자들이 바글바글 모여 있었다. 일부는 2층 계단에 올라가 있을 정도였다. 슬쩍 보니 병원 안에는 환자 한 명 없고 간호사들만 기자들의 출입을 막은 채 밖을 내다보며 곤혹스러워 했다.

"그 기사 내용은 사실이 아닙니다. 정확한 정보도 아니고요. 사태를 파악하는 즉시 법적 대응하겠습니다."

정수정은 고개를 빳빳이 세우고 힘주어 말한 다음 기자들 사이를 헤치고 앞으로 나아갔다. 많은 질문들이 쏟아졌지만 단 한 마디도 대답하지 않았다. 정수정이 병원 문 앞에 도달해서야 간호사들이 문을 열어주었다.

"이런 개자식!"

정수정은 휴대전화를 집어던졌다. 채만근은 전화를 받지 않았다. 정수정은 안절부절못하며 진료실을 이리저리 걸어다녔다. 다시 휴대전화를 주워 들고 전화를 걸었지만 채만근은 여전히 연결되지 않았다. 전화를 끊음과 동시에 휴대전화가 기다렸다는 듯 울려댔다. 채만근이 아니라면 지금은 누구와도 통화할 생각이 없었다.

그때 노크소리가 들리고 이민정 간호사가 얼굴을 들이밀었다. 계속 울려대는 정수정의 휴대전화를 신경질적으로 흘끗 보고는 말했다.

"선생님, 병원으로 계속 전화가 오는데요, 환자들한테는 뭐라고 하죠?"

          아름다운 괴물

정수정은 이를 악물어 화를 꾹 눌러내리며 말했다.

"오늘은 휴진이라고 하세요."

"펜타스페놀 처방받으신 분들께도 문의 전화가 계속 오는데……"

정수정은 폭발해버렸다.

"괜찮다고 해! 그 정도 먹는다고 미쳐 날뛰는 게 아니란 말이야! 이 선생은 그 정도 눈치도 없어?"

"죄송합니다."

이민정은 파랗게 질려서 얼른 문을 닫고 나갔다. 정수정은 욕을 하는 대신 울려대는 휴대전화의 전원을 껐다. 그러고는 책상으로 가 엎드려버렸다. 이리저리 냄새나 킁킁 맡고 다니는 개새끼 하나가 어렵게 쌓아올린 자신의 인생을 뒤엎어버렸다. 도저히 용서할 수 없었다. 하지만 지금 당장은 그 개새끼를 잡는 것보다 해야 할 일이 많았다. 반박 기사를 올리고. 병원 앞에 진을 친 기자들을 돌려보내고, 환자들을 안심시킬 수 있는 설명을 내놓고, 그리고 또……

그때 인기척이 들렸다. 정수정은 또 이민정인가 싶어 고개를 들었다. 하지만 이번엔 간호사가 아니었다. 송지훈을 보자 정수정의 얼굴은 당장 울음을 터트릴 것처럼 일그러졌다. 기자들을 뚫고 어떻게 들어왔을까. 정수정을 완연히 걱정하는 송지훈의 얼굴을 보니 비로소 안심이 되었다. 자신은 이혼 이후 절대 남자에게 의지하지 않겠다고 생각해왔는데, 송지훈에게 심적으로 기대고 있었던 모양이었다.

지훈은 다가서기 무섭게 양손으로 수정의 얼굴을 감쌌다.

"괜찮아?"

지훈은 어떻게 된 일이냐고 묻지 않고, 뭐가 진실이냐고 묻지 않고 수정을 걱정해주었다. 절대 남 앞에서 울지 않으려던 정수정은 참지 못하고 눈물을 흘리고 말았다. 수정은 지훈의 질문에 말로 대답하는 대신 고개를 끄덕였다. 지훈은 아무렇게나 던져진 휴대전화를 보고는 정수정의 앞으로 다가왔다.

"전화를 받아야 돼. 그 환자에 관한 것은 공개 가능한 범위 내에서 곧 설명하겠다고 말하고, 펜타스페놀의 경우 아무리 제한된 처방을 해도 이 병원 저 병원 찾아다니며 모으는 환자도 있어서 병원의 역할에 한계가 있다고도 말해. 게다가 환자가 직접 말하지 않으면 우울증인지 알 수도 없고, 부작용이 나타나더라도 의사가 과다 처방을 해서 생긴 문제인지 뭔지, 인과관계가 확실히 증명된 적이 없다고 해. 혹시 아는 기자 있어?"

정수정은 잠시 생각한 뒤 고개를 끄덕였다.

아름다운 괴물

"작년 상반기에 신문에 칼럼 연재한 적 있는데, 담당 기자랑 친해."

"잘됐네. 그 기자에게 조목조목 말해. 일단 당신과 직접 인터뷰한 보도가 나가면 다른 매체에서도 그 기사를 참고해서 보도를 낼 테니까. 최초 보도한 채만근 기자에게는 명예훼손으로 법적 절차를 밟겠다고도 하고."

엉망진창이었던 머릿속이 단번에 정리되었다. 쿵쿵 뛰던 심장이 진정되었다. 정수정은 앉은 채로 송지훈의 허리를 끌어안았다. 따뜻한 그의 온기를 느끼자 더욱 마음이 차분해졌다. 지훈이 부드럽게 머리를 쓰다듬어주었다.

정수정은 처음으로 송지훈과의 결혼을 생각했다. 이렇게 난리가 난 상황에서 그런 생각을 하다니 스스로도 이상하다 싶은 지경이었지만, 지금이어서 더 마음이 동요한 건지도 모른다. 정수정은 이혼 후 단 한 번도 재혼할 생각을 하지 않았다. 남자라는 것은 자신의 이상과는 달랐다. 기댈 수 있는 존재도 함께할 존재도 되지 못했다. 남자라는 생물은 자신보다 뛰어난 여자를 참을 줄 몰랐다. 말끝마다 네가 뭐가 잘났느냐며 언성을 높여댔고, 꼭 수정의 자존감을 무너뜨리기 위해 사력을 다하는 사람처럼 굴었다.

그래서 수정은 두 번 다시 결혼은 하지 않을 것이라고 결심했다. 송지훈을 만나 마음이 끌리면서도 결혼을 염두에 둔 적은 없었다. 하지만 이 남자라면 괜찮지 않을까, 이런 상황 속에서도 수정은 그런 생각을 했다.

그때 노크소리가 들렸다. 들어온 것은 엄초록이었다. 쟁반을 들고 있었다. 엄초록은 사무실에 들어서며 정수정의 안색을 살폈다.

"선생님, 너무 놀라신 것 같아서 따뜻한 차라도 한 잔 드시라고요."

"아, 고마워요. 손님이 한 분 더 계신 걸 몰랐나보네. 한 잔 더 갖다줄래요?"

엄초록이 고개를 들었다. 그제야 송지훈의 존재를 알아챘는지 당황하며 말했다.

"죄송합니다. 곧 한 잔 더 갖다 드릴게요."

"아녜요. 괜찮아요. 난 금방 갈 거예요."

송지훈이 배려심 있게 말했다. 정수정은 그의 그런 모습에 왠지 뿌듯함을 느꼈다. 정수정이 말했다.

"그래요, 차는 안 갖다줘도 돼요. 그리고 아침부터 나 때문에 다들 정신이 없었죠? 곧 다 정리할 테니까 오늘 오전까지만 기자들 못 들어오게 지켜주고, 오후엔 퇴근들 하세요."

"네, 알겠습니다."

　　　　　　　　　　　아름다운 괴물

“차, 너무 고마워요. 초록 씨.”

엄초록이 인사를 하고 나갔다.

“정말 좋은 간호사야. 눈치도 있고. 난 이 차만 마시면 안정이 되는 것 같단 말이야.”

“무슨 찬데?”

“보이차.”

“그래, 그거 좋은 차지.”

정수정은 차분히 앉아 차를 마시기 시작했다. 앞으로 처리해야 하는 일을 하나하나 생각했다. 지훈이 말한대로 가장 믿는 기자에게 전화를 걸어 자신의 무고함을 알릴 것이다. 아무 확인도 거치지 않고 보도한 기자에 대해서는 법적 조치를 밟을 것이다. 채만근의 얼굴을 떠올리자 절대로 합의는 하지 않겠다는 결심이 강해졌다. 조금 정리가 되면 채만근의 회사로 직접 항의 방문해야겠다는 생각도 했다.

“지금 기자들에게 전화 돌릴게.”

“아, 수정아. 그전에 먼저 채만근이란 사람 회사에 전화를 걸어서 항의부터 하는 게 맞을 것 같아.”

“그렇지?”

수정은 얼른 책상으로 돌아가 서랍을 열어 뒤지기 시작했다. 구겨진 명함이 서랍 구석에 박혀 있었다. 채만근의 휴대전화는 전원이 꺼져 있었다. 명함에 있는 회사 번호로 걸었더니 곧장 전화를 받았다.

"정수정입니다! 말씀 안 드려도 누군지 아시겠죠? 절 포털 사이트 메인에 올려놓으셨으니까?"

상대편에서는 정수정이라는 이름에 잠깐 입을 다물었다. 사이를 두었다가 다시 목소리가 들려왔다.

— 무슨 일이시죠?

"채만근 기자 바꿔주세요."

— 기자님은 지금 안 계십니다. 기사 송고하고 오늘부터는 휴가세요.

"휴가요? 지금 남의 인생에 폭탄을 터뜨려놓고 휴가를 갔다고요? 좋아요. 앞으로 법적으로 대응할 테니 잘 대처하라고 알리세요."

수정은 전화를 끊었다. 화가 치밀어올랐지만 지훈에게 날뛰는 모습을 보이고 싶은 건 아니었다. 지훈이 말했다.

"밖에 있는 기자들에게도 당당히 말해. 네 잘못이 아니라고. 자세한 건 인터뷰를 통해 발표할 거라고. 반박에 쓸 만한 해외 논문은 내가 찾아볼게."

지훈은 수정의 양어깨를 잡아 꾹꾹 주물렀다. 힘내라는 뜻일 것이다. 수정은 지훈의 눈을 보며 힘을 내었다. 이를 악물었다. 이런 일에 져서는 안 된다는 생각이 들었다. 무엇보다 이 일엔 병원이 걸려 있다. 자신의 인생을 갈아넣어 세운 병원이다. 반드시 자신은 대학교수 살인 사건과 관계가 없다는 것을 밝혀내야 했다.

수정은 힘있게 고개를 끄덕인 후 원장실을 나섰다.

"원장님."

이민정 간호사와 엄초록 간호사가 걱정스러운 얼굴로 다가섰다. 정수정은 단호한 얼굴로 그들에게 고개를 끄덕인 후 정문 앞으로 갔다. 동시에 플래시 세례가 시작됐다. 정수정은 유리문 상단에 붙어 있는 잠금쇠를 돌려 문을 열었다.

"선생님, 한 말씀만 부탁드립니다!"

"정말 약과는 관계가 없는 건가요!"

"그동안 얼마나 많은 환자에게 약을 처방하셨습니까?"

댐의 수문을 개방한 것처럼 질문들이 수정에게 쏟아졌다. 수정은 담담한 얼굴로 그 앞에 섰다.

"뜻하지 않은 일로 많은 분께 우려와 심려를 끼쳐드리게 된 점 진심으로 송구하게 생각합니다."

정수정은 취재진들의 앞에서 허리를 깊숙이 숙였다. 등 위로 플래시 세례가 파도처럼 쏟아졌다. 수정은 허리를 세우고, 단호하게 그들을 응시했다.

"이것 하나만은 확실히 말씀드릴 수 있습니다. 이 병원은 다이어트를 위해 약만 권하는 병원이 아닙니다. 운동 처방도 함께 합니다. 그러나 약만으로 다이어트를 하려는 환자는 여러 병원을 전전하며 무작위로 약을 모으기 때문에 병원 입장에서는 알 수가 없는 경우가 많습니다. 또한 제가 처방한 펜타스페놀은 의사의 처방과 부작용의 인과관계가 증명된 어떠한 경우도 없습니다. 저는 이런 소견을 해당 사건의 재판정에서 정확히 증언하였습니다. 제 증언이 납득되지 않았다면, 살인 사건의 가해자측이든 피해자측이든 제게 법적 책임을 물었을 것이나, 그런 일은 없었습니다. 이 상황이 무엇을 뜻하는지 모두 아실 겁니다. 기자 여러분께 말씀드립니다. 확인되지 않은 사실을 기사화하는 경우 엄중히 법적 책임을 물을 것입니다."

다시 플래시 세례가 쏟아졌다. 수정은 묵묵히 그 시간을 견뎠다.

6

그날은 병원 진료를 하지 못했다. 간호사들은 일찍 퇴근시켰

                                                   아름다운 괴물

다. 수정은 병원에 남아 인터넷 기사를 뒤졌다. 지훈은 피곤한 기색도 없이 내내 옆을 지켜주었다.

수정은 대학교수 살인 사건의 담당 경찰서인 서원경찰서와 통화했다.

"아니, 개인정보라서 이름조차 알려주지 못한다고요? 지금 제 병원은 쑥대밭이 되어 있단 말입니다! 그럼 채만근이라는 그 기자는 대체 어떻게 안 거죠? 그분이 제 병원에서 처방을 받고 정신병을 얻은 거라고 어떻게 알았냐는 말이에요! 기자는 알려주고 당사자인데다 지금 막심한 피해를 입고 있는 저한테는 뭐라고요? 개인정보 보호요?"

수정의 목소리가 하늘로 날카롭게 치솟았다. 소파에 앉아 있는 지훈이 신경쓰였지만 수정은 자신의 분노를 제어할 수가 없었다. 저쪽에서는 수정을 완전히 귀찮은 잡상인 대하듯 했다. 수정은 아랫입술을 질끈 깨물며 말했다.

"좋아요. 그럼 말씀하신 대로 기다려보죠. 유가족이 이름과 연락처를 저한테 알려줘도 된다고 허락하면, 저한테 통보해주신다는 거죠?"

'그렇다'는 대답을 들은 수정은 통화 종료 버튼을 누른 휴대전화를 소파에 던져버렸다. 수정은 자신의 책상에 주저앉으며 머리를 움켜쥐었다. 채만근은 정수정의 염문설을 내기 위해 주변을 맴돌다가 이 사건에 관한 내용을 들었다고 했다. 누군가의 제보가 있지 않았을까? 그렇다면 가해자측, 그러니까 정신병이 펜타스페놀 때문이라고 주장했던 살인범의 가족일 가능성이 높다. 일단 기사가 가해의 원인이 다른 곳에 있다고 지목하고 있기 때문이다. 그렇다면 그들을 만나야만 한다. 그들이 정수정의 편에서 인터뷰만 해준다면 이 문제를 깔끔하고 빠르게 해결할 수 있다. 원하는 것이 있다면 합리적인 선에서 들어줄 생각이다.

하지만 문제는 그들의 연락처를 알 수 없다는 것이다. 이름만 알면 등록된 환자 명부에서 주소 정도는 찾을 수 있을 텐데, 도무지 그 여자의 이름이 기억나지 않았다. 증인으로 출석할 당시 딱 한 번 조회해봤던데다 채만근의 말도 흘려들었으니 기억나지 않는 것은 당연했다.

송지훈이 다가와 위로하듯 수정의 어깨를 감싸안았다.

"오늘은 이만 집에 가자. 당신 이러다 죽겠어."

수정은 깊은 한숨을 내쉬었다. 지훈이 귓가에 대고 속삭였다.

"우리 수정이, 힘들어서 어떻게 하나? 내가 지켜주고 싶은데……"

상황이 이런데도 몸이 달아올랐다. 수정은 오늘밤은 지훈

　　　　　　　아름다운 괴물

과 함께 있게 될 것임을 예감했다.

집 앞에 차를 세웠지만, 여느 날과는 다르게 지훈이 내리지 않았다. 사실 수정이 바라는 바이기도 했다. 수정은 가슴속에 응어리진 뜨거운 열기가 복받쳐올라오는 것을 느꼈다. 한계까지 내몰린 수정은 자신의 외로움을 인정하지 않을 수가 없었다.

수정은 지훈의 손을 가만히 잡았다. 지훈이 수정을 응시했다. 수정은 카드키로 문을 연 뒤 차고 안으로 곧장 차를 진입시켰다.

"같이 내리자."

지훈은 집안으로 들어서기 무섭게 수정에게 달려들었다. 수정의 허리를 감싸안고 입술을 부딪치며 벽으로 밀어붙였다. 그곳은 수정이 이 집으로 들어오면서 특별히 신경쓴, 거울 문을 단 신발장이었다. 수정은 거기에 기대어 지훈의 키스를 오롯이 받아들였다. 키스는 점점 깊어지며 목덜미로, 그보다 좀더 아래로 내려갔고, 이제 걸리적거리는 블라우스 위를 고집스럽게 탐하기 시작했다. 지훈은 그동안 참은 것이 기적이라고 말하고픈 사람처럼 그 자리에서 수정을 가지고 싶어했다. 수정은 지훈에게 안긴 채 쿡쿡 웃었다.

"여기서 일을 치를 셈이야? 난 우리의 처음이 좀더 아름다웠음 좋겠는데."

수정은 열기가 가득한 눈으로 주변을 두리번거리는 그의 두 뺨을 감싸며 입을 살짝 맞췄다.

"안방은 저기야."

나체가 된 두 사람은 거의 한몸이 되어 안방의 침대에 나뒹굴었다. 수정은 킥킥 웃어댔고 지훈은 수정의 몸 위로 올라갔다. 수정의 얼굴에서는 점점 웃음이 사라져갔고, 몸은 점점 뜨거워졌다. 수정은 언젠가부터 잊고 지낸 여자로서의 몸 곳곳을 일깨우는 지훈의 머리를 마구 헝클어뜨리며 깊은 신음을 흘렸다.

수정은 문득 생각했다. 아이를 어린이집에 맡기기를 잘했다고. 죄책감도 자기합리화도 없이, 수정은 곧 정신을 잃을 만큼 깊은 욕망 속으로 빠져들어갔다.

어깨에 한기가 들어 수정은 잠에서 깼다. 문득 눈을 떴을 때, 지훈이 없었다. 그녀는 그의 부재를 믿을 수 없는 사람처럼 빈 침대 위를 더듬었다. 침대에 온기가 없었다. 자리를 비우고서 시간이 꽤 지난 모양이었다. 어디를 간 것일까. 그녀는 얼른 침대에서 일어섰다. 얇은 슬립 하나만 입은 몸 위에 나

    아름다운 괴물

이트가운을 걸치고 거실로 나가보았다.

"지훈 씨?"

그러나 거실 역시 어둠뿐 아무것도 없었다. 화장실도 마찬가지였다. 아무리 급한 일이 있더라도 이야기 없이 돌아갈 사람이 아니었다. 수정은 잠시 두려움을 느꼈다. 다시 한번 지훈의 이름을 불러보았지만 텅 빈 집안에는 수정의 목소리만 길게 퍼져나갈 뿐이었다.

혹시 지훈이 마당에 있을지도 모른다는 생각이 들었다. 수정은 그대로 현관문을 열고 정원으로 나갔다. 도로의 가로등이 정원을 희끄무레하게 밝히고 있었다. 빠르게 훑었지만 지훈의 모습은 보이지 않았다.

부스럭.

갑자기 들려온 소리에 수정은 반색하며 뒤돌아섰다. 순간, 거뭇한 형체가 재빠르게 건물 뒤로 숨어들어갔다.

"지훈 씨?"

수정은 천천히 뒤뜰을 향해 걸음을 옮겼다. 그의 이름을 부르기는 했지만, 가슴속을 가득 채운 두려움을 모르는 척할 수는 없었다. 지훈이 수정의 부름에도 몸을 숨길 그 어떤 이유도 없음을 너무나 잘 알고 있었기 때문이었다.

조금 전 보였던 형체가 사라진 건물 옆에서 수정은 주먹을 꾹 움켜쥐었다. 목이 바짝 탔다. 그녀는 아랫입술을 꾹 깨물면서 용기를 내어 재빠르게 건물 뒤로 몸을 틀었다.

아무도 없었다.

수정은 깊은 한숨을 내쉬었다. 잘못 본 것이 분명했다. 고개를 저으며 뒤를 돈 순간, 날카로운 비명을 지르고 말았다.

채만근이었다. 벙거지 모자를 깊이 눌러쓰기는 했지만 채만근이라는 것을 한눈에 알아볼 수 있었다.

"당신이 왜 여기에…… 여긴 어떻게 들어왔어?"

날카로운 목소리를 낸 순간 수정은 주춤, 뒤로 물러섰다. 채만근이 비척거리며 한 걸음 앞으로 나섰기 때문이었다. 그때 눈앞이 휘돌았다. 심한 현기증이 느껴졌다. 중심을 잡는 것이 고작이었다. 수정은 정신을 차리려는 듯 머리를 가볍게 흔들었다. 눈에 힘을 주고 채만근을 노려보았다. 그는 한손을 내밀고 뭔가 말하고 있었는데, 정상적인 소리가 들려오질 않았다. 늘어진 테이프가 내는 소리 같기도 했고, 쇠의 마찰음처럼 귀를 자극하는 소리 같기도 했다.

"당신 뭐야."

그렇게 말한 순간이었다. 수정은 믿을 수 없는 광경을 보고서 사고가 정지했다. 채만근의 손에 칼이 들려 있었다. 정육점에서 정형을 할 때나 쓸 법한 칼의 끝에서 핏물이 툭 떨어져 내렸다. 눈이 찢어질 듯 커다래진 채로 수정은 자신도 모르게 중얼거렸다.

"지훈 씨……"

만약 채만근이 무단으로 침입한 것을 알았다면 송지훈은 가만히 있지 않았을 것이다. 수정의 입장 때문에라도 사람들 입에 오르내리는 것을 염려해 신고는 피했을 것이었다. 지훈은 수정이 걱정하지 않도록 자신의 선에서 어떻게든 정리해 돌려보내려 할 사람이다. 그런 사람이 지금 보이지 않는다. 채만근의 손에 들린 칼에서 흘러내린 피가 정수정의 시선을 옭아맸다.

"지훈 씨…… 당신 무슨 짓을 한 거야?"

수정은 짐승처럼 소리를 질렀다. 눈물이 시야를 흐렸다. 채만근은 알아들을 수 없는 소리를 내며 이쪽을 향해 걸어왔다. 그의 칼끝이 수정을 향해 있었다.

"오지 마."

수정은 뒷걸음질을 쳤다. 그러나 채만근과의 거리는 벌어지지 않았다. 채만근의 걸음이 점점 빨라졌다.

"오지 마!"

비명을 지른 순간 채만근이 정수정을 덮쳤다. 수정의 한쪽 팔이 거세게 잡아채였다. 수정은 혼신의 힘을 다해 비명을 지르며 팔을 휘둘렀다. 예상치 못했는지 채만근은 정수정의 팔을 놓치고 말았다.

수정은 머리가 하얘졌지만 곧 정신을 차리고 창고를 향해 달려갔다. 창고에는 이 집의 정원을 가꿀 때 사용했던 삽이 있었다. 그것을 집어들고 나간 순간, 눈앞까지 다가온 채만근을 발견했다. 채만근이 입을 커다랗게 벌렸다.

"저리 가!"

수정은 정신없이 삽을 휘둘렀다. 허공을 가로지른 삽의 머리가 정확히 채만근의 머리를 강타했다. 채만근이 바닥을 나뒹굴었다. 수정은 거친 호흡으로 가슴을 씨근덕거리며 신음을 흘리는 채만근을 내려다보았다. 바닥에 떨어진 칼을 보는 수정의 눈에서 차가운 눈물이 흘러내렸다.

어렵게 얻은 사람이었다. 어떤 선입견도 없이 자신을 오롯이 '여자 정수정'으로 느낄 수 있게 해준 사람이었다. 자신이 이런 논란에 휩싸여도 멀어지지도 다그치지도 않은 사람이었다. 두 번 다시 얻을 수 없을, 그런 사람을……

"네가! 네가!"

일어나려 비틀거리던 채만근의 머리를 그대로 내리쳤다. 한 번, 두 번, 세 번. 점점 채만근은 움직임을 잃어갔지만 수정은 손을 멈추지 못했다. 그녀를 그렇게 만든 것은 끓어오

 아름다운 괴물

르는 화가 아니라 공포였다. 지훈을 잃었다는 공포.

"수정아, 그만, 그만."

익숙한 손길이 뒤에서 그녀를 끌어안았다. 수정은 그제야 손을 멈췄다. 수정은 고개만 돌려 자신을 끌어안은 지훈의 얼굴을 보았다. 상처가 전혀 없었다. 수정은 다시 채만근쪽으로 시선을 돌렸다. 채만근은 움직이지 않았다. 보기에도 끔찍할 정도로 머리가 짓이겨져 있었다. 수정은 거친 숨을 몰아쉬었다. 둑이 터지듯 눈물이 흘렀다. 지훈이 손으로 수정의 눈을 가리고 다른 팔로 힘껏 안아주었다. 수정의 손에서 바닥으로 떨어진 삽이 둔탁한 소리를 냈다.

새벽의 어스름이 거실을 밝혔다. 수정은 따뜻한 차가 담긴 잔을 두 손으로 감싸쥐고 있었다. 마음은 놀랄 만큼 평정을 유지하고 있었다. 수정은 맞은편에 앉아 있는 지훈을 보았다.

"지훈 씨, 정말 괜찮은 거지?"

지훈은 대답 대신 부드러운 미소를 지었다.

"왜 나에게만 이런 일이 일어나는 거지?"

수정이 울먹이는 목소리로 말했다. 지훈이 수정을 다독였다.

"괜찮아. 아무 일도 없을 거야."

"그 사람이 당신을 죽이려고 했던 거지? 우리는 정당방위야, 그렇지?”

지훈이 일어나 떨고 있는 수정의 옆으로 왔다.

“아무 걱정하지 마. 내가 다 알아서 할게.”

수정은 고개를 끄덕였다. 자신의 손을 잡아주는 지훈의 손이 이 순간 너무나 간절했다.

지훈이 돌아간 뒤 수정은 서랍에 넣어두었던 휴대전화를 꺼내 전원을 켰다. 어제 그와의 밤을 위해 모든 연락을 차단했다. 모든 것에서 벗어나고 싶었지만, 피할 수 있는 일은 아니었다. 전화를 켜자마자 부재중 연락이 이십여 통 가까이 와 있었다. 병원과 평소 친분 있던 기자와 친구로부터 걸려온 전화였다.

처음엔 그냥 걱정 때문에 건 전화라고 생각했다. 하지만 메시지 내용을 보니 그 문제만이 아니었다.

[너 보도 봤어??]

[선생님, 위드엑스 기자 최설인입니다. 아이에 관한 입장을 솔직하게 밝혀주시기 바랍니다. 연락 부탁드립니다.]

내용은 거의 비슷했다. 수정은 얼른 인터넷에 접속했다. 또다시 수정의 이름이 화면 전체를 장식하고 있었다.

자신의 이름을 클릭한 직후, 수정은 기절할 듯 큰 충격을 받았다.

정수정은 간호사들 중 나이가 가장 많은 이민정 간호사에게 전화를 걸었다. 당분간 병원을 열지 않을 테니 출근을 하지 말고 대기하라는 지시를 내렸다. 다른 간호사들에게는 이민정 간호사가 전화를 해주기로 했다. 전화를 끊기 무섭게 또다시 전화가 울렸다. 모르는 번호였다. 고민하다 전화를 받았다.

— 안녕하십니까? 서원경찰서입니다.

정수정은 자신도 모르게 흠칫했다. 혹시 채만근과 관련된 것일까? 하지만 다행히도 그녀가 두려워할 일로 전화를 건 것은 아니었다.

— 일전에 알려달라고 하신 이름 있잖습니까? 선생님 병원에서 약 처방받고 나서 살인 저지른 피의자요. 이름과 생년월일 정도는 알려줘도 된다고 동의받고 연락드린 겁니다.

정수정은 살짝 한숨을 내쉬었다. 메모지와 볼펜을 찾아 주변을 둘러보았다. 화장대 서랍에서 볼펜 하나를 찾았다. 메모지는 적당한 게 보이지 않아 휴대전화를 어깨와 얼굴 사이에 끼고 손바닥을 들었다.

"이름이 뭐죠?"

― 전해영입니다. 생년월일은 1995년 4월 5일입니다.

경찰이 불러주는 이름과 생년월일을 손바닥에 적고는 감사하다는 인사를 하고 전화를 끊었다. 정수정은 '전해영'이라는 글자가 당사자라도 되는 양 손바닥에 쓰인 이름을 노려보았다. 병원까지 일시 휴업한 마당에 자신의 처방 내역을 정확히 확인하고 대처해나갈 생각이었다.

수정은 노트북을 가지고 주방으로 들어갔다. 노트북의 전원을 눌러놓고 차를 한 잔 탔다. 엄초록에게 부탁해 병원에서 먹는 것과 같은 제품으로 구입한 차였다.

뜨거운 차를 한 모금 마시며 자리로 돌아와 인터넷에 접속했다. 가급적 뉴스에는 시선을 주지 않으며 병원에서 사용하던 OCS시스템에 로그인했다. 곧장 환자 관리 내역에 들어가 전해영이라는 이름을 검색했다. 동일인이 여러 명 나왔지만 생년월일로 금세 누구인지 확인할 수 있었다.

마우스를 더블클릭해 그녀의 자세한 처방 내역을 확인한

                                    아름다운 괴물

순간 정수정은 살짝 미간을 찌푸렸다. 전해영에게 펜타스페놀을 처방한 기간은 총 5개월이었다. 수정은 짜증스러운 듯 아랫입술을 깨물었다. 식품의약품안전처의 처방 가이드라인은 3개월 이내였다. 물론 그동안 말해왔던 대로 가이드라인을 어겼다 해서 법적인 책임을 질 필요는 없다. 하지만 언론에서는 얼씨구나 할 법한 일이었다. 수정은 날짜를 하나하나 확인해가며 자신이 빠져나갈 구멍을 찾았다. 얼마 지나지 않아 적절한 사실을 하나 찾아냈다.

전해영이 첫번째와 두번째로 찾아왔을 때, 수정은 매번 한 달분씩 처방해주었다. 그리고 세번째로 내원했을 때는 두번째 방문하고서 2개월이 지난 뒤였다. 복용기간에 한 달 사이의 텀이 있었다는 뜻이다. 그렇다면 세번째로 내원했을 때를 초기 처방으로 다시 계산했다고 하면 된다.

지훈의 말이 맞았다. 차분히 생각하면 뭐든지 해결할 수 있다.

차를 한 모금 마시며 살짝 웃던 수정의 눈에 뭔가 걸리는 것이 하나 있었다. 진료 금액이었다. 진료비는 공단 부담금과 환자 본인 부담금으로 나뉘는데, 첫번째 방문 때의 환자 본인 부담금 칸에 '0원'이 표기되어 있었다. 이런 경우는 개인적으로 아는 인물이거나 병원 홍보에 동의한 유명인사일 때이다. 전해영은 그런 인물에 속하지 않았다. 비고란에 'F'라고 적혀 있는 것이 눈에 들어왔다.

정수정은 엄초록에게 전화를 걸었다. 전산 등록은 대부분 엄초록이 하고 있다. 엄초록은 곧장 전화를 받았다.

— 원장님, 지금 어디세요?

걱정이 되어 물어보는 것일 테지만, 정수정은 한가롭게 대답할 정신이 없었다.

"물어볼 게 있어서 전화했는데요. 혹시 전해영이라는 사람 알아요?"

전화기 너머에서는 잠시 대답이 없었다.

"내 약 먹고 사고 났다는 사람 이름이라는데, 이 사람 진료 때 본인 부담금도 안 받고, 비고란에 'F'라고 되어 있어서. 이 'F'가 뭐지?"

— 모르세요? 'F'면 원장님 팬클럽 회원이에요.

대답하는 엄초록의 목소리가 딱딱했다. 어쩐지 그것도 모른다는 것이 말이나 되냐는 듯한 비난처럼 들렸다.

"네?"

반사적으로 반문하고서 생각해보니 그 여자가 처음 찾아왔을 때가 기억났다. 팬클럽 회원이라고 하면서 정수정의 책까지 들고 찾아왔다. 사인을 해주면서 기분이 좋아서 첫 회

   아름다운 괴물

진료비를 받지 말라고 했던 기억이 났다. 그간 그런 식으로 진료비를 받지 않은 사람이 몇 명쯤 있었다.

"고마워요."

수정은 전화를 끊었다. 병원 프로그램을 끄고 곧장 자신의 팬클럽에 접속했다. 팬클럽에서는 정수정의 공식 발표가 나오기까지 믿자는 편과 이미 수정을 비판하는 편이 나뉘어 전쟁을 벌이고 있었다.

정확한 사안이 확인될 때까지 잠시만 기다려달라는 글을 올릴까 생각하다가 그만두었다.

다행히 카페는 실명으로 닉네임을 사용하도록 규정하고 있었다. 안티들이 팬을 가장해 가입하는 경우도 많기 때문에 '[지역명/본명]'의 양식을 지켜 닉네임을 만들도록 했다. 수정은 전해영이라는 이름을 검색했다.

'[서울/전해영]'은 한 명이었다. 그런데 그 한 명이 올린 글이 수백 개가 넘었다. 거의 매일같이 글을 올린 것 같았다. 대부분의 글이 오늘은 병원에 다녀왔다든가, 오늘은 날씨가 좋다든가 하는 것들이었다. 일기장에나 쓸 일을 카페에 일일이 보고하다니 이상한 사람이었다. 정수정은 전해영이 우울증을 앓았다던 기사 내용을 떠올렸다.

수정은 마우스 휠을 드륵드륵 굴려 많은 게시글 대부분을

대충 넘기다 전해영이 올린 사진이 있어 클릭해보았다. 그동
안에도 많은 사진을 올렸지만 모두 풍경이나 빠진 몸무게 인
증 샷이었는데, 처음으로 다른 사람과 찍은 사진이 나왔다.
클릭하고 게시글에 들어가자 사진이 크게 떴다. 순간 정수정
은 굳어버리고 말았다.

엄초록이었다.

엄초록이 전해영과 어깨를 감싸안고 밝게 웃고 있었다. 게
시글에는 '동생과 함께'라고 쓰여 있었다.

'엄초록이 동생?'

하지만 성이 다르다. 그냥 아는 사람인걸까? 그럼 왜 모르
는 척했던 걸까. 수정의 머릿속은 순간적으로 엉망이 되었
다. 수정은 다시 화면 속 엄초록의 얼굴에 시선을 박았다. 한
눈에 엄초록이라는 것을 알아보았는데도 연원을 모를 이질
감이 들었던 이유를 깨달았다. 바로 화장이었다. 화장을 거의
하지 않은 엄초록의 얼굴은 훨씬 생기 있고 어려 보였다.

거기까지 깨달은 순간 심장 아래 부근에서 불길한 기분이
일렁였다. 수정은 분명 이 얼굴을 본 적이 있다. 이 사진과는
달리 좀더 구겨지고, 분노한 듯한 얼굴.

'히포크라테스 선서 했잖아!'

날카로운 숨을 들이쉬며 정수정은 고개를 젖혔다. 머릿속

아름다운 괴물

에 떠오른 외침이 수정을 정확히 그 시간에 던져놓았다.

정수정은 분명 엄초록을 본 적이 있다. 법정이었다.

"피고인의 정신적 혼란이 펜타스페놀에 의한 기전이라는 근거는 전혀 없습니다. 처방도 본인이 원했던 것이고요."

"과다 처방이었어! 당신 히포크라테스 선서 했잖아!"

방청석에서 누군가 소리를 쳤다. 정수정은 소리가 난 쪽으로 고개를 돌렸다. 제지하러 달려가는 재판정 정리의 어깨 너머로 그녀의 얼굴이 보였다. 일그러진 얼굴로 쏘아보는 사람, 엄초록이었다. 기억 속의 그 얼굴은 멀지 않은 날의 한순간을 불러냈다.

"히포크라테스 선서 하셨잖아요?"

가득찬 진료 대기 환자들에게 밥도 못 먹는 약을 먹이고 싶다고 푸념하던 그녀에게 장난처럼 말하던 엄초록이 떠올랐다.

왜 이제야 깨달았을까. 정수정은 떨리는 손으로 휴대전화를 들었다. 엄초록의 전화번호를 찾아 그녀의 번호를 눌렀다. 몇 번이나 신호가 가도 엄초록은 전화를 받지 않았다.

그때였다. 초인종소리가 울렸다. 누가 찾아온 것일까. 혹시 엄초록이 아닐까, 하며 생각했지만 전혀 예상외의 사람들이었다.

"강남경찰서 김진근 형사입니다. 잠깐 문 좀 열어주시죠."

인터폰 화면에 검은 재킷을 입은 남자의 모습이 보였다. 그 뒤로, 순경인 듯 보이는 경찰 두 명이 있었다.

심장이 쿵, 떨어져내렸다.

"문을 열어주지 않으시면 강제로 진입할 수 있습니다."

형사가 겁을 주듯 말했다. 정수정은 열림 버튼을 눌렀다. 잠시 후 김진근 형사와 두 경찰이 현관문을 열고 들어왔다. 그들이 들어올 때까지 정수정은 현관문 근처에 서 있었다. 당당하지 못할 이유는 없었다.

김진근 형사는 자신의 신분증을 보이고 다짜고짜 말했다.

"채만근 씨 아시죠?"

정수정은 고개를 끄덕였다.

"송지훈 씨가 신고하셨죠?"

"송지훈 씨가 누구죠?"

김진근의 미간이 살짝 좁혀졌다. 그의 얼굴에 의혹의 그림자가 스쳤다. 당황한 것은 오히려 정수정이였다.

   아름다운 괴물

"그럼 어떻게……"

김진근 형사가 표정 변화 없는 얼굴로 주머니에서 휴대전화를 꺼내 정수정에게 내밀었다. 그의 휴대전화 안에서는 영상이 재생되고 있었다. CCTV 영상 같았는데 위치가 바로 정수정의 집 앞이었다. 영상에서 채만근은 정수정의 집 담 너머에서 카메라로 뭔가를 촬영하고 있었다. 날짜를 보니 바로 어젯밤이었다. 정수정은 아랫입술을 질끈 깨물었다. 어젯밤에는 지훈과 동침했었다. 그것을 찍어 뭘 어쩔 생각이었는지 생각만 해도 치가 떨렸다. 한참이나 사진을 찍던 채만근은 그것만으로도 부족하다는 듯 사진기를 목에 걸고는 담에 매달렸다. 담을 넘으려는 것이다. 거기까지 정수정이 확인하자 김진근 형사가 영상을 종료시켰다.

"오늘 새벽 신고가 접수됐습니다. 채만근 씨가 가족과 통화하던 중 비명소리와 함께 전화가 끊어졌다고 하더군요. 범죄에 연루된 것일 수도 있어 동선을 추적하던 중 이 집으로 들어온 채만근 씨의 나오는 모습이 없다는 걸 확인했죠."

그는 채만근이 이 집에 있다는 것을 확신하고 있는 듯했다. 김진근 형사는 곧 담담한 표정으로 말했다.

"이 집에서 채만근 씨를 만났습니까?"

"……네."

"채만근 씨는 어디 있죠?"

수정은 고개를 숙인 채 잠시 숨을 골랐다. 어디서부터 어디까지 설명해야 좋을지 알 수가 없었다. 어쨌든 결론은 하나다. 채만근이 먼저 공격을 했고, 자신들은 정당방위일 뿐이다. 그렇게까지 생각했을 때 지훈을 불러야 한다는 생각이 들었다. 지훈이 신고한 게 아니라면 그는 지금 어디에 있는 것일까.

"모두 설명할게요. 그 전에 전화 좀 할 수 있게 해주세요. 그 사람이 오면 다 설명할 수 있어요. 일단 들어오세요. 근데 내 휴대전화 어디로 갔지……"

김진근 형사는 날카로운 눈으로 수정을 응시했다. 그는 옆에 서 있는 다른 경찰을 향해 눈짓했다. 그가 수정을 현관에 세워둔 채 밖으로 나갔다. 수정은 휴대전화를 찾으러 거실로 올라갔다가 자신도 모르게 형사를 뒤따랐다. 그곳은 창고가 있는 곳이었다.

"거긴……"

채만근의 시신을 발견하는 것보다, 자신의 설명이 우선되어야 한다고 생각했을 뿐이었다. 하지만 수정은 형사를 따라잡기도 전에 걸음을 멈췄다. 엉망이 된 채만근의 시신이 바닥에 그대로 널브러져 있었다. 바닥으로 흥건하게 흘러내린

 아름다운 괴물

피는 이미 검붉게 굳은 채였다. 희멀겋게 뜬 채만근의 눈이 정수정을 보고 있었다.

시체의 눈을 곧게 응시하면서 수정은 생각했다.

'알아서 다 해준다고 했는데, 지훈 씨는 어디 갔지.'

경찰은 현장에서 수정을 살인 혐의로 체포했다. 채만근의 손톱에서는 정수정의 유전자가 검출되었다. 정수정의 머리카락이 발견되었으며, 정수정의 잠옷과 같은 재질의 실밥도 검출되었다. 수정은 모든 혐의를 인정했지만, 줄곧 정당방위임을 주장했다.

수정이 경찰서로 연행되던 시각, 많은 기자들이 집결했다.

"기자 살인 혐의, 인정하십니까?"

"정당방위였어요. 절 해치려고 했고, 저와 같이 있던 사람도 그 사람이 죽이려고 했어요. 증인도 있다고요!"

"평소 병원의 홍보를 위해 직원들에게 무리한 다이어트를 요구하고 약을 먹였다는데 사실입니까?"

"그건……"

"본인도 다이어트 약을 상습 복용했다는데 사실입니까?"

"아닙니다. 전 운동으로만……"

"병원에 불이익을 준 보도 때문에 채만근 기자를 살해하신 겁니까?”

“육아와 일의 완벽한 병행을 통해 슈퍼맘의 대표 주자로 손꼽히셨는데, 24시간 어린이집에 아이를 맡기신 것이 사실입니까?”

김진근 형사는 기자들의 질문 세례 속에서 정수정을 연행했다. 어차피 기자들의 질문에 대한 답은 모두 조사중 밝혀질 것이었다. 그런데 순간 수정이 걸음을 멈추었다.

수정은 창백한 얼굴로 기자들을 돌아보았다. 지금 질문한 것이 누구인지를 찾으려는 듯 기자들을 돌아보는 수정의 눈빛은 형형히 빛났다.

방송에서는 단 한 번도 볼 수 없었던 흐트러진 머리를 한 채, 정수정은 나직하게 중얼거렸다.

“당신들이 원했잖아. 애 낳고도 아름다운 여자를. 육아도 잘하면서 일도 확실히 하는 여자를. 그래서 보여줬는데 내가 무슨 잘못이 있다는 거야?”

정수정의 얼굴 위에서 플래시 세례가 터졌다.

　아름다운 괴물

에필로그

"평소에도 직원들에게 다이어트를 강요하셨고, 저에게는 다이어트 약까지 처방하셨어요. 요즘 일이 많아서 그런지 화를 내는 일이 잦았고, 연예인병도 있었죠."

정수정이 운영한 병원의 간호사 이민정의 증언이었다.

"네. 그 기자님이 취재를 시작하신 후론 더욱 불안해하셨어요. 그냥 인터뷰하시면 될 텐데 뭘 숨기려고 저러실까, 생각하기는 했어요. 간호사들에게 다이어트 강요요? 네, 맞아요. 평소 선배들에게 그러는 것도 보았고, 본인도 거의 병적으로 다이어트에 집착했어요. 다이어트에 좋다는 보이차에 약도 타 드셨어요. 스스로 본인에게 다이어트 약을 처방해 먹었어요."

같은 병원의 엄초록 간호사의 증언이었다. 실제로 정수정의 병원과 자택에서 보이차 가루가 발견되었다. 국과수 검사 결과 펜타스페놀 성분이 검출되었다. 수정이 병원에서 사용하는 처방 프로그램으로 자신에게 장기간 처방해왔다는 사실도 함께 드러났다.

인터뷰가 방송에 나오자 정수정을 향한 비판이 거세게 일어났다.

"TV에서는 그런 사람으론 안 보였는데…… 애를 맡기고 뒤도 안 돌아보고 가더라고요. 자기 자식인데 어떻게 저러나, 생각했죠."

정수정이 아이를 맡긴 어린이집 원장의 증언이었다. 아이는 절차에 따라 생부에게 인계되었다.

정수정은 내내 채만근이 자신을 죽이려 했음을 주장했다. 채만근의 사망 추정 시각, 정수정의 집에는 송지훈이라는 의사가 함께 있었고, 무슨 이유인지 알 수는 없으나 채만근이 칼을 들고 숨어들었으며, 인기척을 듣고 나온 송지훈뿐만 아니라 자신까지 죽이려 했다고 말했다.

하지만 조사 결과, 송지훈이라는 인물은 존재하지 않았다. 정수정이 제출한 휴대전화에 문자 발신 내역은 있었지만 회신받은 문자는 없었다. 해당 번호로 전화를 걸어보았지만 없는 번호라는 안내만 나올 뿐이었다. 카드 사용 내역을 토대로 정수정의 행적을 확인했지만 유의미한 결과는 나오지 않았다. 일식집에서도 혼자 와서 시간을 보내고 갔다는 진술만 나왔다.

영장을 발부받아 정수정의 집 전체를 수색하였으나 채만근이 들고 있었다던 칼은 어디에서도 발견되지 않았다. 다만 채만근의 시신 근처에서 그의 것으로 추정되는 카메라만 발

   아름다운 괴물

견되었을 뿐이다. 카메라에 저장된 사진 속 정수정은 거실에서, 방의 침대 위에서 모두 혼자였다.

"반포중학교 앞이요."

유성시외버스터미널에서 내려 택시에 올라탄 엄초록은 도착지를 공주 반포중학교라고 댔다. 자신이 가야 하는 곳보다 훨씬 앞이다. 그러나 목적지를 들은 택시 기사들이 거기를 왜 가는지 궁금해하며 귀찮게 군다는 것을 경험으로 알았다. 반포중학교라고 말하면 학교에 뭔가 볼일이 있겠거니 하고 조용히 내려준다.

반포중학교 앞에서 내려 걷기 시작하면 마치 산속으로 들어가는 듯한 기분이 든다. 커다란 나무들이 우거져 있기도 하지만 실제 양옆으로 산이 있기 때문이다. 인적도 거의 없는 길을 따라 20분 정도 들어가야 목적지가 나온다. 거기에 언니가 있다. 자신의 언니 전해영이.

엄초록은 지금 공주치료감호소로 가고 있었다. 한때 인터넷을 뜨겁게 달궜던 대학교수 살인 사건의 범인 전해영. 엄초록의 언니는 결국 정신분열증으로 치료감호소에 수감되고 말았다.

엄초록은 휴대전화를 꺼냈다. 정수정의 기사가 아직도 인터넷을 뜨겁게 달구고 있었다. 이걸 언니에게 보여주면 언니는 어떤 반응을 보일까.

엄초록은 다섯 살에 부모의 이혼으로 한 살 위의 언니인 해영과 헤어졌다. 엄초록은 아버지와, 해영은 어머니와 살게 되었다. 이후 어머니가 재혼한 탓에 해영은 새아버지의 성을 따라 전해영이 되었다. 하지만 두 사람은 자주 연락하며 지냈다. 부모가 이혼했다고 해서 자매의 연까지 끊어지진 않았다.

하지만 언젠가부터 해영이 변하기 시작했다. 엄마와의 불화로 우울증을 겪는 것은 알고 있었지만, 웬일인지 외모에 집착하면서 우울증이 더 심화되는 것 같았다. 가끔 주고받는 편지도 점차 끊겼고 전화도 잘 받지 않았다. 그러다 언니의 소식을 들은 것은 뉴스에서였다. 언니가 교수를 살해했다는 소식을 들었을 때는 하늘이 무너지는 것만 같았다.

간호대학을 나와 개인 병원 내과에 근무하던 엄초록은 엄마를 만났다가 해영이 다이어트 약까지 먹었던 것을 알게 되었다. 바로 펜타스페놀이었다. 도서관에서 그 약을 자세히 조사하다 저체중이나 우울증 환자에게 무분별하게 처방하는 것의 위험성을 경고하는 해외 논문을 발견했다. 국내에서는

3개월 이내로 투약하도록 권고하는 약이었다. 해영은 우울증을 앓았는데도 5개월 넘게 그 약을 먹고 있었다. 담당 의사는 정수정이었다.

엄초록이 정수정을 처음 대면한 것은 언니 해영의 재판정에서였다. 증인으로 채택된 정수정은 펜타스페놀의 처방이 법적으로 전혀 문제되지 않음을 피력했으며, 해영이 낸 사고 관련으로는 환자 본인의 정신병력 때문이라는 식으로 말했다. 해영의 우울증이 폭력적으로 폭발하게 된 것과 자신의 처방 사이에는 어떠한 인과관계도 없다고 선을 그었다.

"그 논문에서 나온 내용은 그저 실험에 불과합니다. 표본 집단 내에서도 증상이 발현하지 않은 사람들이 높은 비율을 차지합니다. 그 논문은 실험기간 동안 증상을 보인 피험자들에게 펜타스페놀을 제외한 또다른 변수가 없었다는 것을 증명해내지 못했어요. 이런 설명을 계속 하는 것이 무슨 의미가 있을지 모르겠네요. 다시 말하지만 처방에는 어떠한 법적 문제도 없었습니다."

그 말은 정수정 역시 논문의 내용에 대해 이미 알고 있었다는 말과 다르지 않았다. 엄초록은 벌떡 일어나 울부짖었다.

"과다처방이었어! 당신 히포크라테스 선서 했잖아!"

순간 돌아보던 정수정을, 그 입가에 어렴풋하게 걸린 비웃음을 엄초록은 평생 잊지 못할 것 같았다.

정수정을 상대로 소송을 생각해보지 않은 것은 아니었다. 그러나 상담한 모든 의료사고 전문 변호사들은 소송에 회의적이었다. 도덕적으로는 어떻든지 정수정의 처방은 법적 테두리 안에서 적법했다는 것이었다.

정수정을 증오했다. 재판 이후 엄초록의 절망과는 반대로 정수정은 수도 없이 TV에 나와 웃었다. 그녀의 병원은 여전히 호황이었다. 그것은 엄초록을 무력하게 만들었다. 자주 멍한 상태가 되었다. 덕분에 실수가 잦아져서 다니고 있던 병원에서 엄초록에게 사직을 권했다. 다른 일자리를 알아보던 도중 정수정의 병원에서 간호사를 구하는 것을 알았을 때는 운명이라고 생각했다. 정수정의 병원에 지원했고, 정수정은 엄초록을 알아보지 못했다.

처음엔 이혼한 여자니까 남자친구가 있다든가 하는 기색을 보이면 소문을 내서 곤란하게 만들 생각 정도였다. 제법 규모가 있으니 세금 탈루라든가, 의료 급여 허위 청구 정도는 찾아낼 수 있을지도 모른다고 생각했다. 하지만 정수정이

　　　　　　　　　　　　　　　　　아름다운 괴물

우울증 약을 먹고 있다는 것을 이민정 간호사로부터 우연히 듣고 계획을 바꿨다. 엄초록은 정수정이 똑같이 겪어야 한다고 생각했다. 그래서 정수정에게 주는 차에 펜타스페놀을 섞었다.

정수정은 아직도 정당방위를 주장하고 있다고 한다. 정신병으로 위장해 감형을 받으려는 계획이라고 분석하는 뉴스도 있었다. 정수정이 복용하고 있던 펜타스페놀의 영향이라는 의견도 있다. 엄초록은 이 뉴스가 더 부각되기를 바랐다. 그래서 이 약이 얼마나 위험한지를 알리고, 또한 법으로 약의 처방이 엄격히 규제돼야 한다고 생각했다.

정수정은 자신이 펜타스페놀을 먹고 있는지도 몰랐을 것이다. 정수정은 경찰에 펜타스페놀을 스스로 먹은 적이 없다고 할 것이다. 하지만 정수정의 이름으로 처방되어 있기 때문에 그 주장을 신뢰할 사람은 없다.

언니를 보고 펜타스페놀이 얼마나 위험한 약인지는 이미 확신하고 있었지만, 정수정이 아무도 없는 곳을 가리키며 손님에게 차를 내주라고 할 때는 정말 놀랐다. 경찰 조사에서 정수정은 존재하지 않는 사람에 대해 계속 말했다고 들었다. 그 여자는 어떤 사람을 만들어낸 걸까. 정수정은 그 사람에게서 무엇을 얻고, 기대했던 걸까.

엄초록은 문득 연행되어가던 뉴스 속의 정수정을 떠올렸다.

**"당신들이 원했잖아. 애 낳고도 아름다운 여자를. 육아도 잘
하면서 일도 확실히 하는 여자를. 그래서 보여줬는데 내가 무
슨 잘못이 있다는 거야?"**

그렇게 말하는 정수정은 아름다웠고, 괴물 같았다.

면회실에 도착해 기다리니 문이 열리고 투명한 벽 너머로
전해영이 나왔다. 너무나 오랜만에 본 전해영이었지만 엄초
록과는 다르게 그녀는 눈빛에는 생기가 없었다.

"언니, 나 왔어."

동생을 끔찍하게 여겼던 언니는 왜 이렇게 변해버렸을까.
언니는 살인 사건 이후 모든 것을 놓아버렸다. 의자에 앉은
언니는 엄초록이 아닌, 오른쪽 허공을 보고 있었다.

"언니, 나 복수했어."

전해영의 표정에는 여전히 변화가 없었다. 엄초록의 아래
턱이 살짝 떨렸다.

"그런데 언니, 어째서……"

전해영이 눈을 크게 깜박였다. 천천히 그 시선이 엄초록에
게로 향했다. 엄초록의 눈에서 눈물 한 줄기가 흘러내렸다.

　　　　　　　　　　　　　　　　　　아름다운 괴물

"어째서 나도 괴물이 됐을까."

채만근에게 펜타스페놀과 관련된 사건의 제보를 한 것은 엄초록이었다. 복수에 눈이 먼 엄초록은 자신의 앞에 나타난 채만근을 그저 기회라고만 생각했다. 그에게 정수정의 집 주소를 알려준 것도 엄초록이었다. 그런 사단이 발생할 것이라고는 예상하지 못했지만, 적어도 정수정이 정상적인 상태가 아니라는 것을 알고 있었다. 채만근의 죽음은 모두 자신 때문이었다. 몰래 찾아간 채만근의 장례식장에서 울부짖는 그의 딸을 보며, 엄초록은 자신 역시 살인자와 조금도 다르지 않다는 것을 깨달았다. 자신은 내일이 주어질 자격이 없는 사람이라는 것 또한 알았다.

엄초록은 이제 면회를 올 수 없을 거라고 말했고, 전해영은 눈앞의 동생을 멍하니 응시하다 허공으로 시선을 돌렸다.

이후로 두 사람은 아무런 말도 하지 않았다.

내 능력과 판단에 따라,

나는 환자에게 도움이 된다고 생각한 처방을 따를 뿐

환자에게 해를 끼칠 수 있는 처방은

절대로 따르지 않겠다.

나는 어떤 요청을 받더라도

치명적인 의약품을

아무에게도 투여하지 않을 뿐만 아니라,

그렇게 하도록 권고하지도 않겠다.

-히포크라테스 선서 中-

인생. 리셋

그래, 분명 그때였다.
자신의 인생을 송두리째 바꿔버릴 수도 있었던 갈림길에서
잘못된 선택을 했던 것이.

1

준구가 처음부터 지하철 1호선 창동역을 자살지로 지정했
던 것은 아니었다. 지금 사는 12평짜리 낡은 영구임대아파트
8층에서 뛰어내릴 수도 있었고, 이제는 쓸데도 없는 넥타이
로 목을 맬 수도 있었다. 바로 오늘, 자살할 생각이었다면 말
이다.

준구는 오늘 재판을 받아야 했다. 기획부동산 사기 사건의
피의자로서였다. 개발 제한구역으로 묶여 있는 맹지를 서울

시의 테마파크 조성 계획이 잡힌 부지 바로 옆의 땅이라고
속여 시세보다 세 배 높은 가격에 판 혐의였다. 피해자만 일
흔 명, 사기금액이 수백억 원대에 달했다. 준구는 그 기획부
동산의 사장이었다. 당연히 피해자들은 준구가 그 돈을 어딘
가에 은닉했을 거라고 주장했다. 하지만 준구는 백억 원의
끄트머리도 본 적이 없었다. 바지사장이었으니까.

모든 것은 군대 후임이었던 박기원과의 재회에서 시작되
었다. 그는 제대로 된 벌이도 못하던 준구에게 같이 사업을
해보자고 했다. 모든 자금은 자신이 댈 것이며 준구는 사무
일만 봐주면 된다고 했다. 형님이니 당연히 사장자리를 드려
야 한다는 말에 입이 찢어지게 웃었던 것이 죄라면 죄였다.
자신은 바지사장이었고 월급으로 몇백을 타갔을 뿐이었다.
그러나 사건이 터지자 박기원은 모든 혐의를 준구에게 넘겼
고 돈은 하늘에 날렸는지 땅에 숨겼는지 흔적조차 없었다.

준구는 지하철을 기다리며 옆을 돌아보았다. 귀에 무선 이
어폰을 낀 청년들, 휴대전화 게임에 빠져 있는 여자. 어딘가
로 미팅을 가는 듯 열심히 통화중인 직장인들, 손자의 손을
잡은 할아버지. 이 많은 이들 중 평범한 일상을 가지지 못한
사람은 오로지 자신 하나뿐인 것만 같았다. 그런 그가 자신
의 인생이 어쩌다 여기까지 왔는가 생각하게 된 것은 무리가

아니었다.

곰팡내 나는 영구임대아파트에 버려진 이혼남, 가진 것이라고는 지하철 카드 한 장뿐인 신용불량자, 재판을 앞둔 사기 사건 피의자. 왜 자신의 인생이 이렇게 끝도 없는 터널 속에 갇힌 것일까. 그는 박기원을 만나기 이전으로, 아내를 때려 이혼을 당하기 이전으로, 아내가 말리던 사업을 한다며 거드름을 피우기 이전으로 기억을 되짚어나가다가 기어이 아내를 선택했던 37년 전 창동역의 여름을 떠올렸다.

그래, 분명 그때였다. 자신의 인생을 송두리째 바꿔버릴 수도 있었던 갈림길에서 잘못된 선택을 했던 것이.

준구는 주변을 둘러보았다. 눅눅하고 컴컴한 지하철 플랫폼, 지하철이 들어오기를 기다리는 사람들, 칠이 벗겨진 나무의자, 무료하다는 듯 하품하는 노인들. 37년 전과 다르면서도 비슷한 풍경들은 준구의 마음을 일렁이게 했다.

37년 전 그때, 이 역에서 아내 미란을 선택하지 않았다면 어땠을까. 그날 막차를 잡아타고 청량리역 여관에서 자신을 기다리고 있던 송주에게 갔다면 말이다. 그런 생각이 들자 모두 그날의 선택 때문인 것 같았다.

송주는 부잣집 외동딸이었다. 아버지가 이름만 대면 알아주는 제지회사의 대표였다. 6.25 전쟁 때 혈혈단신으로 피난을 내려와 사업체를 키운 아버지가 회사를 물려줄 수 있는 사람은 외동딸인 송주뿐이었다. 그런 송주가 아버지의 반대를 무릅쓰고 준구에게 매달렸다. 송주는 그날 밤, 미란과 송주사이에서 갈피를 잡지 못하던 준구에게 마지막으로 선택의 기회를 주었다. 하지만 그는 결국 미란을 선택했다. 불같은 사랑 때문은 아니었다. 미란의 뱃속에 자신의 아이가 있었지만, 사실 준구는 그 막차를 타려고 했다. 자신을 쫓아오던 미란이 계단에 주저앉는 것을 보지 말았어야 했다. 미란의 치마 아래로 흘러내리던 피를 보지 말았어야 했다. 그래서 그는 어쩔 수 없이 미란을 데리고 병원으로 향해야만 했고, 송주는 결국 유학을 떠나고 말았다.

준구는 문득 휴대전화를 켜서 '송주제지'를 검색했다. 송주제지는 현재 주식회사 SJ그룹의 모태였다. 가장 먼저 뜬 기사는 '혼돈의 시대, 참리더'라는 제목을 달고 있었다. 기사에 첨부된 사진 속에 낯선 중년의 남자가 팔짱을 낀 채 포즈를 취하고 있었다. 자신만만한 미소가 남자의 풍채에 어울렸다. 그는 불경기 속에서도 모든 비정규직 사원을 정규직으로 전환하고, 경력단절 여성의 신규채용 비율을 늘렸으며, 보다 높은 품질의 제품으로 해외에서 찬사를 이끌어내는 대한민국 기업의 주역이라고 했다. 준구는 남자를 한참이나 들여다보았다. 그의 얼굴 위에 자신의 얼굴이 오버랩 되었다. 37년 전의 그 선택만 아니었더라도 이 사진에 찍힌 사람은 자신이었을 거라는 생각이 따라붙었다.

그때 경적이 들려왔다. 준구는 정신을 차리듯 고개를 들었다. 저 멀리서 플랫폼으로 진입하는 지하철이 보였다. 정신을 차린 순간 그는 자신의 현실을 여실히 깨달았다. 그는 불행했고, 후회되었고, 모든 것에 분노하고 싶었고, 복수하고 싶었다. 뭔가 억울했고, '죽고 싶다'가 아니라 '죽어야겠다'고 생각했다. 이번 생은 틀렸다는 감각이 그를 사로잡았다.

준구는 지하철 선로로 몸을 던졌다.

누군가의 비명이 들렸고, 지하철의 전면이 시야 한가득 달려들었다. 아주 찰나의 순간 커다란 빛이 준구를 빨아들었다.

2

몸이 크게 휘청거렸다. 눈앞이 휘돌았다. 허리를 숙이자 바닥이 눈앞으로 달려들 듯 일렁였다. 온몸에 힘이 빠져 간신히 무릎을 움켜쥐고 버텼다.

"괜찮으세요?"

갑자기 들려온 목소리에 준구는 허리를 숙인 채로 눈을 크게 껌벅였다. 그는 소리가 난 쪽으로 고개를 돌렸다. 이십대 초반쯤 되었을까. 어깨에 닿을 듯 말 듯한 단발머리의 남자가 그를 걱정스러운 눈길로 보고 있었다. 한쪽 어깨에 기타 가방을 메고 있었다. 준구는 크게 뜬 눈을 그에게서 거두지 못했다. 남자는 준구가 아파서 그런 거라고 생각했지만 그게 아니었다.

분명 불과 몇 초 전, 준구는 죽기 위해 지하철 선로로 뛰어들었다. 그런데 지금 이 상황은 뭘까. 왜 지하철 플랫폼이 아니라 이런 곳에 와 있는 거지? 그는 양손을 들어 이리저리 살폈다. 상처가 하나도 없었다. 준구는 주변을 둘러보았다. 선로에 뛰어들 때는 분명 낮이었는데 어느새 밤이 되어 있었다. 가장 먼저 그의 시선을 잡은 것은 창동역이라고 적힌 지하철 입구의 표지판이었다. 몇 번이나 봤던 표지판이었지만 뭔가 생경한 느낌이 들었다. 준구는 길 건너를 보았다. 도로에는 차가 한 대도 보이지 않았다. 잠시 뒤 생경함의 이유를 깨달았다. 평소 그가 보아왔던 창동역 1번 출구에는 휴대전화판매점을 비롯해 많은 상가가 즐비했다. 골목 안쪽으로는 외식 상권이 발달한 지역이었다. 그런데 그 익숙한 상점들이 하나도 보이지 않았다. 길 건너에 있어야 할 아파트도 없었다. 그는 다시 한번 출구 번호를 확인했다. 자신이 착각했다고 생각했다. 그러나 몇 번이나 확인해도 번호는 그대로였다.

그때 자신의 팔을 잡고 있던 손이 빠져나가는 것이 느껴졌다. 준구가 쓰러질까봐 걱정했던 남자는 그의 상태가 예사롭지 않자 그냥 지나가기로 결정한 모양이었다. 떠나는 남자에게 뭔가를 물어보려던 준구는 그대로 멈춰버렸다. 전자제품 가게의 통유리 창에 비친 자신의 모습 때문이었다. 불규칙하게 커트해 기른 머리 스타일, 목에 맨 노란색 스카프, 몸에 달라붙는 골프셔츠에 나팔바지. 그것은 이십대 때나 입던 아주 오래전의 옷차림이었다. 그는 유리창으로 가까이 다가갔다. 얼굴이 희미하게 비쳤다. 그는 믿을 수 없다는 듯 양손을 들어 뺨을 만졌다. 유리창에 비친 모습도 똑같은 포즈를 취했다. 그것은 분명 자신이었다. 믿을 수가 없었다. 주름이 하나도 없는 피부, 치기어린 욕망이 가득한 표정, 실패 따위는 모른다는 얼굴은 그의 이십대 시절의 모습 그대로였다.

'뭐가 어떻게 된 거지?'

혼란 속에 있던 준구는 그제야 가게 안을 들여다보았다. 뭔가 익숙지 않은 모습이라고 생각했는데 선풍기가 가득 진열되어 있었다. 혼수로 선풍기를 마련하라는 문구가 적힌 현수막이 벽에 걸려 있었다.

이것은 마치, 1980년대의 모습 같았다.

혹시 사후세계라는 걸까. 하지만 그렇다고 하기에는 너무나 생생하다.

준구는 양손을 둥그렇게 모아 유리창에 대고 그 사이에 얼굴을 박았다. 벽에 붙은 일력이 보였기 때문이었다. 일력에는 커다랗게 ‘17’이라고 적혀 있었다. 상단부에 적힌 월은 ‘8’이었다. 창을 뚫고 들어가기라도 할 듯 완전히 기대어 안을 들여다보던 준구의 눈이 휘둥그레졌다. 그는 자기도 모르게 창에서 떨어져 뒷걸음질을 쳤다. 연도가 분명 ‘1985’였다.

“말도 안 돼.”

중얼거린 순간, 골목에서 나와 달려가던 남자가 그의 어깨와 부딪혔다. 상아색 면바지에 폴로셔츠를 입고 가방을 멘 남자였다. 그는 숨을 헐떡이며 휘청거린 준구를 향해 외쳤다.

“죄송합니다. 제가 막차를 타야 해서.”

남자는 준구의 대답도 채 듣지 않고 1번 출구 안으로 빨려 들어가듯 사라져갔다. 남자가 사라지고 나서 준구의 머릿속은 새하얗게 변해버렸다. 이 상황을 믿을 수가 없었다. 그는 다시 가게 안의 일력으로 시선을 고정했다.

순간 준구는 전율했다. 바로 그날이었다. 자신의 인생을 송두리째 바꿔버린 분기점이 된 그날. 심장이 뛰었다. 준구는 무언가에 홀리기라도 한 사람처럼 1번 출입구를 향해 걷기 시작했다. 그 걸음은 점점 속도가 붙더니 이내 뜀박질로 변해갔다.

여긴 사후세계인지도 몰랐다. 그래도 좋았다. 이번에야말로 다른 선택을 하겠다고, 준구는 생각했다.

지하철 역사 안으로 뛰어들어간 준구는 황급히 바지 뒷주머니를 뒤졌다. 동전 몇 개가 짤랑거리며 만져질 뿐 늘 넣어두는 지갑이 없었다. 그 순간 절감했다. 자신은 2022년이 아니라 1985년을 살고 있다는 것을. 교통카드 따위가 있을 시기가 아니었다. 그제야 준구는 주변을 훑었다. 기억의 끄트머리에 남아 있던 광경이 눈앞에 펼쳐졌다. 투명 아크릴 창에 커다랗게 '매표소'라고 적혀 있었다. 아크릴 창 하단에 반원의 구멍을 뚫어놓고 그 안쪽에서 매표 직원이 표를 끊어주고 있었다. 개찰구에는 푸른색 정복을 입은 남자가 승객들에게 표를 받고 있었다. 이러고 있을 시간이 없다. 정신을 차린 준구는 재빨리 매표소로 다가갔다.

"청량리 한 장이요."

주머니에 든 동전을 털어 밀어넣자 안쪽에서 대답 없이 직사각형의 종이표가 나왔다. 준구는 그것을 집어들고 개찰구에 서 있는 남자에게로 갔다. 남자는 기계적으로 손을 내밀었다. 준구의 표를 받아든 그는 표에 찍혀 있는 날짜를 확인하고는 개표기로 반원 구멍을 내었다. 사용했다는 표식이다.

"아직 막차 안 떠났죠?"

남자는 준구의 어깨 너머 어딘가로 시선을 던졌다. 그가 보고 있는 것은 벽에 걸린 원형 시계였다. 금장 테두리가 달린 시계에는 전두환 대통령의 이름이 찍혀 있었다.

"5분 남았습니다."

준구는 남자가 내미는 표를 다시 받아들고는 개찰구를 통과해 플랫폼으로 향했다. 시간이 남았다고는 하지만 다급한 마음을 억누를 길이 없었다. 플랫폼에 도착하자 음습한 공기가 얼굴에 확 끼쳤다. 먼지와 곰팡이 냄새가 뒤엉켜 코를 자극했다. 상행선과 하행선 사이의 통로에 나무로 된 벤치가 군데군데 설치되어 있었다. 몇 명이 전철을 기다렸지만, 그 중에서 벤치에 앉아 있는 사람은 없었다. 벤치에 누워 있는 노숙인 때문이었다. 노란 미니원피스를 입은 여자가 불쾌한

인생, 리셋

듯 미간을 찡그리고 노숙인을 흘끗흘끗 쳐다보고 있었다.

그때 준구는 몇 걸음 떨어진 곳에 서 있는 남자를 발견했다. 익숙하다 싶었는데 조금 전 지하철 입구 앞에서 준구와 부딪혔던 남자였다. 시선이 마주치자 그도 준구를 알아보았는지 고개를 까딱했다. 준구는 어색하게 고개만 슬쩍 숙이고는 선로 끝을 응시했다. 아직 지하철은 보이지 않았다.

"없거든요?"

불쾌한 듯 날 선 목소리에 준구는 고개를 돌렸다. 어느새 일어난 건지 노숙인이 비틀거리며 미니 원피스를 입은 여자에게 말을 걸고 있었다. 내민 손을 보니 구걸을 한 것 같았다. 소리를 지른 여자는 노숙인을 피해 반대 방향으로 도망치듯 향했다. 노숙인은 여자를 보며 중얼중얼 욕설을 뱉었지만 따라가지는 않았다. 사람들이 노숙인을 못 본 척 고개를 돌렸다. 하지만 준구는 그 장면에서 시선을 떼지 못했다. 강력한 기시감이 준구의 머리를 스쳤다. 이것은 그의 기억 속에 있는 장면이었다.

'이때 지하철이 들어왔는데.'

그렇게 생각한 순간 지하철의 소음이 들려왔다. 저 멀리에서 진입하는 지하철의 앞머리가 보였다. 소름이 돋았다. 기억과 동일하게 펼쳐지는 현실은 준구를 불안하게 만들었다.

37년 전 이날, 준구가 지하철을 타지 못한 이유는 바로 다음 순간 때문이었다. 지하철을 타려는데 미란이 뒤따라왔다. 37년 전 그날이 똑같이 반복되는 것이라면 다음 순간에는 미란이 준구를 다급하게 부를 것이다.

"안 돼요, 준구 씨!"

정말로 들려온 목소리에 준구는 온몸이 뻣뻣하게 경직되어버렸다. 그는 휘둥그렇게 뜬 눈을 천천히 소리가 난 쪽으로 돌렸다. 젊은 미란이 그를 향해 팔을 내저으며 헐레벌떡 달려오고 있었다. 숨이 찼는지 가슴을 씨근덕거리던 그녀는 한 팔로 봉긋한 배를 감싸듯 어루만졌다. 순간 준구와 미란의 시선이 마주쳤다. 준구를 발견한 미란이 반색하며 손을 들었다. 그때였다. 미란의 얼굴이 급격히 일그러지며 허리가 굽었다. 미란은 양팔로 배를 감싸쥐며 들릴 듯 말 듯 신음을 흘렸다. 미란이 결국 주저앉자, 전철이 후끈한 바람을 일으키며 플랫폼 안으로 들어왔다. 준구는 미란과 지하철을 번갈아보았다. 미란이 입은 주름치마 아래로 피 한 줄기가 흘러내렸다. 흰색 양말이 빨갛게 물들었다.

"준구 씨, 나 좀…… 아기……"

지하철의 문이 열리고 대기하던 사람들이 탑승하기 시작했다. 그 순간이 준구에게는 슬로모션처럼 보였다. 준구는

인생, 리셋

고통을 이기지 못한 듯 입을 크게 벌리고 바닥을 향해 쓰러져 가는 미란을 보았다. 그는 알고 있었다. 저 뱃속의 아기를 포기하면 아들인 재준은 태어나지 못한다. 준구는 재준의 얼굴을 떠올렸다. 순간 그는 아랫입술을 꽉 깨물었다. 이 시대에, 재준은 아직 태어나지 않은 놈이다. 만약 유산된다면 그건 시간을 돌려준 하늘의 뜻일 터다. 무엇보다 제 손으로 아버지인 준구를 경찰에 신고한 녀석이었다. 아무리 어미를 좀 때렸기로서니 어떻게 아버지를 경찰에 넘길 수가 있는가. 분노가 치밀었다. 그런 호래자식은 태어나지 않아도 상관없다.

— 지하철 문 닫습니다, 지하철 문 닫습니다.

준구는 미란에게서 냉정히 시선을 돌렸다. 미란의 눈 위에 스친 절망은 그를 잡아 세우지 못했다. 준구는 37년 전 탑승하지 못했던 지하철 안으로 몸을 들였다. 지금부터 인생은 새로운 전환점을 맞는다. 가슴이 흥분으로 가득찼다.

그때였다. 문이 닫히려는 순간 우악스런 두 손이 뻗어져 들어와 준구의 멱살을 잡아챘다. 정신을 차린 순간 준구는 지하철에서 끌려나와 바닥을 뒹굴고 있었다. 엄청난 힘이었다. 준구는 상황 파악이 되지 않아 눈을 크게 껌벅였다. 지하철은 이미 출발하고 있었다.

"안 돼……"

준구의 절망은 아랑곳하지 않는다는 듯 그를 끌어낸 남자
가 다시 멱살을 잡아챘다. 남자는 준구를 일으켜세웠다. 그
제야 준구의 눈에 남자의 얼굴이 들어왔다. 그는 지하철 입
구에서 자신과 부딪혔던, 지하철을 기다리던 그 남자였다.

"너 부르는 소리 안 들려? 애가 유산되려고 하잖아!"

남자가 분기에 차서 소리질렀다. 남자가 준구의 몸을 흔들
었다. 준구는 멀어져가는 지하철 후미를 멍하니 바라볼 뿐이
었다. 멀어져간 것은 단순히 지하철의 후미뿐만이 아니었다.
원하던 미래도 멀어졌다. 절망에 찬 눈 속으로 흰 빛이 쏟아
져들어왔다.

3

지진이라도 일어난 듯 준구의 몸이 휘청거렸다. 지나가던 중
년의 여자와 몸이 부딪혔다. 불쾌하기라도 한 듯 여자가 인
상을 쓰며 노려보았지만 준구는 극심한 어지럼증 때문에 사
과를 할 정신도 없이 상체를 숙인 상태에서 이마를 짚었다.
이상한 상태를 알아차린 여자가 준구를 살펴보았지만, 그가
몸을 세우며 일어서자 다시 걸음을 옮겨 멀어져갔다. 준구는

　　　　　　　　　　　　　　　　　　　　　　인생, 리셋

거친 숨을 몰아쉬며 정신을 차리려는 듯 눈을 깊게 감았다가 떴다. 그러다 곧 자신이 지하철역 플랫폼 안에 있다는 것을 깨달았다.

준구는 주변을 살폈다. 무선 이어폰을 낀 청년, 게임에 빠진 여자, 통화중인 직장인, 손자와 할아버지. 그는 자신이 2022년으로 돌아와 있다는 것을 알아차렸다. 문득 몸을 살폈다. 다친 곳은 없었다. 혹시 꿈이라도 꾼 걸까. 그럴 리가 없다는 것은 스스로가 가장 잘 알았다. 만약 자신이 본 1985년의 일이 꿈이었더라도, 그는 분명 선로로 뛰어들었다. 지하철이 진입하는 순간 뛰어내렸기에 사고를 피할 수도 없었다. 지금 그는 선로에 뛰어들기 직전으로 돌아와 있었다.

준구는 호흡을 가라앉히며 기억을 되짚어나갔다. 그러곤 기억에 약간의 변화가 있음을 깨달았다. 1985년 여름의 그날, 그는 지하철 플랫폼에서 미란을 피해 막차를 탔다. 그러나 갑자기 나타난 남자가 그를 지하철에서 끌어내렸다. 남자가 부른 구급차를 타고 준구는 미란과 병원으로 향했고, 다행인지 불행인지 유산은 되지 않았다. 뒤늦게 송주를 찾아갔지만 그녀는 만나주지 않았고 곧 유학길에 올랐다. 결국 그는 미란과 결혼했고 그의 삶은 불행해졌다.

준구는 아랫입술을 깨물었다. 하늘이 자신을 가엽게 여겨

내려준 기회를 그 지긋지긋한 여자 때문에 놓쳐버렸다고 생각하니 분노가 치밀었다.

― 지금 청량리, 인천 방면으로 가는 열차가 들어오고 있습니다. 노란 선 바깥으로 물러나주시기 바랍니다.

지하철이 진입하며 나는 소음이 공기를 흔들었다. 사람들이 탈 준비를 하는 듯 한걸음씩 앞으로 나섰다. 준구는 아주 짧은 순간 생각했다. 다시 한번 기회를 얻을 수 있지 않을까? 혹여 실패한다 해도 그가 잃는 것은 없었다. 어차피 죽어도 상관없는 인생이었다.

지하철의 앞머리가 진입해오는 걸 본 순간 그는 이를 악물었다. 아까보다 두려움이 더 크긴 했지만 이판사판이었다. 그는 두 주먹을 움켜쥐었다. 그리고 지하철이 조금 더 가까워지자 그는 비명에 가까운 기합을 지르며 선로를 향해 뛰어들었다.

4

날카로운 이명이 엄습했다. 그는 반사적으로 양손을 들어 귀를 틀어막았다. 이명은 금세 수그러들었다. 그러자 정신이 들었다. 준구는 천천히 고개를 들었다.

밤, 선풍기가 진열된 전자제품 대리점, 그 안에 걸려 있는 1985년 8월 17일을 가리키는 일력. 창동역 1번 출구.

"돌아왔다."

그는 믿을 수 없다는 듯한 말투로 중얼거렸다. 전자제품 대리점에 비친 자신의 모습을 보고는 환호에 차 두 주먹을 불끈 쥐었다. 쾌감이 온몸을 휩쓸고 지나갔다.

역시 하늘은 나를 버리지 않았다.

기뻐하는 순간 그의 몸이 휘청했다. 지나가던 누군가가 부딪힌 탓이었다.

"죄송합니다, 제가 막차를 타야 해서."

상아색 면바지에 폴로셔츠를 입은 남자. 그는 거듭 고개를 숙인 뒤 지하철 입구 쪽으로 뛰어들어갔다. 준구의 눈에 푸른빛이 일렁였다. 저 남자만 아니었다면 인생을 바꿀 수 있었다. 타야 하는 것이 막차만 아니었다면 좋았을 테지만 또다시 준구는 지하철역으로 들어갈 수밖에 없었다. 37년 전 그때처럼 주머니에는 동전 몇 개뿐이어서 택시를 탈 수도 없다. 준구는 결심하듯 아랫입술을 질끈 깨물었다. 답을 안다면 피할 수 있는 운명이다. 준구는 남자가 들어간 지하철 입구를 향해 걸었다.

계단을 내려가자 플랫폼에 서 있는 남자가 보였다. 그를 보는 준구의 눈빛이 고울 리 없었다. 무심결에 고개를 돌리던 남자가 준구를 발견했다. 그는 준구가 자신을 알아본다고 생각했는지 고개를 살짝 끄덕였다. 준구는 아무런 반응도 보이지 않고 계단을 마저 내려갔다.

아까처럼, 아니 지난 생에서처럼 남자의 옆에 서 있으면 또다시 모든 게 엉망이 될 것이었다. 남자와 최대한 멀리 떨어져야 한다. 준구는 남자를 지나쳐 플랫폼을 따라 걸었다. 맨 끝의 승차장까지 갈 생각이었다. 그때였다.

"안 돼요, 준구 씨!"

준구는 반사적으로 걸음을 멈췄다. 뒤돌아보지 않아도 그것이 미란이라는 것은 알 수 있었다. 준구는 걸음을 더욱 빨리했다.

"준구 씨, 나 좀…… 아기……"

미란의 외침은 진입하는 지하철의 소음에 휩싸여버렸다. 준구는 초조하게 지하철이 정차하기를 기다렸다. 준구는 흘깃 미란 쪽을 보았다. 그리고 순간 경악에 차 눈을 휘둥그렇게 떴다. 남자가 준구를 향해 달려오고 있었다.

"이봐요, 잠시만요!"

정말이지 정신이 어떻게 되어버린 사람이 아닌가 싶었다.

왜 남의 일에 저렇게까지 관여하는지 모를 일이었다. 남자는 준구를 향해 손을 흔들며 전속력으로 달려오고 있었다. 준구의 조바심이 극에 달했다. 하지만 하늘은 그의 편이었다. 드디어 정차한 지하철이 바람 빠지는 소리를 내며 문을 열었다. 준구는 주저하지 않고 안으로 뛰어들었다.

— 출입문 닫습니다. 출입문 닫습니다.

삐이, 소리를 내며 출입문이 닫히기 시작했다. 준구는 깊은 한숨을 내쉬었다. 하지만 안도는 일렀던 모양이다. 닫히는 문 사이로 남자의 두 손이 불쑥 들어왔다. 반사적으로 펄쩍 뛰어 뒤로 물러나지 않았으면 이전처럼 남자의 손에 멱살을 잡혔을지도 모르는 일이었다. 하지만 안심하기는 일렀다. 문 사이로 뻗은 손 때문에 다시 문이 열리고 있었다. 준구는 이를 악물었다. 쉽게 얻은 기회가 아니었다. 절대 놓칠 수 없다.

"으아압!"

기합을 내지른 준구의 발이 남자의 복부를 강타했다. 부지불식간에 당한 일에 남자는 저항 한번 해보지 못하고 뒤로 벌러덩 나자빠졌다. 신음하며 구르던 남자가 상체를 들어올리며 어이없다는 듯 준구를 보았을 때는 이미 출입문이 닫힌 뒤였다. 남자는 포기하지 않고 일어나 다시 지하철로 달려들려고 했지만 차는 이미 출발하기 시작했다. 기막혀하는 남자의 모습이 빠르게 뒤로 멀어져갔다.

준구는 벽에 손을 댄 채 깊은 한숨을 내쉬었다. 이제 자신을 가로막는 것은 아무것도 없다. 목덜미에 흐르는 땀을 닦으며 돌아섰을 때 자리에 앉아 있는 여자와 눈이 마주쳤다. 두꺼운 노트를 끌어안고 있는 것으로 봐서는 대학생 정도로 보였는데, 준구를 보는 시선에서 경계심을 굳이 감추지 않았다. 여자가 보기에는 준구가 누군가에게 쫓기는 범죄자처럼 보였을지도 모른다. 준구는 여자에게서 멀리 떨어져 객차 제일 안쪽의 자리에 가 앉았다.

준구는 새삼 지하철 안을 신기한 듯 둘러보았다. 객차 안은 꽤 더웠다. 에어컨이 가동되는 것 같기는 했지만 충분히 시원하지는 않았다. 생각해보면 초창기 지하철은 선풍기만으로 버텨야 했다. 지금의 사람들에게는 이마저도 발전한 시스템일 터였다.

문득 준구의 시선을 잡아끈 것은 낙창식 유리창이었다. 2022년의 지하철과는 가장 다른 점이다. 아래에서 위로 밀어올리는 창을 2022년의 젊은이들은 상상도 못할 거다. 왠지 어린 시절 동창이라도 만난 듯 반가운 기분이 들었다. 그러나 그런 감정은 오래가지 못했다. 갑자기 얼굴에 훅 불어닥친 뜨거운 바람 때문이었다. 뭔가 싶어 보니 그가 앉은 맞은편 자리의 유리창을 웬 남자아이가 활짝 열고 있었다. 남자아이는 창밖으로 손을 반쯤 내민 상태였다. 아이의 손에는 비행기 모양 봉제인형이 들려 있었다. 아이는 비행기 인형에 부딪는 바람이 신기한 모양이었다. 바람의 저항에 휙 밀린 비행기를 앞으로 당겼다가 다시 밀리기를 반복했다. 아이의 얼굴에는 장난기가 철철 흘렀다.

준구는 솔직히 짜증스러웠다. 그렇잖아도 더운데 창밖에서 뜨거운 바람이 몰아닥쳤고, 먼지도 들어오는 것 같았다. 게다가 열차의 소음이 고스란히 전해져 들어와, 조급한 마음을 불쾌하게 만들었다.

"야, 문 닫아."

퉁명스러운 어조로 말했지만 아이는 들었는지 듣지 못했는지 돌아보지도 않았다. 준구는 이맛살을 구겼다.

"야!"

준구가 소리를 지른 뒤에야 아이가 뒤를 돌아다보았다. 위협하듯 눈을 희번덕거리며 말했다.

"창문 닫으라고."

아이는 준구를 빤히 바라보았다. 어른이 말하면 대답을 해야지, 잔소리를 하려는 순간 아이가 휙 돌더니 다시 창밖으로 손을 내밀고 장난을 쳐댔다. 못들은 것도 아니다. 명백히 무시하고 있는 것이다. 그런 생각을 하자 화가 불끈 치밀어 올랐다.

"이 새끼가. 애 엄마는 뭐하는 거야?"

준구는 험악한 얼굴로 주변을 돌아보았다. 그의 시선을 잡은 것은 아이와 조금 떨어진 출입문 바로 옆 자리에 앉은 여자였다. 여자는 피곤에 전 얼굴로 고개를 늘어트린 채 잠에 빠져 있었다. 한데로 묶은 머리는 푸석해 보였다. 누렇게 변색되어버린 낡은 운동화를 신은 발 옆에 여자가 품에 끌어안기도 버거울 만큼 커다란 보따리가 놓여 있었다. 장사를 하는 여자인지도 몰랐다. 준구가 여자를 향해 언성을 높였다.

"아줌마! 이봐요, 아줌마!"

준구가 큰 소리를 내자 객차 안에 있던 몇 안 되는 사람들의 시선이 모였다. 여자도 소란을 느꼈는지 부스스 고개를 들고는 멍하니 눈을 떴다. 처음엔 자신을 향한 말인 줄 몰랐던 듯 눈을 껌벅이다가 준구의 시선과 마주치자 정신을 차리고 굽었던 허리를 곧추세웠다.

"애 좀 봐요!"

"우리 엄마한테 뭐라고 하지 마!"

남자아이의 주먹이 준구의 옆구리를 때렸다. 반대편 의자에 있던 아이가 어느 사이엔가 준구의 옆에 와 있었다. 준구

  인생, 리셋

의 얼굴이 일그러졌다. 예닐곱 살 되는 남자아이의 주먹은 생각보다 아팠다. 남자아이의 엄마로 보이는 여자가 일어서며 걸음을 뗐지만 아이의 손을 움켜쥐는 준구의 손이 더 빨랐다. 준구는 아이의 손에서 거칠게 비행기 인형을 빼앗았다. 아이는 인형을 다시 돌려받기 위해 까치발을 하고 매달렸지만 준구는 인형을 높이 치켜들고 무서운 얼굴을 했다. 1985년이든 2022년이든 이게 다 애새끼들을 오냐오냐 키워서 그렇다.

"저기요."

여자가 다가오며 준구를 불렀다. 여자가 사과한다면 애 교육 좀 잘 시키라고 훈계나 몇 마디 해줄 생각이었다.

"줘, 주라고!"

남자아이가 다시 주먹을 쥐고 준구의 배를 가격했다. 아이는 인형을 돌려받을 생각뿐이었는지도 몰랐지만 경솔했다. 그것은 준구의 이성의 끈을 끊어버리기에 충분했다. 준구는 욱하는 마음에 인형을 창밖으로 던져버렸다. 고속으로 달리는 열차의 뒤로 밀려나는 거친 바람 속으로 인형이 빨려들어갔다.

"안 돼!"

순간적으로 벌어진 일이었다. 창밖으로 빨려나간 비행기

를 따라 남자아이가 몸을 날렸다. 남자아이의 몸이 창밖의 어둠 속으로 절반이나 나갔다. 남자아이를 잡아챈 것은 무서운 속도로 달려든 아이의 엄마였다. 아이를 안은 여자가 열차의 바닥을 굴렀다.

여자가 벌떡 일어난 것과 아이의 비명이 울린 것은 거의 동시였다. 아이의 팔은 기이해 보일 정도로 바깥을 향해 심하게 꺾여 있었다. 피부는 벗겨져 허연 뼈가 드러났다. 열차가 다음 역의 플랫폼으로 진입하면서 터널 기둥에 팔이 걸린 것 같았다. 아이는 길고 긴 비명을 질러댔고, 여자는 도와달라고 소리쳤다. 사람들이 하나둘 가까이 다가왔다.

준구는 넋을 잃은 표정으로 멍하니 서 있기만 했다. 누군가 객차 안에 달린 비상벨을 누르는 것이 보였다.

5

훅 떨어지는 놀이기구에 탄 것처럼 밀려들던 아찔함이 사라지는 순간, 준구는 눈을 떴다. 창동역, 상당한 인파, 지하철이 전 역을 출발했다고 알리는 모니터. 2022년에 돌아왔다는 것을 깨달은 순간 그는 괴성을 질렀다.

인생, 리셋

"시발!"

주변에 서서 무심하게 휴대전화를 보던 사람들이 인상을 찡그린 채 준구를 보았다. 몇몇은 뒷걸음질을 쳐 준구에게서 멀리 떨어졌다. 하지만 준구는 다른 사람을 전혀 신경쓰지 않았다. 반사적으로 기억을 되짚어 읽어나간 순간 자신의 인생이 조금도 달라지지 않았다는 것에 분노할 뿐이었다.

준구의 기억은 아주 약간 바뀌어 있었다. 37년 전 그날, 지하철에서 발생한 사고 때문에 결국 준구는 경찰서에 끌려갔다. 병원에 실려간 아이는 팔에 철심을 박는 대수술이 필요하다고 했다. 아이의 엄마는 준구가 엄중한 처벌을 받길 원했지만, 경찰은 우선 그를 불구속기소하기로 했다. 준구는 사과를 할 틈도 없이 송주가 기다리고 있을 모텔로 달려갔다. 하지만 송주는 이미 그곳에 없었다. 송주의 마음을 돌릴 기회는 있다고 생각했다. 송주의 아버지에게 어떤 수모를 당하더라도 송주를 잡아야만 했다. 그러나 그렇잖아도 둘의 사이를 반대하던 송주의 아버지가 아동 폭행으로 재판을 앞둔 그를 허락할 리가 없었다. 결국 송주는 유학길에 올랐고, 행인의 도움으로 간신히 유산을 면한 미란이 출산을 했다. 바뀐 것은 아무것도 없었다. 그의 인생은 다시 하향곡선에 올라탔다. 그것은 지금 자신이 선 이 창동역이 증명하고 있다.

결국 그가 선택할 수 있는 것은 죽음뿐이었다.

준구는 다시 욕지거리를 뱉었다. 하늘이 준 기회인데 아무리 인생을 되돌리려고 해도 결국 미란이 발목을 잡았다. 어떻게 해도 미란을 떨쳐버릴 수가 없었다. 지하철에서 벌어진 아이와의 사고도 전부 미란 때문이었다. 따라오지만 않았더라도, 폴로셔츠를 입은 남자를 피해 그 열차 칸까지 뛰어가 타지 않아도 됐었던 일이었다.

그래, 미란 때문이다. 설령 송주를 놓치는 것이 어떻게 해도 바꿀 수 없는 정해진 운명이라 하더라도 미란이 아니었다면 자신의 인생은 달라졌을지도 몰랐다. 결혼도 하지 않은 여자가 부주의하게 임신한 것이 뭐 자랑이라고 발목을 잡는단 말인가. 그래놓고도 결국 자신의 인생을 이렇게 만들어버렸다. 사업 실패도 다 미란 때문이다. 다른 남자들은 처가나 능력 있는 마누라가 크게 뒷받침을 해준다는데 자신은 그런 것을 받아본 기억이 없었다. 그깟 생활비 몇 푼 벌어온다고 해대는 잔소리가 고까웠다.

— 지금 청량리, 인천 방면으로 가는 열차가 들어오고 있습니다.

방송이 들림과 동시에 오른쪽 선로에서 열차가 진입하는 것이 보였다. 심장이 쿵쿵 뛰었다. 주저할 이유는 없었다. 그는 안전선 바깥쪽을 향해 크게 한 발짝을 디뎠다. 몇 발짝 떨

　　　　　　　　　　　　　　　　　인생, 리셋

어진 곳에 서 있던 노인이 뭔가를 느낀 듯 의아한 눈길로 준구를 보았지만, 조금도 개의치 않았다. 그를 말리기 위해 노인이 소리를 지르는 것보다 준구가 열차를 향해 뛰어드는 것이 훨씬 빨랐다. 준구는 들어오는 열차를 향해 크게 양팔을 벌렸고, 그런 그의 결정을 환영이라도 하듯 뿜어져나오는 강렬한 빛 속으로 빨려들어갔다.

6

적막했다. 바람이 부는 듯 나뭇잎이 서로 부딪는 청량한 소리가 들렸다. 후끈한 공기가 피부에 들러붙었지만 기분이 나쁘지 않았다. 준구는 천천히 눈을 떴다. 그리고 자신의 눈앞에 펼쳐진 광경에 짜릿한 쾌감을 맛보았다.

이것이 하늘의 뜻이라고 생각했다. 몇 번이고 실패해도 하늘은 준구에게 기회를 주고 싶어했다. 어떻게든 그가 스스로 인생을 바꾸길 바라는 것이었다.

눈앞에 펼쳐진 1985년의 풍경이 준구를 만족스럽게 했다. 그는 잠시 눈을 감고 그곳의 공기를 가슴에 한가득 채웠다. 준구가 눈을 뜬 것은 누군가 어깨를 치고 지나갔기 때문이었다.

"죄송합니다, 제가 막차를 타야 해서."

꾸벅 인사를 하고 지하철역 입구로 달려들어가는 폴로셔츠의 남자. 준구는 잠시 남자를 노려보았다. 하지만 이러고 있을 시간은 없었다. 자신도 마지막 열차를 반드시 타야만 했다. 어차피 남자를 피할 방책은 세워져 있다.

준구는 남자가 사라진 입구를 향해 계단을 올랐다. 매표소로 가서 청량리행 표를 끊은 뒤 개찰구를 지나 플랫폼으로 내려갔다. 폴로셔츠의 남자를 경계하는 눈으로 쳐다보았다. 한걸음이라도 멀리 떨어질 생각에 준구는 남자를 지나쳐 위쪽 승차장으로 올라가기 시작했다. 잠시 고민을 한 것은 사실이었다. 사고를 내는 그 꼴도 보기 싫은 사내아이를 피하려면 아래쪽으로 내려가야 하는 건 아닌가 생각했던 것이다. 하지만 곧 생각을 고쳐먹었다. 그 아이는 준구가 아니더라도 분명 사고를 낼 것만 같았다. 그렇게 되면 열차는 긴급 정차한다. 자칫하면 또 송주를 놓치고야 마는 것이다. 차라리 사고 자체가 나지 않게 하면 되지 않을까. 자신이 그렇게 만들 수 있을 것 같았다. 준구는 이전의 생처럼 빠르게 위쪽으로 올라갔다. 어느새 지하철이 진입하고 있었다. 지하철 역사 안을 가득 채운 소음 속에서도 뒤쪽으로 신경이 쏠렸다. 이제 그 지긋지긋한 목소리가 들릴 타이밍이었기 때문이다.

"안 돼요, 준구 씨!"

준구는 뒤도 돌아보지 않았다. 그는 그대로 달리기 시작했다.

"준구 씨, 나 좀…… 아기……"

그놈의 아기. 치가 떨렸다. 차라리 유산되어버렸으면. 그런 생각이 잠깐 들었다.

"이봐요, 잠시만요!"

준구를 잡기 위해 폴로셔츠의 남자가 달려왔다. 준구는 재빨리 열차 안으로 몸을 들였다. 문이 닫히려는 순간 준구를 잡으려는 듯 남자의 팔이 불쑥 들어왔다. 준구는 한 손을 들어 자신에게 뻗어온 팔을 힘껏 내려쳤다. 폴로셔츠의 남자가 비명을 지르며 반사적으로 손을 뺐다. 그것만 해도 남자를 따돌리기에는 충분했지만 황당한 듯 자신을 보는 시선에 왠지 불끈 화가 치솟았다. 준구는 한쪽 발을 들어 남자의 배에 그대로 꽂았다. 남자가 뒤로 벌러덩 자빠졌다.

"흥, 남의 일에 끼어들지 말라고."

자빠진 남자가 배를 움켜쥐며 일어나는 사이 서서히 문을 닫은 열차는 출발하기 시작했다. 창밖에서 뒤로 밀려나가는 남자의 모습을 보며 준구는 한쪽 입술 끝을 끌어올려 비죽 웃었다. 열차가 역사를 벗어났을 때 준구는 비로소 객차 안으로 몸을 돌렸다. 몇몇 사람이 경계하는 듯한 눈으로 보았지만 신경쓰지 않았다. 준구의 신경은 오로지 잠들어 있는 여자에게 가 있었다.

이전 생에서 걸림돌이 되었던 사내아이는 객차 구석의 의자에 무릎을 굽히고 올라가 창밖으로 지나가는 풍경을 보고 있는 상태였다. 사내아이의 손에 비행기 인형이 들려 있었다. 준구의 눈썹 끝이 꿈틀거렸다. 자기 새끼가 무슨 짓을 벌일지도 모르고 잠에 빠져 있는 여자를 후려쳐주고 싶은 충동이 들었지만 가까스로 참았다. 여기서 문제를 일으키면 안되었다.

준구는 사내아이의 맞은편 의자에 앉았다. 한시도 경계를 늦추지 않고 아이를 응시했다. 미리 사고를 방지하기 위해 아이를 끌어다 제 어미한테 던져버리고 싶었지만, 괜한 싸움이 붙어 또다시 발목을 잡힐지도 모른다는 생각에 그만두었다. 깊이 생각해야만 한다.

아이가 창문을 밀어올린 것은 두 정거장이 지나고서였다. 아이는 비행기모양 인형을 들고 휘, 소리를 내며 날아가는 시늉을 하고 있었다.

"야!"

그러나 준구의 외침은 열린 창에서 들어오는 전철의 소음 속으로 묻혀버리고 말았다. 준구는 배에 힘을 주고 다시 한 번 외쳤다.

"야!"

그제야 아이가 어리둥절한 얼굴로 돌아보았다. 열차 안에 타 있던 다른 승객들도 고개를 돌려 호기심어린 눈길을 보냈다. 창문을 닫으라고 소리를 지르려던 준구는 자리에서 벌떡 일어나 아이에게로 성큼 다가갔다. 그러고는 거친 손길로 창문을 잡고 내려버렸다. 무자비하게 쏟아지던 소음들이 전철 바깥으로 튕겨나갔다.

"왜 그래요?"

아이가 앙칼진 눈초리로 준구를 올려다보았다. 속에서 부글거리는 게 끓어올랐지만 꾹 참았다. 성질 같았으면 저 작은 얼굴을 곧장 뭉개놨을 것이다.

"창문 열지 마, 손 잘리고 싶어?"

"아저씨가 뭔데 그래요?"

"조그만 게 입만 까져서는! 어디다 말대답이야?"

준구는 눈을 부라렸다. 각진 얼굴, 까무잡잡한 피부, 커다란 주먹, 매서운 말투. 아이가 보기에 충분히 위협적이었다. 아이는 곧장 얼굴이 일그러졌고 눈에 눈물이 맺히기 시작했다. 준구는 제발 좀 울지 말라고 말해주고 싶었다. 애가 울면 진짜로 폭력을 휘두르지 않을 자신이 없었다. 다행히 아이의 엄마가 불상사를 막았다.

"어머, 죄송합니다."

준구와 아이 사이에 끼어든 엄마는 누가 봐도 비굴할 정도로 고개를 조아리며 아이의 손을 잡았다. 준구는 희번덕거리는 눈으로 여자를 노려보았다.

"애새끼가 이런데 잠이 쳐 와요?"

고개를 숙이던 여자의 어깨가 움찔했다. 하지만 그녀는 재차 고개를 숙였다.

"죄송합니다. 재민이 너, 말썽 피우면 안 된댔지?"

여자는 아이의 손을 잡고 자신이 앉아 있던 자리로 돌아가려 몸을 돌렸다.

"시발. 애새끼 데리고 이 늦은 시간에 왜 쳐 돌아다니는 거야? 꼬락서니 보니 밤일하게 생기지도 않았는데."

객차 바닥에 침을 퉤 뱉으며 중얼거린 소리를 여자가 들은 모양이었다. 우뚝 멈춰선 여자가 뒤돌아 준구를 노려보았다.

"지금 뭐라고 하셨어요?"

"뭐?"

"다 들었거든요?"

"들었으면 뭐 어쩌라고?"

여자는 아까와는 다르게 똑바로 뜬 시선을 준구에게 박아 넣고 있었다.

"지금 하신 말씀 명예훼손이거든요?"

준구는 헛웃음을 터뜨렸다. 가만히 여자를 보자니 아내인 미란이 떠올랐다. 꾸밀 줄도 모르고 여자다운 매력도 없는 주제에 말끝마다 아는 척을 해서 고까웠던 일이 한두 번이 아니었다. 그 잘난 대학 좀 다녔다고 꼴값을 떨어댔다. 남편 뒷바라지도 제대로 못하는 주제에 잘났다고 설쳐대는 꼴이 우스웠다. 주먹질로 본 때를 보여줘야 겨우 고개를 숙였다. 여자의 얼굴 위로 미란의 얼굴이 떠오르자 금세 손이 근질거렸다. 준구는 거의 반사적으로 손을 치켜들었다. 여자가 움찔하며 고개를 수그렸다. 어차피 여기서 문제가 일어나 또다시 송주에게 가지 못하게 되더라도 다시 인생을 돌리면 그만이었다.

"저기요, 뭐하시는 거예요?"

느닷없이 날아든 앙칼진 목소리가 준구의 손을 멈춰 세웠다. 객차 중간쯤에 앉아 있던 젊은 여학생이었다. 대학생인지 무릎까지 내려오는 청치마를 입고 두꺼운 노트를 품에 안고 있었다. 여대생은 목소리에 힘을 주어 말했다.

“애한테도 그렇고 아까부터 계속 소란 피우신거 다 봤거든요? 경찰에 신고할 거예요!”

어이가 없었다. 준구는 고개를 양옆으로 우두둑 소리가 나게 꺾으며 여학생을 노려보았다.

“와, 이년이나 저년이나 왜 이렇게 잘난 년들밖에 없어.”

준구는 여학생 쪽으로 발을 디뎠다. 눈에 띄게 겁먹은 듯한 안색이 되었으나 여대생은 입술에 힘을 주고 준구를 향해 일어섰다. 한주먹거리도 안 되는 것들이 기어오르면 어떻게 되는지 보여줄 필요가 있었다.

그러나 준구는 여학생 쪽으로 더 다가가지 않았다. 자신에게 꽂히는 시선을 느꼈기 때문이었다. 곱지 않은 시선 속에서 준구를 향해 일어나려는 몇몇 남자들이 보였다. 준구는 짜증스럽게 입술을 질끈 물었다.

그때 전철이 멈췄다. 어느새 다음 역에 도착한 모양이었다. 치익 소리를 내며 열린 문으로 아이의 손을 잡은 여자가 도망치듯 내렸다. 뒤늦게 알아차린 준구가 매서운 시선을 보냈지만 전철의 문이 이미 닫히고 있었다. 열이 머리끝까지 치솟았다. 준구는 주머니에 손을 넣어 잡히는 걸 아이에게 던졌다. 그러나 그것은 아이에게 채 닿지도 못한 채 매가리 없이 바닥에 떨어졌다. 뒤늦게 보니 구멍 뚫린 전철표였다.

　　　　　　　　　　　　　　　　　인생, 리셋

그 사이 전철문은 다시 닫혀버렸다. 유리창 너머에서 아이가 엉덩이를 흔들며 혀를 날름거렸다. 준구가 욕지거리를 뱉었지만 창 너머의 아이에게는 전해지지도 않을 터였다. 전철이 다시 출발했다.

"시발."

이를 갈며 돌아서자 아직도 그를 노려보고 있던 여대생과 눈이 마주쳤다. 준구는 주변을 둘러보았다. 남자들이 적대적인 눈빛을 보내고 있었다.

"운 좋은 줄 알아."

준구는 낮게 뇌까리고는 구석 자리로 가 털썩 앉았다. 전철 안에는 무거운 침묵이 가라앉았다.

— 다음 역은 청량리, 청량리역입니다. 내리실 문은 오른쪽입니다.

방송이 들려온 순간 준구는 벌떡 일어섰다. 조금 전까지의 분노가 모두 씻겨나가고 그 자리를 쾌감이 차지했다. 드디어, 인생을 바꾼다.

준구는 가만히 앉아 있지를 못하고 문 앞에 바짝 다가섰다. 왠지 지하철이 더 늦어진 것만 같았다. 애타는 마음을 알겠다는 듯 잠시 뒤 지하철이 플랫폼 안으로 들어갔다. 창밖으로 보이는 '청량리역'이라는 팻말이 그의 가슴을 일렁이게 했다. 문이 열림과 동시에 그는 쏜살같이 달려나갔다.

"이봐요, 잠깐만요!"

다급히 뛰어 개찰구를 벗어나는 순간 누군가 그를 불러 세웠다. 돌아보니 푸른 정복을 입은 남자가 미간을 찌푸리고 그를 보고 있었다. 조금 전 준구가 지나친 역무원이었다. 그는 빠르게 다가와 준구를 향해 손을 내밀었다.

"표 내셔야죠."

"예?"

"전철표요. 내릴 때도 확인시켜주셔야 하는데요?"

준구는 역무원이 못 알아들을 소리를 한다는 듯 멍해진 눈으로 그의 손을 들여다보았다. 깨달음이 찾아온 것은 몇 초 지나지 않아서였다. 그랬다. 기계화되기 이전에는 지하철표를 역무원에게 탈 때와 내릴 때 모두 확인시켜야 했다. 무임승차하는 승객들을 잡기 위한 절차였다.

준구는 주머니에 손을 집어넣었다. 잡히는 것은 아무것도 없었다. 아차 싶은 듯 준구의 얼굴이 일그러졌다. 아까 지하철 안에서 놀리는 남자아이를 향해 집어던진 것이 전철표였다는 것을 뒤늦게 깨달았다.

"아까 좀 무슨 일이 있어서 잃어버렸는데."

역무원의 입가가 가볍게 씰룩였다. 많이 들어본 소리라는 듯한 얼굴이었다. 비웃고 있는 것이다.

　　　　　　　　　　　　　　　인생, 리셋

"진짜예요. 어차피 탈 때 확인했으니까 상관없잖아요!"

"탈 때 몰래 타는 사람들도 많아서 두 번 확인하는 거 모르세요? 없으면 사무실 가서서 운임 내셔야 해요."

돈이 있을 리가 없었다. 그럴 돈이 있었으면 이 지긋지긋한 지하철은 타지도 않았을 것이었다.

"지금 돈 없어요. 못 믿겠으면 아까 내가 내린 지하철 안을 찾아보든가."

던지듯 말해놓고 준구는 휙 하니 돌아섰다. 역무원이 그의 팔을 잡았다.

"아뇨, 그러시면 안 되고요……"

순간 신경줄이 툭 끊어져버렸다. 아까부터 쌓여온 화가 순식간에 폭발했다. 별 같잖은 것들이 자신의 앞을 막아서는 것을 용서할 수가 없었다. 눈이 뒤집힌 준구가 팔을 휘둘러 자신을 잡고 있는 역무원의 손을 간단히 떨쳐내고는 동시에 양손으로 그의 어깨를 힘껏 밀쳐버렸다.

"시발, 건드리지 말라고!"

순간적으로 당한 일에 역무원이 뒤로 벌러덩 자빠졌다. 실수했다는 생각은 들었지만 그것은 찰나였다. 그까짓 돈으로 남의 앞길을 막아서는 왜 그런 꼴을 당하는가 싶었다. 넘어졌던 역무원이 휘둥그레진 눈으로 준구를 보다가 벌떡 일어나 벽에 붙은 버튼을 눌렀다. 그 버튼이 무슨 역할을 하는지는 오래 지나지 않아 알 수 있었다. 꺾어진 복도 쪽에서 남자 세 명이 이쪽을 향해 달려오고 있었다.

'모르겠다. 될 대로 되라.'

그렇게 생각하며 준구는 자신을 다시 잡으려 일어나는 역무원의 얼굴에 주먹을 꽂았다. 역무원은 비명도 지르지 못한 채 얼굴을 감싸며 주저앉았다. 손가락 사이로 검붉은 피가 흘러나왔다.

"뭐야!"

다가오던 세 명 중 한 남자가 외치기 무섭게 나머지 둘이 더 빠르게 달려왔다. 준구는 몸을 홱 돌려 달렸다. 역사를 벗어나 계단을 뛰어내린 다음 인적 없는 시장 골목을 가로지른 뒤에야 남자들을 따돌릴 수 있었다.

준구는 거친 호흡을 몰아쉬면서도 비릿한 웃음을 흘렸다. 질질 흐르는 피를 훔치는 역무원을 떠올리자 꼴좋다는 생각이 들었다. 시답잖은 일로 남의 발목을 잡으면 어떻게 되는지 제대로 보여줬다고 생각했다.

거기서 더 오래 있을 수는 없었다. 준구는 송주가 있을 모텔을 향해 달리기 시작했다.

모텔이 눈앞에 보인 순간 역시 하늘은 자신의 편이라고 생각했다. 어깨가 잔뜩 처진 채 모텔 계단에서 내려오고 있는 송주를 발견했기 때문이었다. 그녀는 준구에게 버림받았다고 생각했는지 한쪽 손으로 연신 눈물을 훔치고 있었다.

"송주야!"

고개를 들던 송주가 이내 준구를 발견하고는 걸음을 우뚝 멈춰 세웠다. 송주는 놀란 눈을 하고 준구를 보고 있었다. 멀리서도 알아볼 수 있을 정도로 아름다운 얼굴에 심장이 두근거렸다. 준구는 박힌 듯 서 있는 송주를 향해 달려갔다. 그러고는 송주가 어떤 말을 하기도 전에 그녀를 당겨 품에 안았다. 그녀의 여리한 몸이 준구의 품속으로 들어왔다. 처음부터 하나였던 듯이 두 사람의 몸이 꼭 맞물렸다. 준구의 가슴이 성취감으로 가득찼다.

7

무릎이 꺾였다. 온몸의 피가 일순간에 발끝으로 빠져나가는 기분이었다. 호흡이 멈춤과 동시에, 관자놀이에 날카로운 통증이 엄습했다. 빠르게 돌던 놀이기구에서 튕겨나간 것처럼 눈앞이 휘돌았다.

"여보, 괜찮아?"

간신히 무릎을 짚고 중심을 잡고 있던 준구의 팔을 누군가 부드럽게 쥐었다. 그 목소리에 준구는 잠에서 깨어난 듯 정신 차렸다. 부옇던 시야가 점점 밝아졌다. 천천히 호흡이 돌아왔고 통증도 사그라졌다. 준구는 눈을 깜박였다. 걱정하는 듯한 목소리는 준구를 들뜨게 했다.

준구는 천천히 자신을 잡은 팔을 따라 시선을 옮겼다. 스웨터를 입은 가슴을 지나, 작은 어깨, 귀 아래로 언뜻 언뜻 보이는 새치, 마지막으로 얼굴을 보았다. 순간 준구는 환호성을 지를 뻔했다.

송주였다. 벌써 오십대 후반에 들어서서 피부의 탄력을 조금 잃기는 했으나 그가 사랑했던 아름다운 얼굴을 고스란히 간직하고 있었다.

"잠깐 어지러웠어."

송주는 준구를 부축해 의자에 앉혔다. 준구는 깊은 호흡을 내쉬며 주변을 둘러보았다. 오가는 사람들과, 링거 대를 끌고 다니는 무기력한 표정의 환자들, 너스스테이션 안쪽을 바쁘게 움직이는 간호사들, 소변 통을 들고 화장실로 향하는 간병인들. 그곳은 병원의 복도였다. 그제야 자신이 입고 있는 것이 환자복이라는 것을 깨달았다.

준구는 벽에 머리를 기댔다. 눈을 감고 정신을 모았다. 천천히 기억을 되짚으려 하자 흐트러져 있던 조각들이 제자리를 찾아갔다.

모든 것은 준구의 뜻대로 이루어졌다. 그날 준구는 송주를 놓치지 않았다. 결혼을 약속했다. 송주의 아버지도 외동딸의 고집을 꺾지 못했다. 그로부터 일주일쯤 후, 청량리역 역무원 폭행 사건의 용의자로 준구를 특정한 형사들이 찾아왔지만, 대법관인 송주 아버지의 오랜 친구가 정리해주는 것은 그리 어려운 일이 아니었다.

결혼식은 성대했다. 뉴스에서 가끔 보던 지역의원도 하객으로 와서 그의 어깨를 으쓱하게 만들었다. 결혼 1년 만에 송주가 임신할 수 없는 몸이라는 것을 알게 되었지만 그것은 준구의 인생에 큰 굴곡은 아니었다. 오히려 준구는 아이를 갖기 원하지 않았다. 자식이라는 것은 머리가 크면 부모의 뒤통수나 친다는 것을 이미 지난 생의 사건을 통해 알고 있었으니까. 하지만 상심한 모습을 드러내는 데 집중했다. 덕분에 준구에게 미안함을 가진 장인의 원조를 받아 사업을 크게 시작할 수 있었다.

하지만 첫 사업은 실패로 돌아갔다. 이후 송주의 반대도 무릅쓰고 또다시 사업에 손을 댔지만 그마저도 제대로 손에

쥔 것 없이 끝났다. 송주는 준구가 사업을 하기보다는 아버지의 회사에 들어가 먼저 일을 익히기를 바랐다. 하지만 준구는 고집을 꺾지 않았다. 어떻게든 뭔가를 보여주겠다고 마음먹었다. 얼마 되지도 않는 돈 좀 대준다고 자신을 곱지 않게 보는 장인의 속내를 알고 있기 때문이었다. 아기도 가질 수 없는 하자 있는 여자를 데리고 살아주는 것만도 감지덕지할 판에 유세까지 부리고 있으니 고깝기만 했다.

제대로 한번 콧대를 눌러놓겠다는 다짐은 이루어지지 못했다. 준구가 마흔셋이 되었을 때 장인은 뇌경색으로 쓰러져 석 달이나 침대 신세를 지다 기저귀를 차고 죽었다. 그의 장례식장에서 남몰래 웃은 것은 송주도 알지 못하는 일이었다.

당연하게도 회사는 준구가 물려받았다. 하지만 그 자리에도 오래 앉아 있지 못했다. 준구는 포부가 있는 남자였다. 콧구멍만 한 회사의 회장으로 만족할 수는 없었다. 준구는 이미 알고 있었다. 지난 생에서 이 회사는 전자, 의류, 통신, 유통을 아우르는 SJ그룹으로 성장했었다. 장인은 없었지만 자신이 예정된 미래에 도달하지 못할 리가 없었다. 주주들의 만류에도 사업을 확장하려 했으나 실패했다. 튼튼하던 제지사업에서 벌어들인 수익을 모조리 투자한 리조트사업은 그대로 좌초됐다. 긴급하게 열린 주주총회에서 준구는 회장 자리를 내놓아야 했다. 주주들이 입을 모으면 회장도 자를 수 있다는 것을 처음 알았다.

부자는 망해도 3년은 살 수 있다고 했다. 당연히 꽤 되는 돈이 남아 있었다. 송주는 말렸지만 준구는 남은 돈을 원유개발사업에 투자했다. 당시 뉴스에서도 언급된 사업이었다. 대통령이 직접 나이지리아 대통령과 원유개발사업에 합의했고, 그 사업권을 국내 기업인 한국에너지개발 주식회사에서 따냈다. 준구는 한국에너지개발의 상무로 재직하던 선배 석호에게 사정해 운 좋게 투자금을 넣을 수 있었다.

하느님 같던 선배 석호는 지금 교도소에 수감되어 있었다. 사기꾼이었다.

나이지리아 대통령과의 원유개발사업 합의도 사실이었고, 사업권을 한국에너지개발 주식회사에서 따낸 것도 맞았다. 하지만 결정적으로 석호는 그 회사에 존재하는 인물이 아니었다.

삼대에 걸쳐 살던 장인의 집을 팔아 빚을 갚고 남은 돈으로 임대아파트의 보증금을 댔다. 송주는 친구에게 부탁해 취직을 했다. 말이 좋아 보험사 FC지 결국 보험 파는 영업원이었다. 1년쯤 지나서는 저녁에 갈빗집 홀 서빙도 다녔다.

준구는 일하지 않았다. 사업의 실패를 연이어 맛본 충격을 다스릴 시간도 부족했다. 비록 결과는 좋지 않았지만 여태껏 이리저리 뛰어다니며 자신이 일을 했으니 그동안 편히 살아온 아내가 일을 할 차례라고 생각했다. 가끔 자식에게 효도 받으며 외제차를 몰고 다니는 사람들을 보면 화가 불끈 치솟아 손찌검하기도 했지만, 그런 허물들을 감싸안아주니 자신만한 남편도 없다고 생각했다.

그렇게 살다가 일주일 전쯤, 준구는 돌연 쓰러졌다. 옮겨진 병원에서 뇌경색 진단을 받았다. 수술은 성공적이었다. 재활만 잘하면 장애도 남지 않을 거라고 했다.

"여보, 시원한 것 좀 사올까?"

송주가 안색을 살폈다. 준구는 송주를 물끄러미 들여다보았다. 송주는 준구의 입원기간 내내 준구를 극진히 보살폈다. 나쁘지 않은 선택이었다고 생각한다. 그리고 나쁘지 않은 삶이었다. 잘난 척하던 장인은 재수없었고, 사업이 고꾸라질 때마다 스트레스도 있었지만, 자신이 하고 싶은 것은 다 해봤고, 룸살롱 상석에 앉아 굽실거리는 놈들의 정수리를 일상처럼 내려다보던 삶이었다. 여자 맛도 남부럽지 않게 봤다.

"괜찮아. 잠깐 어지러웠어."

"괜히 운동하자고 했나봐."

"아냐."

인생, 리셋

준구는 송주의 부축을 받아 자리에서 일어섰다. 그러던 준구의 시선을 벽에 붙은 알림게시판이 붙잡았다. 준구는 뭔가에 홀린 듯 자신을 붙잡고 있던 송주의 팔을 밀어내고 게시판 앞으로 갔다.

잡지에서 스크랩한 기사가 붙어 있었다. 제일 윗단에는 병원을 배경에 두고 환하게 웃으며 포즈를 취하는 세 사람이 보였다.

심장이 쿵, 떨어지는 듯했다. 잠깐 알아보지 못할 뻔했다. 우아한 웨이브를 넣은 머리가 아주 잘 어울리는 지성적인 모습의 여성은 분명 미란이었다.

'미란이 이 병원 원장이라고?'

가만히 생각해보니 준구의 아이를 임신하기 전 미란은 의대를 다니고 있었다. 하지만 임신하면서 학업을 포기했다.

'대학이라도 다시 들어간 건가?'

'애를 데리고 재혼했다는 건가?'

'어떤 돈 많은 놈을 만났기에?'

그렇게 흘러간 의식은 준구가 곧장 사진 속의 남자를 보도록 했다.

준구는 남자의 얼굴을 한참이나 들여다보다가 소스라치게 놀랐다. 남자의 모습 위로 겹쳐 보이는 사람이 있었기 때문이었다. 미란을 버리던 1호선 전철역에서 그를 잡으려 하던 남자. 준구가 발로 차 밀어버렸던 그 청년이었다.

'그렇다면 미란이 저 새끼를 만나서 다시 공부를 해 의사가 됐다는 건가?'

지하철역에서 산모인 미란을 도와주다 눈이 맞은 건지도 모른다는 생각이 들었다. 준구는 미란과 남자의 사이에서 환하게 웃고 있는 또다른 남자를 보았다. 한눈에 알아볼 수 있었다. 그는 준구의 아들인 재준이었다. 엄마를 때린다고 대들던 악에 받친 모습은 온데간데없고 편안하고 느긋한 미소를 띤 채 카메라를 바라보고 있었다.

"여보, 왜 그래요?"

"아니, 잠깐만."

자신의 팔을 두드리는 송주에게서 한 발짝 떨어지며 준구는 만지지 말라는 듯 양손을 들어올렸다. 그러고선 빠른 걸음으로 엘리베이터로 향했다.

"계단 운동하기로 했잖아요. 어디 가는 거예요?"

황급히 따라온 송주가 준구를 따라 엘리베이터에 올라탔
다. 운동은 무슨 얼어죽을 운동인가. 지금은 상황을 정리할
시간이 필요했다.

눈치 없는 송주는 준구 뒤를 졸졸 쫓아 옥상까지 따라왔다.

"내려가. 금방 내려갈 테니까."

"무슨 일 있는 거 아니죠? 정말 금방 내려와야 해요?"

"알았다니까."

준구는 몇 번이나 약속한 뒤에야 걱정이 가득한 얼굴의 송
주를 내려보냈다. 송주가 사라진 뒤 준구는 옥상의 맨 앞으
로 걸어갔다. 그러고는 눈앞에 펼쳐진 서울 도심을 내려다보
았다. 총 십층 규모의 대형병원 꼭대기에서 내려다보는 탁
트인 서울 한복판은 그의 머리를 시원하게 만들었다. 그러자
새로운 생각들이 머리를 채워나갔다. 좋은 생각이 떠올랐다.
역시 사람이 죽으라는 법은 없다고 생각했다.

일단 미란과 그놈에게 연락해 돈을 뜯어낼 생각이었다. 친
자확인 소송을 진행한다고 하면 세간의 눈을 의식해서라도
안 줄 수는 없을 것이다. 주지 않아도 상관없다. 아까 잡지에
서 보니 재준은 병원을 물려받지 않을 생각으로 현재 대형
요양원을 운영한단다. 자식은 친부를 부양해야 할 의무가 있
다. 돈이 넉넉할 테니 제대로 된 집부터 마련해달라고 할 생

각이었다. 누구 덕분에 세상에 나와 인간구실을 하고 사는지
를 생각하면 마땅히 해야 하는 일이라는 것을 본인도 알 것
이었다.

그래, 일은 생각났을 때 빠르게 처리해야 한다. 준구는 곧
장 원장실로 쳐들어갈 생각이었다. 하지만 몸을 돌리던 그
순간 무언가 그의 몸에 강하게 부딪쳐왔다. 돌아서던 준구의
몸이 휘청하더니 중심을 잡기도 전에 옥상 난간 밖으로 고꾸
라졌다. 부지불식간에 당한 일에 준구는 비명도 지르지 못한
채 허공으로 빨려들었다.

준구의 눈에 들어온 것은 송주였다. 아래로 멀어지는 준구
를 보며 송주는 웃고 있었다.

문득 준구는 반년 전쯤 실적을 채워야 한다며 송주가 내밀
던 보험서류에 사인하던 일이 떠올랐다. 그리고 자신의 선택
이 잘못된 것임을 깨달았다.

아주 짧은 순간, 준구는 다시 인생을 선택할 수 있는 기회
가 주어지지 않을까 기대했다. 하지만 준구에게 주어진 것은
땅에 부딪는 엄청난 충격과 깊은 어둠뿐이었다.

작가의 말

나는 십여 년간 스릴러 작가로 살면서 단편을 꽤 많이 작업했다. 작가로서 단편 쓰기를 좋아하기도 한다. 인터넷 서점 플랫폼의 의뢰에 따라 작업하기도 하고, 같은 주제로 여러 작가가 단편을 쓰는 앤솔러지에도 상당히 참여해왔다. 덕분에 많을 때는 한 해에 예닐곱 편의 단편을 써낼 때도 있었다.

단편 쓰기를 좋아하는 게 '장편에 비해 집필의 총량이 실질적으로 적어서'는 절대 아니다. 단편 작업만의 어려움이 또 있다. 하나의 주제를 다루는 동시에 기승전결을 담아내야 하며, 호흡이 늘어지지 않도록 독자의 눈을 사로잡을 만한 에피소드를 고안해내기도 해야 한다. 심지어 이 모든 요소를 단편의 짧은 분량 안에 넣어야 하니 작가로서 갖는 부담감은 장편 작업에 못지않다.

그런데도 단편 쓰기를 좋아하는 까닭은 '장편에서는 못 할 법한 실험적인 작업을 시도해볼 수 있기 때문'이다. 실험적이라는 것은 문장의 스타일일 수도 있고(편지나 일기 형식의 문장은 단편에 잘 어울린다. 장편에 쓰면 지루해지기 십상이다) 이야기의 구성일 수도 있다.

그러다보니 모인 단편의 양이 상당해졌는데, 언젠가는 소설집을 한 권 낼 수도 있지 않을까, 했던 막연한 기대를 엘릭시르에서 이루어주셨다. 이전에도 단편을 엮은 소설집을 내기는 했었지만, 자음과모음 출판사의 '트리플' 시리즈에 속한 『말은 안 되지만』은 기존에 낸 소설을 엮은 것이 아니라 세 편의 이야기를 새로 써 출간한 것이었다. 또, 허블 출판사에서 냈던 『우리 집에 왜 왔어?』는 콘텐츠 플랫폼 리디북스의 청탁을 받아 쓴 작품을 묶은 것이었다. 모두 나의 선택으로 엮어 낸 소설집은 아니었다.

그랬기에 이번에 『불빛 없는 밤의 도시』를 내기로 하고서 그동안 발표한 작품들 중 단행본에 포함될 네 편을 내가 직접 골라보았던 것은 또 새로운 경험이었다. 잘 어울리는 표현일지는 모르겠으나, 그간 써온 단편들을 선별하는 작업은

  작가의 말

맞선 상대에게 보낼 사진을 고를 때의 기분과 비슷한 느낌을 주었다.

단행본 『불빛 없는 밤의 도시』의 수록작 중 하나인 「아름다운 괴물」은 5년도 더 전에 쓴 작품이다. 오랜만에 다시 검토해보니 지금 시기와는 어울리지 않는 단어들이 눈에 띄어 수정했다.

지난날의 사진을 붙여둔 앨범을 톺아보는 기분으로 즐겁게 고른 단편들을 다시 선보이게 되었다. 장편과 단편 어느 쪽이든 언제나 '이 책'을 선택한 당신이 즐겁기를 기도한다.

2026년

정해연

불빛 없는 밤의 도시

1판 1쇄 2026년 3월 18일
1판 2쇄 2026년 4월 22일

지은이 정해연

책임편집 박을진 | **편집** 한나래 김다은
디자인 최효정
저작권 박지영 형소진 주은수 오서영 조경은
마케팅 정민호 서지화 박치우 한민아 왕지경 이민경 정유진 정경주 김혜원 김예진 이서진
브랜딩 함유지 이송이 박민재 김하연 신은서 이준희
미디어콘텐츠 함근아 김은솔 박다솔
제작 강신은 김동욱 이순호 | **제작처** 영신사

펴낸곳 (주)문학동네 | **펴낸이** 김소영
출판등록 1993년 10월 22일 제2003-000045호

주소 10881 경기도 파주시 회동길 210
대표전화 031-955-8888 | 팩스 031-955-8855 | 전자우편 elixir@munhak.com
인스타그램 @elixir_mystery | X(트위터) @elixir_mystery

ISBN 979-11-416-0275-8 03810

www.munhak.com